O beijo da mulher-aranha

Manuel Puig

O beijo da mulher-aranha

tradução
Sérgio Molina

posfácio
Patricio Pron

todavia

Parte 1

I

— Tá na cara que tem algo estranho nela, que não é uma mulher como outra qualquer. Parece muito jovem, vinte e cinco anos, se tanto, carinha meio de gata, nariz miudinho, arrebitado, o formato do rosto é... mais redondo que oval, testa larga, bochechas também grandes mas que descem em ponta, como na cara dos gatos.

— E os olhos?

— Claros, tenho quase certeza que verdes, que aperta para desenhar melhor. Ela observa o modelo, a pantera-negra do jardim zoológico, que primeiro estava quieta na jaula, deitada. Mas, quando a garota faz barulho com o cavalete e a cadeira, a pantera a vê e começa a zanzar pela jaula e a rugir pra ela, que não estava achando um bom sombreamento para o desenho.

— Mas o animal não tinha notado a presença dela pelo cheiro?

— Não, porque na jaula tem um pedação de carne, e a pantera não consegue farejar mais nada. O guarda sempre deixa a carne perto das grades de propósito, pra não entrar nenhum cheiro de fora e evitar que a pantera fique agitada. E quando a garota percebe a raiva da fera, começa a acelerar os traços e desenha uma cara que é de bicho mas também do diabo. Aí a pantera a encara, é uma pantera macho, e não dá pra saber se é para despedaçar a garota e depois comer ou se olha pra ela movida por outro instinto pior ainda.

— E nesse dia não tem gente no zoológico?

— Não, quase ninguém. Faz frio, é inverno. As árvores do parque estão nuas. Venta gelado. A garota é praticamente a única pessoa, lá sentada no banquinho dobrável que ela mesma traz, com seu cavalete para apoiar a folha do desenho. Um pouco mais longe, perto da jaula das girafas, tem umas crianças com a professora, mas logo vão embora, não aguentam o frio.

— E ela não sente frio?

— Não, nem se lembra do frio, ela está como que em outro mundo, ensimesmada, desenhando a pantera.

— Se ela está ensimesmada, não está em outro mundo. É uma contradição.

— É, tem razão. Ela está ensimesmada, mergulhada no mundo que tem dentro de si mesma e que mal começou a descobrir. Está de pernas cruzadas, os sapatos são pretos, de salto alto e grosso, bico quadrado, dá pra ver as unhas pintadas de escuro. As meias são daquelas bem brilhosas, tipo seda cristal, e não se sabe se o rosado é da carne ou das meias.

— Desculpa, mas lembra que eu te pedi pra não fazer descrições eróticas. Você sabe que é melhor evitar.

— Como quiser. Bom, continuando. Ela está de luvas, mas para trabalhar no desenho tira a da mão direita. As unhas são compridas, o esmalte quase preto e os dedos brancos, até que começam a ficar roxos de frio. Ela para um pouco de desenhar e enfia a mão dentro do casaco para se aquecer. O casaco é grosso, de pelo preto, com ombreiras bem largas, mas de pelo espesso, como de um gato persa, não, muito mais espesso. E quem está atrás dela? Alguém tenta acender um cigarro, mas o vento apaga a chama do fósforo.

— Quem é?

— Calma. Ela ouve o barulho do fósforo riscado e se vira assustada. É um cara boa-pinta, não um galã bonitão, mas com um jeito simpático, de chapéu de aba baixa e sobretudo folgado, calças muito largas. Toca a aba do chapéu como cumprimento e pede desculpas, diz que o desenho está incrível. A moça percebe que ele é gente boa, tá na cara que é muito compreensivo, tranquilo. Ela retoca um pouco o penteado com a mão, meio desarrumado pelo vento. Tem uma franja encaracolada e cabelo até os ombros, que é como se usava na época, também com cachinhos nas pontas, quase como de permanente.

— Eu a imagino morena, não muito alta, toda torneadinha e com movimentos de gata. Toda gostosa.

— Você não disse que não queria se excitar?

— Continua.

— Ela responde que não se assustou. Mas nessas, ao retocar o cabelo, deixa escapar a folha do desenho, que é levada pelo vento. O rapaz corre até alcançar o papel, volta e o entrega para a moça pedindo desculpas. Ela diz que não tem problema, e pelo sotaque ele percebe que é estrangeira. A moça conta que é uma refugiada, que estudou belas-artes em Budapeste, e que fugiu pra Nova York quando estourou a guerra. Ele então lhe pergunta se sente saudade de Budapeste. E aí é como se passasse uma nuvem pelos olhos dela, toda a expressão do seu rosto se escurece, e diz que não é de Budapeste nem de cidade nenhuma, que veio das montanhas, lá pros lados da Transilvânia.

— De onde é o Drácula.

— Isso mesmo, essas montanhas têm florestas escuras, onde vivem feras que durante o inverno enlouquecem de fome e descem até as aldeias, pra matar. E as pessoas morrem de medo, colocam ovelhas e outros animais mortos nas portas e fazem promessas, pra salvar a pele. A essa altura, o moço já quer rever a garota, e ela diz que na tarde seguinte vai estar lá de novo, desenhando, assim como todos os dias daquela temporada, quando faz sol. E aí ele, que é arquiteto, na tarde seguinte está no seu estúdio com os colegas arquitetos, e também uma colega, e quando dá três horas e já resta pouco tempo de luz, ele larga réguas e compassos se preparando pra ir até o zoológico, que fica quase em frente, no Central Park. A colega pergunta aonde ele vai, e por que está tão contente. Ele a trata como amiga, mas dá pra ver que, no fundo, por mais que disfarce, ela está apaixonada pelo rapaz.

— É uma baranga?

— Não, tem cabelos castanhos, rosto simpático, nada do outro mundo, mas agradável. Ele sai sem matar sua curiosidade. Ela fica triste, mas faz de tudo pra não dar na vista, e mergulha de cabeça no trabalho pra não cair na fossa. Já no zoológico ainda não começou a anoitecer, tudo parece se destacar com mais nitidez, as grades pretas, as paredes das jaulas de mosaico branco, o cascalho também branco, e cinza as árvores peladas. E os olhos vermelho-sangue das feras. Mas a moça, que se chamava Irena, não está lá. Passam-se os dias, e o rapaz não consegue tirar a garota da cabeça, até que um dia, caminhando por uma avenida luxuosa, alguma coisa chama sua atenção na vitrine de uma galeria de arte. Estão expondo os desenhos de alguém que só retrata panteras. O rapaz entra, e lá está Irena, recebendo os parabéns dos visitantes. E aí já não sei direito como continua.

— Puxa pela memória.

— Espera um pouco... Não sei se é nesse momento que ela é cumprimentada por uma mulher que a assusta... Bom, aí o rapaz também vai lhe dar os parabéns e acha Irena diferente, parece feliz, não tem mais aquela sombra no olhar, como da primeira vez. E a convida para ir a um restaurante, e ela deixa todos os críticos lá, e os dois saem. Dá a impressão de que ela agora poderia caminhar nas ruas pela primeira vez, como se tivesse estado presa e agora, livre, pudesse seguir pra qualquer lugar.

— Mas você disse que ele a leva a um restaurante, não pra qualquer lugar.

— Ai, para de exigir tanta precisão... Bom, quando ele para na frente de um restaurante húngaro ou romeno, sei lá, ela volta a se sentir esquisita. A intenção dele era agradar a moça levando-a a um restaurante dos seus conterrâneos, mas o tiro saiu pela culatra. Nota que tem algo de errado com ela e pergunta o que é. Ela mente dizendo que o restaurante lhe traz lembranças da guerra, que naquela altura ainda está a pleno vapor. Ele então diz que vão almoçar em outro lugar. Mas ela percebe que ele, coitado, não tem muito tempo, que está no horário de almoço e precisa voltar logo pro escritório. Aí ela faz das tripas coração e entra no restaurante, e tudo segue em paz, porque o ambiente é muito tranquilo e comem bem, e ela está de novo encantada com a vida.

— E ele?

— Contente, porque percebe que ela superou um trauma para agradá-lo, quando ele tinha escolhido esse lugar justamente para agradá-la. Dessas coisas que acontecem quando duas pessoas estão se conhecendo e as coisas entre elas começam a dar certo. E ele está tão animado que resolve não voltar ao trabalho à tarde. Conta que passou em frente à galeria por acaso, que estava procurando outra loja, para comprar um presente.

— Pra colega arquiteta.

— Como é que você sabe?

— Chutei.

— Você viu o filme.

— Não, juro. Continua.

— E a moça, Irena, diz que pode acompanhá-lo até a loja. Ele então calcula se o dinheiro que tem na carteira vai dar pra comprar dois presentes iguais, um para a colega aniversariante e outro para Irena, e assim acabar de conquistá-la. Na rua, Irena diz que nessa tarde, estranhamente, ela não tem pena de ver que já anoitece quando mal passou das três horas. Ele pergunta por que o anoitecer a entristece, se é porque tem medo do escuro. Ela pensa e responde que sim. Aí ele para na frente do local aonde estavam indo, ela olha a vitrine com desconfiança, é uma loja de pássaros, linda, nas gaiolas que se veem do lado de fora tem passarinhos de todo tipo, voando alegres de um trapézio pro outro, ou se balançando, ou bicando folhinhas de alface, ou alpiste, ou bebendo goles de aguinha fresca, que acabam de trocar.

— Desculpa, tem água no garrafão?

— Tem, sim, eu enchi quando abriram pra eu ir ao banheiro.

— Ah, tá bom.

— Quer um pouco? Está boa, fresquinha.

— Não, assim amanhã não falta pro mate. Continua.

— Não precisa exagerar. Tem bastante pro dia inteiro.

— Mas você não deve me acostumar mal. Eu esqueci de trazer quando abriram a porta pro banho, se não fosse você, que lembrou, ficávamos sem água.

— Tem de sobra, tô falando... Então, quando os dois entram na loja, é como se tivesse entrado sei lá quem, o diabo em pessoa. Os pássaros enlouquecem e voam cegos de medo contra as gradezinhas das gaiolas, machucando as asas. O dono não sabe o que fazer. Os passarinhos guincham de terror, são como guinchos de abutres, não cantos de pássaros. Ela pega o rapaz pela mão e o puxa de volta pra fora. Os pássaros sossegam na hora. Ela pede licença pra ir embora. Marcam um novo encontro e se separam até a noite seguinte. Ele volta a entrar na loja, os pássaros continuam cantando tranquilos, compra um passarinho para a aniversariante. E depois... bom, não lembro direito como continua, tô com sono.

— Continua só mais um pouco.

— É que com sono eu esqueço o filme, tudo bem a gente continuar amanhã?

— Se você não se lembra, melhor continuar amanhã.

— Continuo na hora do mate.

— Não, melhor de noite, durante o dia não quero pensar nessas bobagens. Tenho coisas mais importantes pra pensar.

— ...

— Quando não estou lendo e fico em silêncio, é porque estou pensando. Não me leva a mal.

— Não, tudo bem. Não vou distrair a tua atenção, fica sossegado.

— Obrigado por me entender. Até amanhã.

— Até amanhã. Sonha com a Irena.

— Gosto mais da colega arquiteta.

— Eu já sabia. Tchau.

— Até amanhã.

. . . .
. . . .
. . . .

— Paramos na hora que ele entrou na loja de bichos e os passarinhos não se assustaram. Era dela que tinham medo.

— Eu não falei isso, você que pensou.

— E aí, o que aconteceu depois?

— Bom, eles continuam se encontrando e se apaixonam. Ele sente uma atração incrível por ela, por causa daquele seu jeito esquisito, e ela por um lado o cobre de dengos, fica olhando nos olhos dele, o acaricia e se aninha nos seus braços, mas, quando ele arrisca um abraço mais apertado e um beijo na boca, ela se safa e mal o deixa roçar seus lábios. Pede que não a beije, que ela vai beijar, e seus beijos são supermeigos, mas parecem de menina, com os lábios carnudos, macios, mas sempre cerrados.

— Antigamente, os filmes nunca mostravam cenas de sexo.

— Espera, calma. A questão é que uma noite ele a leva de novo naquele mesmo restaurante, que não é de luxo mas muito pitoresco, com toalhas xadrez e tudo de madeira, ou melhor, de pedra, espera, isso, lembrei, lá dentro parece que você está numa cabana, com lampiões a gás, e nas mesas velas simples. E ele ergue o copo de vinho, um copo rústico, e brinda porque nessa noite um homem muito apaixonado vai se comprometer em casamento, se sua eleita aceitar. Os olhos dela se enchem de lágrimas, mas são lágrimas de felicidade. Fazem tim-tim e bebem em silêncio, de mãos dadas. De repente ela se retrai. Viu uma pessoa se aproximar da mesa. É uma mulher linda, à primeira vista, mas logo se nota algo muito estranho no seu rosto, que dá medo não se sabe por quê. É um rosto de mulher mas também uma cara de gato. Tem os olhos altos, esquisitos, não sei como explicar, totalmente verdes, sem o branco, com a pupila preta no meio e mais nada. E a pele muito pálida, como coberta de pó de arroz.

— Mas você acabou de dizer que ela é bonita.

— É linda, mesmo. E pela roupa dá pra ver que é europeia, com um penteado de banana em volta da cabeça.

— Como assim, de banana?

— É que nem um... como é que eu vou te explicar? É um coque assim, que envolve toda a cabeça, levantando a testa e terminando atrás, numa espécie de tubo.

— Deixa pra lá, continua.

— Mas de repente estou enganado, talvez ela usasse uma trança em volta da cabeça, que é um penteado mais típico da sua região. E um vestido longo até os pés, com uma estola de raposa sobre os ombros. A mulher vai até a mesa deles e encara Irena com ódio, ou não, é um olhar meio hipnotizante, mas, em todo caso, maldoso. E ela fala com Irena numa língua estranhíssima, em pé ao lado da mesa. Ele, como bom cavalheiro, se levanta quando vê a dama se aproximar, mas a tal felina nem olha pra ele e diz uma segunda frase pra Irena. Irena responde na mesma língua. Ele não entende uma palavra do que elas falam. E aí a mulher diz, agora pra ele também entender: "Eu logo te reconheci, e você sabe por quê. Até mais...". E se retira, sem nem sequer olhar pro rapaz. Irena parece petrificada, com os olhos cheios de lágrimas, mas embaçados, com lágrimas que parecem água suja da sarjeta. Aí ela se levanta sem dizer uma palavra e cobre a cabeça com um véu comprido, branco, ele deixa uma nota sobre a mesa e sai segurando no braço dela. Caminham sem falar, mas ele nota que Irena olha fixo, com medo, na direção do Central Park, enquanto a neve cai lenta abafando todos os ruídos e sons, os carros passam pela rua como que deslizando, silenciosos, a luz dos postes ilumina os flocos branquíssimos que caem, e bem ao longe parece que se escutam rugidos de feras. E pode ser mesmo, porque o zoológico fica perto, no próprio parque. Ela para, pede que ele a abrace. O rapaz a envolve nos braços. Ela treme, de frio ou de medo, embora os rugidos já tenham silenciado. Irena diz, num sussurro, que tem medo de ir para casa e passar a noite sozinha. Aparece um táxi, ele faz sinal, os dois entram sem dizer uma palavra. Vão para o apartamento dele, não falam durante todo o trajeto. Chegam ao prédio, é uma daquelas casas de apartamentos muito antigas, mas muito bem cuidadas, com tapetes, teto de vigas bem alto, uma escada de madeira escura toda trabalhada, e ao pé da escada uma planta grande de palmeira aclimada num vaso bacana. Com figuras chinesas, digamos. A planta aparece refletida num espelho alto, de moldura também muito trabalhada, como os entalhes da escada. Ela se olha no espelho, observa o próprio rosto, como se procurasse algum traço em suas feições, não tem elevador, ele mora no primeiro andar. Os passos no tapete quase não se escutam, como na neve. É um apartamento grande, com todas as coisas fim de século, muito sóbrio, era o apartamento da mãe do rapaz.

— E ele, faz o quê?

— Nada, sabe que dentro dela tem algo estranho que a atormenta. Só lhe oferece bebidas, café, o que ela preferir. A moça não bebe nada, pede para ele se sentar, precisa lhe contar uma coisa. O rapaz acende o cachimbo e olha para ela com aquela bondade que se nota nele o tempo todo. Ela não tem coragem de olhar nos olhos dele, deita a cabeça sobre seus joelhos. E aí começa a falar sobre uma lenda horrível da sua aldeia na montanha, que sempre a apavorou, desde criança. Não lembro bem como era, alguma coisa da Idade Média, que uma vez aquelas aldeias ficaram meses e meses isoladas pela neve, e as pessoas começaram a morrer de fome, e que todos os homens tinham ido pra guerra, algo assim, e que as feras da floresta iam famintas até as casas, não lembro direito, até que apareceu o diabo e pediu pra uma mulher sair, se queriam que ele trouxesse comida, e saiu uma mulher, a mais valente, e o diabo tinha do lado uma pantera faminta, furiosa, e essa mulher fez um pacto com o diabo, pra não morrer, e não sei o que aconteceu mas a mulher teve uma filha com cara de gata. E quando os cruzados voltaram da Guerra Santa, o soldado que era casado com essa mulher entrou na casa e na hora em que foi beijar a esposa, ela o despedaçou vivo, como faria uma pantera.

— Não entendi bem, do jeito que você conta está muito confuso.

— É que me falha a memória. Mas essa parte não tem importância. O que Irena conta, e isso eu lembro bem, é que na montanha continuaram a nascer mulheres-panteras. Seja como for, aquele soldado morreu, mas outro cruzado percebeu que ele tinha sido morto pela própria mulher e começou a segui-la na neve, e ela fugiu, e primeiro eram pegadas de mulher que ela deixava, mas chegando perto da floresta já eram de pantera, e o cruzado a seguiu mata adentro, já de noite, até que enxergou no escuro os olhos verdes brilhantes de alguém que o esperava de tocaia, e ele fez uma cruz com a espada e o punhal, e aí a pantera ficou quieta e virou de novo mulher, lá estirada e meio dormindo, como que hipnotizada, e o cruzado recuou porque ouviu outros rugidos se aproximando, e eram as feras que farejaram a mulher e a devoraram. O cruzado chegou na aldeia quase desmaiando e contou a história toda. E a lenda diz que a raça das mulheres-panteras não acabou e elas continuam escondidas em algum lugar do mundo, e parecem mulheres normais, mas quando um homem as beija podem virar uma fera selvagem.

— E ela é uma mulher-pantera?

— Ela só sabe que essas histórias a assustaram muito quando era pequena, e viveu sempre atormentada pelo pesadelo de ser uma descendente daquelas mulheres.

— E o que foi que a mulher do restaurante lhe falou?

— É exatamente isso que o rapaz lhe pergunta. E aí Irena se joga nos braços dele aos prantos, dizendo que aquela mulher só a cumprimentou. Mas dali a pouco se arma de coragem e conta que, no dialeto da sua aldeia, a tal mulher disse pra ela não se esquecer de quem era, que só de ver sua cara tinha percebido que eram irmãs. E que tomasse muito cuidado com os homens. Ele cai na risada. "Ah, você não percebe?", diz. "Ela viu que você era daquela região porque todos os conterrâneos se reconhecem, se eu vejo um americano na China, também o abordo e cumprimento. E como a mulher era um pouco à moda antiga, falou pra você tomar cuidado, não percebe?" Ele diz isso, e ela se acalma bastante. E se sente tão calma que começa a pegar no sono nos braços do rapaz, e ele a deita ali mesmo no sofá, coloca uma almofada embaixo da sua cabeça e a agasalha com um cobertor que traz da própria cama. Ela adormece. Aí ele vai pro quarto, e a cena termina com ele, de pijama e um robe de chambre de boa qualidade, mas não de luxo, simples, espiando pela porta e olhando Irena dormir, acendendo o cachimbo e ficando pensativo. A lareira está acesa, não, não lembro, a luz deve vir do abajur da mesa de cabeceira. Quando a lareira se apaga, Irena acorda, e quase não restam nem as brasas. Já está clareando.

— Ela acorda de frio, como a gente.

— Não, é outra coisa que a acorda, sabia que você ia dizer isso. Quem a acorda é um canário cantando na gaiola. Irena primeiro tem medo de se aproximar, mas vê que o passarinho está contente e cria coragem. Olha para ele, e suspira profundamente, aliviada, contente porque o passarinho não se assustou com ela. Vai até a cozinha e prepara torradas, com *mantequilla*, como eles dizem, e cereais e…

— Para, não fala de comida.

— E panquecas…

— Para, tô falando sério. Nada de comida nem de mulher nua.

— Bom, ela o acorda, e ele fica feliz quando a vê tão à vontade na casa e lhe pergunta se quer ficar morando ali para sempre.

— Ele ainda está deitado?

— Sim, ela levou o café na cama pra ele.

— Eu nunca gostei de tomar o café assim, logo ao acordar, gosto de escovar os dentes antes. Mas continua, por favor.

— Bom, ele arrisca um beijo, mas Irena nem o deixa chegar perto.

— Aposto que é por causa do bafo, porque não escovou os dentes.

— Se você ficar avacalhando, não tem graça continuar.

— Não, por favor, continua que eu te escuto.

— Ele volta a pedi-la em casamento. Ela responde que o ama de todo coração e que não quer deixar a casa, que se sente muito bem ali, e observa as cortinas, que são de veludo escuro pra barrar a luz, e pra deixar a luz entrar ela vai até a janela e as abre, e atrás aparece outro cortinado de renda. Aí se vê toda a decoração fim de século. Ela pergunta quem escolheu aquelas coisas tão lindas, e acho que ele diz que a mãe está presente ali, em toda aquela decoração, que a mãe era muito bondosa e teria amado Irena como uma filha. Irena vai até ele e lhe dá um beijo quase de adoração, como quem beija um santo, sabe?, na testa. E pede que nunca a deixe, que quer ficar com ele pra sempre, que a única coisa que ela quer é poder acordar todo dia e voltar a vê-lo, sempre ao lado dela... mas pede um tempo pra ser sua esposa de verdade, até todos os medos passarem...

— Você percebe o que acontece com ela, né?

— Tem medo de virar pantera.

— Bom, eu acho que ela é frígida, que tem medo de homem, ou tem uma ideia do sexo muito violenta, e por isso fica inventando histórias.

— Calma, espera. Ele concorda, e se casam. E quando chega a noite de núpcias, ela dorme na cama e ele no sofá.

— Olhando para os enfeites da mamãe.

— Se você ficar debochando, não continuo, tô contando a sério porque gosto desse filme. Além disso, tem outra coisa que não posso te dizer, que realmente me faz gostar muito dele.

— Pode dizer, o que é?

— Não, eu ia puxar o assunto, mas agora, vendo que você fica debochando, me dá raiva, verdade seja dita.

— Não, eu gosto do filme, mas é que você se diverte contando, e aí eu quero participar um pouco, entende? Não consigo escutar por muito tempo, sabe?, e de repente sou obrigado a passar horas te escutando em silêncio.

— Eu achei que servia pra você se distrair e pegar no sono.

— Sim, claro, as duas coisas são verdade, eu me distraio e pego no sono.

— Então?

— Então, se você não se importar, preferia que a gente fosse comentando um pouco a história à medida que você avança, assim posso desabafar um pouco com alguma coisa. É justo, não acha?

— Se for pra debochar de um filme que eu gosto, não acho, não.

— Olha, a gente podia comentar, simplesmente. Por exemplo: eu gostaria de saber como você imagina a mãe do sujeito.

— Só se você não ficar debochando.

— Prometo.

— Deixa eu ver... não sei, uma mulher muito bondosa. Um encanto de pessoa, que fez a felicidade do marido e dos filhos, sempre muito bem-arrumada.

— Você a imagina limpando a casa?

— Não, eu a vejo impecável, com um vestido de gola alta, a renda disfarçando as rugas do pescoço. Tem aquela coisa bonita de certas mulheres mais velhas, que é uma pontinha de vaidade, mas sóbria, por causa da idade, mas dá pra ver que continuam sendo mulheres e querem agradar.

— Certo, sempre impecável. Perfeito. Ela tem serviçais, explora pessoas que não têm outro remédio senão servi-la por uns trocados. E, claro, foi muito feliz com o marido, que por sua vez a explorou, fazendo com que ela fizesse tudo o que ele queria e ficasse enfurnada em casa feito uma escrava, à espera dele...

— Escuta...

— ... à espera dele toda noite, de volta do escritório de advocacia, ou do consultório médico. E ela estava perfeitamente de acordo com esse sistema e não se rebelou, e inculcou no filho todo esse lixo, e agora o filho topa com a mulher-pantera. Ele que aguente.

— Vai me dizer que você não gostaria de ter uma mãe assim. Carinhosa, sempre cuidando bem de você... Confessa, vai...

— Não, e vou te explicar por quê, já que você não me entendeu.

— Olha, agora tô com sono e com raiva por você ter se saído com essas histórias, porque até então eu me sentia ótimo, tinha me esquecido desta cela nojenta, de tudo, contando o filme.

— Eu também tinha me esquecido de tudo.

— Então, por que estragar a minha ilusão, e a tua também? Que façanha é essa?

— Pelo visto, vou ter que fazer uma colocação mais clara, já que por sinais você não entende.

— Aqui no escuro me fazendo sinais, que ótimo.

— Vou te explicar.

— Tá bom, mas amanhã, porque agora me bateu o baixo-astral. Amanhã você continua. Que será que eu fiz pra ter você como companheiro de cela, e não o noivo da mulher-pantera?

— Ah, essa é outra história, e não me interessa.

— Tem medo de falar dessas coisas?

— Não, medo nenhum. É que não me interessa. Já sei tudo a teu respeito, mesmo você não tendo me contado nada.

— Bom, já contei que tô aqui por corrupção de menores, e com isso já disse tudo. Não vem bancar o psicólogo.

— Anda, confessa que você gosta do mocinho porque ele fuma cachimbo.

— Não, porque é um cara pacífico, compreensivo.

— A mãe o castrou, simples.

— Eu gosto dele, e ponto. E você, que gosta da colega arquiteta? Que é que essa aí tem de guerrilheira?

— Bom, eu gosto, sim, mais que da pantera.

— Tchau, amanhã você me explica por quê. Deixa eu dormir.

— Tchau.

. . . .

. . . .

. . . .

— Paramos na parte em que ela ia casar com o cara do cachimbo. Sou todo ouvidos.

— Por que esse tonzinho irônico?

— Nada, conta, vai, Molina.

— Não, fala você do cara do cachimbo, já que o conhece melhor que eu, que vi o filme.

— O cara do cachimbo não te convém.

— Por quê?

— Porque você o quer com intenções não exatamente castas. Não é? Confessa.

— Claro.

— Então, acontece que o cara gosta da Irena porque ela é frígida e ele não precisa tomar a iniciativa, por isso a protege e a leva pra casa, onde a mãe está presente; mesmo morta está presente em toda a mobília, nas cortinas e demais porcarias. Foi você mesmo que falou, lembra?

— Continua.

— Se ele deixou todas as coisas da mãe em casa, intactas, é porque quer continuar sendo sempre uma criança, na casa da mamãe, e o que ele leva para casa não é uma mulher, mas uma menina para brincar.

— Isso tudo é coisa da tua cabeça. Sei lá se a casa era da mãe, eu só falei isso porque gostei muito daquele apartamento e, como a decoração era antiga, disse que podia ser da mãe, e só. Pode ser que ele o alugasse mobiliado.

— Então você está inventando metade do filme.

— Não, eu não invento nada, juro, mas tem coisas que, pra você fazer uma ideia delas e ver tudo como eu vejo, bom, preciso dar um jeito de explicar. A casa, por exemplo.

— Confessa que é a casa onde você gostaria de morar.

— Claro que é. E agora vou ter que aguentar que você me diga o que todo mundo diz.

— Ah, é? O que é que eu vou te dizer?

— São todos iguais, sempre vêm com a mesma história!

— Que história?

— Que eu fui mimado demais quando era criança, e por isso sou assim; que fiquei agarrado na saia da minha mãe, e por isso sou assim, mas que a pessoa sempre pode se emendar, e o que eu preciso é de uma mulher, porque mulher é a melhor coisa do mundo.

— Falam isso pra você?

— Falam, e aí eu respondo… maravilha! Concordo plenamente! E como as mulheres são a melhor coisa do mundo… eu quero ser mulher. Então me poupe dos seus conselhos, porque eu sei de mim e tenho tudo bem clarinho na cabeça.

— Eu não vejo tão claro assim, pelo menos não como você acaba de definir.

— Certo, mas não preciso que você me esclareça coisa nenhuma, e se quiser, continuo o filme, se não quiser, paciência, conto pra mim mesmo em voz baixa, e *saluti tanti, arrivederci, Sparafucile.*

— Quem é Sparafucile?

— Você não entende nada de ópera. É o traidor do *Rigoletto.*

— Me conta o filme e pronto, agora quero saber como continua.

— Onde paramos?

— Na noite de núpcias. Que ele não a toca.

— Isso mesmo, ele dorme no sofá da sala. Ah, tem uma coisa que eu não te disse. É que, depois daquela conversa, o casal combinou de ela ir a um psicanalista. E ela começa a ir, vai lá, e na primeira sessão vê que o cara é superboa-pinta, um pão de primeira.

— Pra você, o que é um cara superboa-pinta? Gostaria de saber.

— Bom, é um moreno alto, de bigode, muito distinto, testa larga, mas com um bigodinho meio de filho da puta, não sei se me explico, um bigode de cafajeste, que o delata. A propósito, o ator que encarna o psicanalista não faz o meu tipo.

— Quem é?

— Não lembro, é um papel secundário. É boa-pinta, mas magro demais pro meu gosto, se quer saber, um desses sujeitos que ficam bem de terno com paletó cruzado ou, se for paletó simples, têm que usar colete. Um cara que faz sucesso entre as mulheres. Mas nesse aí se percebe alguma coisa, sei lá, é muito convencido do sucesso que faz entre as mulheres, e quando isso salta aos olhos... choca, e também choca a Irena, ela lá no divã começa a falar dos seus problemas, mas não se sente à vontade, não se sente ao lado de um médico, e sim ao lado de um homem, e se assusta.

— Esse filme é notável.

— Notável em quê? No ridículo?

— Não, na coerência, é ótimo, continua. Larga mão de ser tão desconfiado.

— Ela começa a falar do seu medo de não ser uma boa esposa e combinam que, da próxima vez, ela vai lhe contar seus sonhos, ou pesadelos, e que num dos sonhos vira pantera. Tudo tranquilo, se despedem, mas ela não aparece na sessão seguinte, mente pro marido e, em vez de ir ao médico, vai ao zoológico, olhar a pantera. E fica lá meio que fascinada, ela está com aquele casaco de pelo preto com reflexos tipo furta-cor, e a pele da pantera também é preta com brilho furta-cor. A pantera vai e vem na jaula enorme, sem desgrudar os olhos dela. Nisso aparece o zelador e abre a porta que fica na lateral da jaula. Abre por menos de um segundo, joga a carne e volta a fechar, mas, distraído com o gancho onde levava a carne pendurada, esquece a chave da jaula na fechadura. Irena vê tudo, fica calada, o zelador pega uma vassoura e começa a varrer os papéis e bitucas espalhados em volta das jaulas. Irena se aproxima um pouco da fechadura, disfarçadamente. Tira a chave e a olha, é uma chave grande, enferrujada, fica pensando, passam-se alguns segundos.

— O que ela vai fazer?

— Mas vai até o zelador e a entrega. O velho, um cara tranquilo e bem-humorado, agradece. Irena volta pra casa, espera o marido chegar, está na hora de voltar do escritório. Nisso tudo me esqueci de te dizer que toda manhã, com o maior carinho, ela dá alpiste ao canário, e troca a água, e o canário canta. E finalmente chega o marido e ela o abraça e quase o beija, tem um grande desejo de beijá-lo na boca, e ele se excita, e pensa que talvez o tratamento psicanalítico esteja dando resultado e se aproxima o momento de serem realmente marido e mulher. Mas cai na besteira de perguntar como foi a consulta daquela tarde. Ela, que não foi, se sente péssima, culpada, se safa dos braços dele e mente, diz que foi, sim, e que tudo correu bem. Mas se safa e já não há nada a fazer. Ele tem que segurar o desejo. E no dia seguinte está no trabalho com os outros arquitetos, e a colega, que sempre o observa, porque continua gostando dele, percebe que está preocupado e o convida pra tomar um drinque na saída, para levantar o moral, e ele diz que não, que tem muito que fazer, vai ficar depois do expediente, e aí ela, que sempre gostou dele, diz que também pode ficar para lhe dar uma ajuda.

— Eu simpatizo com essa mina. Tem coisas estranhas, você não me falou nada sobre ela, mas achei simpática. Coisas estranhas da imaginação.

— Ela fica com ele no estúdio, mas não como uma qualquer, depois que ele se casou, ela se conformou, e agora quer ajudar como amiga. E lá estão os dois, trabalhando fora do expediente. A sala é grande, tem várias mesas de trabalho, de desenho, cada arquiteto tem uma, mas agora os outros já foram embora e está tudo escuro, salvo a mesa do rapaz, que tem tampo de vidro, e a luz vem de baixo, então os rostos são iluminados por baixo, e os corpos projetam sombras meio sinistras nas paredes, sombras de gigantes, e a régua T parece uma espada quando ele ou a colega a pegam para traçar uma linha. Mas trabalham em silêncio. Ela o espia de vez em quando, mas, mesmo morrendo de vontade de saber o que o preocupa, não pergunta nada.

— Faz muito bem. É respeitosa, discreta, deve ser isso que me agrada nela.

— Enquanto isso, Irena espera, espera até que decide telefonar pro escritório. É a outra que atende e passa pro rapaz.

Irena fica com ciúme, tenta disfarçar, ele diz que telefonou cedo pra avisar, mas ela não estava. Claro, tinha ido de novo ao zoológico. Então, como ele a apanhou em falta, ela tem que ficar calada, não pode reclamar. E aí ele começa a chegar tarde cada vez mais seguido, porque alguma coisa o faz retardar a volta pra casa.

— É tudo tão lógico, fenomenal.

— E aí, como ficamos?... Você está vendo que ele é bem normal, quer ir pra cama com ela.

— Não, olha só. Primeiro o cara voltava pra casa com prazer porque sabia que ela não ia pra cama com ele, mas agora, com o tratamento, pode ser que as coisas mudem, e isso o inquieta. Mas se ela continuasse sempre como uma menina, como no começo, eles só iam brincar, como crianças. E talvez brincando começassem a fazer algo sexualmente.

— Brincando como crianças, ai, que coisa mais sem graça!

— Isso aí até que não acho ruim, da parte do teu arquiteto, sabe? Desculpa eu me contradizer.

— O que que você não acha ruim?

— Que eles começassem como quem brinca, sem tanto estardalhaço.

— Bom, volto pro filme. Mas me diz uma coisa, por que agora ele fica tão à vontade com a colega?

— Ora, está dado que, sendo casado, não pode acontecer nada, a colega deixou de ser uma possibilidade sexual, porque aparentemente ele está vidrado na esposa.

— É tudo coisa da tua imaginação.

— Se você põe coisas do teu moinho, por que eu não posso?

— Continuo. Uma noite Irena está com o jantar pronto, e ele não chega. A mesa posta, com luz de velas. Ela não sabe de uma coisa, que ele, como é o aniversário de casamento, foi à tarde esperar por ela na saída do psicanalista e, claro, não a encontrou porque ela nunca vai. E aí ele fica sabendo que já faz tempo que ela não aparece lá e telefona para Irena, que não está em casa, é óbvio que ela saiu, como todas as tardes, levada pela atração irresistível do zoológico. Então, ele volta desesperado pro escritório, precisa contar tudo pra colega. E vão beber num bar próximo, mas o que eles querem não é beber, e sim conversar a sós e fora do escritório. Irena, quando percebe que já é tão tarde, começa a zanzar pelo quarto como uma fera enjaulada, e liga pro escritório. Ninguém atende. Tenta fazer alguma coisa para se distrair, está supernervosa, vai até a gaiola do canário e percebe que o passarinho bate as asas desesperado quando a sente por perto e voa às cegas de um lado para outro da gaiolinha, machucando as asas. Ela não resiste ao impulso, abre a gaiola e enfia a mão. O pássaro cai morto, como que fulminado, ao sentir sua mão se aproximar. Irena se desespera, voltam todas as suas alucinações, sai correndo à procura do marido, é só pra ele que pode pedir ajuda, ele vai entender sua angústia. Mas pra ir até o escritório tem que passar pelo bar aonde ele foi com a colega, e aí vê os dois. Fica imóvel, não consegue dar nem mais um passo, tremendo de raiva e de ciúme. O par se levanta pra sair, Irena se esconde atrás de uma árvore. Vê que eles se despedem e cada um vai pro seu lado.

— Como eles se despedem?

— Ele, com um beijo no rosto. Ela usa um chapéu de aba levantada. Irena não está de chapéu, seu cabelo crespo brilha sob a luz dos postes na rua deserta, porque está seguindo a outra. A outra pega um caminho mais curto pra sua casa, que fica do outro lado do parque, o Central Park, uma rua que às vezes parece um túnel, porque o parque tem como uns morrinhos, e o caminho é reto, às vezes escavado nos morrinhos, parece uma rua, com trânsito, mas não muito, é como um atalho, e tem um ônibus que a atravessa. Às vezes a colega pega o ônibus para não caminhar tanto, mas às vezes vai a pé, porque o ônibus demora pra passar. E dessa vez a colega resolve caminhar, para arejar um pouco a cabeça, que está explodindo depois da conversa que teve com o rapaz, quando ele lhe contou tudo, que Irena não se deita com ele, que tem pesadelos com mulheres-panteras. E essa mulher, que continua apaixonada pelo rapaz, se sente realmente muito confusa, já estava conformada a perdê-lo, mas em vista disso tudo volta a ter esperanças. Por um lado está contente, pois nem tudo está perdido, e por outro lado tem medo de voltar a criar ilusões e depois sofrer, de ficar sempre de mãos vazias. E vai pensando nisso tudo, andando bem rapidinho porque está frio. Não tem ninguém lá, só o parque escuro dos dois lados do caminho, não venta, não balança nem uma folha, só se escutam passos atrás da colega, um barulho de saltos de mulher. A colega se vira e enxerga uma silhueta, mas, como está um pouco longe e tem pouca luz, não reconhece a pessoa. Mas no percurso o barulho dos saltos se escuta cada vez mais rápido. A colega começa a se inquietar, porque, sabe como é, quando a gente fala em assombração ou crimes, acaba que fica mais impressionável e se sugestiona com qualquer coisa, e essa mulher então se lembra das mulheres-panteras e tal, e começa a se assustar, e aperta o passo, mas está justo na metade do trajeto, a uns quatro quarteirões de casa, onde começa a ter edifícios porque vai saindo do parque. Então, se ela correr, pode ser pior.

— Posso interromper, Molina?

— Pode, mas falta pouco, quer dizer, por esta noite.

— É só uma questão que me intriga um pouco.

— O quê?

— Não vai ficar bravo?

— Depende.

— É interessante saber. E depois, se você quiser, pode me perguntar também.

— Manda.

— Com quem você se identifica? Com Irena ou com a arquiteta?

— Com Irena, óbvio. É a protagonista, seu tonto. Eu sempre fico com a heroína.

— Continua.

— E você, Valentín, com quem se identifica? Está desnorteado porque acha o mocinho um idiota.

— Pode rir. Com o psicanalista. Mas não debocha, que eu respeitei a tua escolha, sem comentários. Vai, continua.

— Depois a gente comenta, se você quiser, ou amanhã.

— Tá, mas continua mais um pouco.

— Só mais um pouquinho, gosto de tirar o doce na melhor hora, assim você gosta mais do filme. Precisa fazer assim com o público, senão ele nunca fica contente. No rádio, antigamente, era assim que faziam. E agora, nas telenovelas.

— Vai.

— Bom, paramos na parte em que a mina não sabia se saía correndo ou não, e aí de repente quase não se escutam os passos, quer dizer, o som dos saltos atrás dela, porque o que a arquiteta escuta são passos diferentes, quase imperceptíveis, como de um gato ou coisa pior. Ela se vira e não vê a mulher, como é que ela conseguiu sumir de repente? Mas tem a impressão de ver outra sombra, que se esgueira e também desaparece. E o que se escuta agora é o som de pisadas entre o arvoredo do parque, pisadas de animal, que se aproximam.

— E aí?

— Amanhã a gente continua. Tchau, bons sonhos.

— Você me paga!

— Até amanhã.

— Tchau.

2

— Você cozinha bem.

— Obrigado, Valentín.

— Mas vai me acostumar mal. E isso pode me prejudicar.

— Deixa de ser doido, vive o momento! Aproveita! Vai amargar a refeição pensando no que pode acontecer amanhã?

— Não acredito nessa conversa de viver o momento, Molina, ninguém vive o momento. Isso fica pro paraíso terrestre.

— Você acredita em céu e inferno?

— Espera aí, Molina, se vamos discutir, que seja com um mínimo de rigor; mudar de assunto às tontas é coisa de moleque, de discussão de colégio.

— Eu não tô mudando de assunto.

— Perfeito, então primeiro me deixa estabelecer a minha ideia, marcar a minha posição.

— Sou todo ouvidos.

— Eu não posso viver o momento porque vivo em função de uma luta política, ou melhor, de uma atividade política, digamos, entende? Tudo o que eu posso aguentar aqui, que é bastante... mas que não é nada se você pensa na tortura... que você *não* sabe o que é.

— Mas posso imaginar.

— Não, não pode... Bom, mas eu aguento tudo... porque tem um planejamento. Tem aquilo que é importante, a revolução social, e aquilo que é secundário, os prazeres dos sentidos. Enquanto durar a luta, que pode ser a minha vida inteira, não me convém cultivar os prazeres dos sentidos, entende? Porque, na verdade, são secundários pra mim. O grande prazer é outro, é saber que estou a serviço do que há de mais nobre, que é... bom... todas as minhas ideias...

— Como assim, as tuas ideias?

— Meus ideais... o marxismo, se quiser que eu defina tudo numa palavra. E esse prazer eu posso sentir em qualquer lugar, aqui mesmo nesta cela, e até na tortura. E essa é minha força.

— E tua mina?

— Isso também tem que ser secundário. Para ela, eu também sou. Porque ela também sabe o que é mais importante.

— Foi você que inculcou isso nela?

— Não, acho que fomos descobrindo juntos. Entendeu o que eu quis dizer?

— Entendi...

— Você não parece muito convencido, Molina.

— Deixa pra lá, não liga. Já vou dormir.

— Ficou doido? E a pantera? Você me deixou em suspense desde ontem.

— Amanhã eu continuo.

— Mas o que deu em você?

— Nada...

— Fala...

— Nada, sou um bobo, só isso.

— Me explica, por favor.

— Olha, eu sou assim, as coisas me ferem. Eu preparei essa comida pra você, com meus mantimentos, e o pior: gostando como eu gosto de abacate, te dei a metade, quando podia ter guardado pra amanhã. E pra quê... pra você me jogar na cara que te acostumo mal.

— Não seja assim, você é sensível demais...

— Que é que se há de fazer? Eu sou assim, muito sentimental.

— Demais. Isso é coisa...

— Por que não continua?

— Deixa pra lá, não é nada.

— Fala, eu sei o que você ia dizer, Valentín.

— Deixa de ser bobo.

— Fala, você ia dizer que isso é coisa de mulher.

— É.

— E o que há de errado em ser como uma mulher? Por que um homem, ou seja lá o que for, um cachorro, ou um viado, não pode ser sensível se lhe der na telha?

— Não sei, mas no homem esse excesso pode atrapalhar.

— Pra quê? Pra torturar?

— Não, pra acabar com os torturadores.

— Mas, se todos os homens fossem como as mulheres, não haveria torturadores.

— E o que você faria sem homens?

— Tem razão. São uns brutos, mas eu gosto.

— Molina... você diz que, se todos fossem como as mulheres, não haveria torturadores. Aí pelo menos temos uma proposta. Irreal, mas proposta enfim.

— Que jeito de dizer as coisas.

— Como assim, que jeito?

— Você fala com muito desprezo quando diz: "Aí pelo menos temos uma proposta".

— Bom, desculpa se te magoei.

— Não tem o que desculpar.

— Bom, então fica mais contente e não me põe de castigo.

— Que castigo? Tá doido?

— Faz de conta que nada aconteceu, então.

— Você quer que eu continue com o filme, é isso?

— Claro, homem!

— Homem? Cadê? Me diz onde ele está, que eu não deixo escapar.

— Chega de brincadeira, e conta.

— Onde estávamos?

— Na parte em que a arquiteta, minha namorada, não escutava mais passos humanos.

— Bom, aí ela começa a tremer de pavor, não consegue fazer nada, não tem coragem de se virar por medo de ver a pantera, para de caminhar por um momento pra ver se volta a ouvir passos humanos, mas nada, silêncio total, só o sussurro das árvores balançadas pelo vento... ou por outra coisa. Aí ela dá um grito de desespero, um misto de choro e gemido, e o grito fica como que abafado pela porta automática do ônibus que acaba de parar ao lado dela. Essas portas hidráulicas que fazem um barulho que parece de ventosa, e ela está salva. O motorista a viu ali parada e abriu a porta; pergunta o que ela tem, ela diz que nada, só não está se sentindo bem. E sobe... Bom, quando Irena volta pra casa está toda desgrenhada, com os sapatos sujos de barro. Ele, totalmente desnorteado, não sabe o que dizer, o que fazer com esse bicho esquisito com quem se casou. Ela entra, percebe que ele está diferente, vai ao banheiro para deixar os sapatos sujos, e ouve que ele diz, tomando coragem de falar porque ela não está olhando pra ele, que foi buscá-la no consultório do psicanalista e ficou sabendo que ela não tinha ido mais lá. Irena então desata a chorar, dizendo que tudo está perdido, que ela é o que sempre teve medo de ser, uma louca, com alucinações, ou pior ainda... uma mulher-pantera. Ele amolece de novo e a envolve nos braços, e nisso você tem razão, pra ele, ela é como uma menina, porque quando a vê assim tão indefesa, tão perdida, sente de novo que a ama loucamente e aconchega sua cabeça em seu ombro, no ombro dele, e lhe acaricia o cabelo e diz que tenha fé, que tudo vai se ajeitar.

— Até que o filme é bom.

— Mas ainda continua, não acabou.

— Eu sei, imagino que não vai ficar nisso. Sabe do que eu gosto? Que é como uma alegoria, aliás muito clara, do medo que a mulher tem de se entregar ao homem, porque ao se entregar ao sexo ela vira meio bicho, entende?

— E aí...

— Tem esse tipo de mulher, que é muito sensível, espiritual demais, que foi criada com a ideia de que sexo é sujo, que é pecado, e esse tipo de mulher está fodida, superfodida, o mais provável é que seja frígida quando casar, porque tem uma barreira dentro dela, ergueram uma barreira, ou uma muralha, e nem bala passa ali.

— Muito menos outras coisas.

— Agora que eu tô falando sério, você vem debochar. Tá vendo como você é, também?

— Continua, voz da sabedoria.

— Era só isso mesmo. Continua você com a pantera.

— Bom, a questão é que ele a convence a voltar a ter fé e ir ao médico.

— A mim.

— Sim, mas ela diz que tem alguma coisa no médico que não lhe agrada.

— Claro, porque, se a curar, vai entregá-la à vida matrimonial, ao sexo.

— Mas o marido a convence a voltar. E ela vai, mas com medo.

— Você sabe do que ela tem medo, acima de tudo?

— De quê?

— O médico é um cara sexual, você disse.

— É.

— Aí é que está o problema, porque ele a excita, e por isso ela resiste ao tratamento.

— Bom, ela vai ao consultório. E diz com toda a sinceridade que seu maior medo é ser beijada por um homem e virar pantera. E aí o médico comete um erro, diz que quer tirar esse seu temor provando que ele mesmo não tem medo dela, que tem certeza que é uma mulher encantadora, adorável e mais nada, ou seja, o cara escolhe um tratamento meio torto, pois, cheio de vontade, procura um jeito de beijar Irena, é isso que ele procura. Mas ela não se entrega, ao contrário, percebe que sim, que o médico tem razão e que ela é normal e deixa o consultório na mesma hora e sai contente, vai direto pro estúdio dos arquitetos, pelo jeito com o propósito, a decisão já tomada, de se entregar ao marido naquela noite. Está feliz, e corre, e chega quase sem fôlego. Mas fica paralisada na porta. Já é tarde e todos foram embora, menos o marido e a colega, que estão conversando de mãos dadas, não se sabe se num sinal de amizade ou do quê. Ele está falando, com os olhos baixos, enquanto a colega o escuta, compreensiva. Não percebem que alguém entrou. E aqui me falha a memória.

— Espera um pouco, que logo volta.

— Lembro que tem uma cena numa piscina, e outra lá no estúdio dos arquitetos, e mais outra, a última, com o psicanalista.

— Não vai me dizer que no fim a pantera fica comigo.

— Não, calma. Bom, todo esse trecho final, se você quiser, eu posso contar desalinhavado, só aquilo que eu lembro.

— Tá bom.

— Então, lá no estúdio estão ele e a outra conversando, e param de falar porque escutam uma porta ranger. Olham e não tem ninguém, o escritório está escuro, só tem a mesa deles com aquela luz meio sinistra que vem de baixo. E se ouvem pisadas de animal, que amassam algum papel e, sim, agora me lembrei, tem um cesto para papéis num canto escuro, e o cesto vira e as pisadas fazem crepitar os papéis. A outra dá um grito e se refugia atrás dele. Ele grita: "Quem está aí? Quem é?", e aí pela primeira vez se ouve a respiração do animal, como um rugido entre dentes, saca? Ele não sabe com o que se defender e pega uma daquelas réguas grandes. E dá pra ver que, talvez inconscientemente, ele se lembra do que Irena lhe contou, que a cruz assusta o diabo e a mulher-pantera, e a luz da mesa projeta umas sombras como de gigantes na parede, dele com a colega agarrada, e a poucos metros a sombra de uma fera de rabo comprido, e parece que ele está segurando uma cruz na mão. São só as réguas de desenho que ele cruza, e aí se escuta um rugido terrível e os passos do animal no escuro fugindo espavorido. Bom, agora não lembro mesmo como continua, se é nessa mesma noite, acho que é, sim, que a outra volta pra casa, uma espécie de hotel de mulheres, enorme, um clube de mulheres, onde ela mora, com uma grande piscina de natação no subsolo. A arquiteta está muito nervosa por tudo o que aconteceu, e aquela noite ao voltar pro hotel, onde é proibida a entrada de homens, pensa que, para acalmar os nervos alterados, a melhor coisa a fazer é descer e nadar um pouco. Já é noite alta e não tem absolutamente ninguém na piscina. Embaixo estão os vestiários, e ela tem um armário onde pendura a roupa e veste o maiô e a saída de banho. Enquanto isso, a porta da rua se abre e aparece Irena. Pergunta pela outra para a mulher da portaria, e a porteira diz, sem desconfiar de nada, que a outra acaba de descer para a piscina. Irena, por ser mulher, entra sem nenhum problema, os funcionários a deixam passar. Embaixo, a piscina está às escuras, a outra sai do vestiário e acende as luzes, as da piscina, que ficam debaixo d'água. Está ajeitando o cabelo para pôr a touca de natação quando escuta passos. Pergunta, um pouquinho alarmada, se é a porteira. Não tem resposta. Então fica apavorada, larga a saída de banho e mergulha. Olha do meio da água para as bordas da piscina, que estão escuras, e se ouvem os rugidos de uma fera preta que passeia enfurecida, quase não se vê, mas uma sombra vai como que deslizando pela beirada. Os rugidos mal se ouvem, são sempre rugidos entre dentes, e brilham seus olhos verdes olhando a outra na piscina, que aí sim começa a gritar feito louca. Nisso a porteira desce e acende todas as luzes, pergunta pra ela o que está havendo. Aí não tem ninguém, por que essa gritaria toda? A outra fica com vergonha, não sabe como explicar o medo que está sentindo, imagina você, como é que ela vai dizer que ali apareceu uma mulher-pantera. E então diz que achou que havia alguém lá, um animal escondido. E a porteira olha pra ela como quem pensa o que essa doida está falando? Pois se foi uma amiga que veio visitá-la, e ela se assustou por causa disso, por ouvir passos, e estão nisso quando veem no chão a saída de banho em farrapos e pegadas de animal, por ter pisado no molhado... Você está me ouvindo?

— Estou, mas não sei por que esta noite só faço pensar em outra coisa.

— No quê?

— Em nada, não consigo me concentrar...

— Se abre um pouco, vai.

— Tô pensando na minha companheira.

— Como ela se chama?

— Isso não vem ao caso. Olha, nunca te falei dela, mas sempre penso nela.

— E por que não te escreve?

— Como você sabe se ela não me escreve?! Posso muito bem te dizer que as cartas que recebo dela são de outra pessoa. Ou você mexe nas minhas coisas quando vou pro banho?

— Ficou doido? Mas é que você nunca me mostrou nenhuma carta dela.

— Bom, é que eu prefiro não falar nisso, mas, sei lá, agora me deu vontade de comentar uma coisa... que quando você começou a contar que a pantera seguia a arquiteta fiquei com medo.

— O que foi que te assustou?

— Não foi medo por mim, mas pela minha companheira.

— Ah...

— Loucura minha puxar esse assunto com você.

— Por quê? Fala se te deu vontade...

— Quando você começou a contar que a pantera seguia a moça, imaginei que minha companheira estava em perigo.

E eu me sinto tão impotente aqui, sem condições de dizer pra ela se cuidar, pra não se arriscar demais.

— Eu te entendo.

— Bom, você deve imaginar, se ela é minha companheira, é porque também está na luta. Embora não devesse falar dessas coisas com você, Molina.

— Fica tranquilo.

— É que eu não quero te carregar de informações que é melhor você não ter. São uma carga, e você já tem bastante problema.

— Eu também tenho essa sensação, sabe?, de não poder fazer nada daqui; mas no meu caso não é uma mulher, quero dizer, uma moça: é minha mãe.

— Tua mãe não está sozinha, né? Ou está?

— Bom, está com a minha tia, irmã do meu pai. Mas é que ela está doente. Tem pressão alta e o coração falha um pouco.

— Mas essas coisas podem se estender por muitos anos, você sabe…

— Mas ela precisa evitar desgostos, Valentín.

— Que é que você pode fazer…

— Pois é, não posso lhe fazer mais mal do que já fiz.

— Por que diz isso?

— Imagina a vergonha de ter um filho preso. E o motivo.

— Não pensa mais nisso. O pior já passou, né? Agora ela só tem que se conformar, mais nada.

— Mas é que ela sente muita saudade. Éramos muito ligados.

— Não pensa mais nisso. Ou então… se consola por ela não correr perigo, como a pessoa que eu amo.

— Mas ela tem o perigo dentro, leva o inimigo dentro do corpo, que é o coração fraco.

— Ela te espera, sabe que você vai sair, os oito anos passam, e ainda tem a esperança de encurtar por bom comportamento e tudo o mais. Isso lhe dá forças para esperar por você, pensa nisso.

— É, você tem razão.

— Senão, você enlouquece.

— Fala mais da tua namorada, se está com vontade…

— Que é que eu posso dizer? Não tem nada a ver com a arquiteta, não sei por que associei com ela.

— É bonita?

— É, sim, claro.

— Podia ser feia. Tá rindo do quê, Valentín?

— Nada, não sei por que estou rindo.

— Mas no que você achou tanta graça?

— Não sei…

— Alguma coisa há de ser… você está rindo de alguma coisa.

— De você, e de mim.

— Por quê?

— Não sei, deixa eu pensar, porque não poderia te explicar.

— Bom, mas para de rir.

— É melhor eu falar quando souber bem do que estou rindo.

— Quer que eu termine o filme?

— Sim, por favor.

— Onde estávamos?

— A moça se salvou na piscina.

— Bom, deixa eu ver… Agora vem o encontro da pantera com o psicanalista.

— Desculpa… Não fica bravo.

— Que foi?

— Melhor a gente continuar amanhã, Molina.

— Falta pouco pra acabar.

— Não consigo me concentrar no que você conta. Desculpa.

— Ficou chato?

— Não, não é isso. Minha cabeça está uma bagunça. Quero ficar calado, para ver se passa essa histeria. Porque minha risada era histérica.

— Como quiser.

— Quero pensar na minha companheira, tem uma coisa que eu não entendo e quero pensar nisso. Não sei se já te aconteceu, você sente que está prestes a descobrir algo, que você pegou a ponta da meada e se não puxar logo... o fio escapa.

— Certo, então até amanhã.

— Até amanhã.

— Amanhã o filme termina.

— Você não sabe como eu fico com pena.

— Você também?

— Sim, gostaria que continuasse mais um pouco. E o pior é que vai acabar mal, Molina.

— Mas você gostou, mesmo?

— Bom, as horas passaram mais rápido, né?

— Mas gostar mesmo, você não gostou.

— Gostei, e fico com pena de já estar no fim.

— Mas não seja bobo, eu posso te contar outro.

— Mesmo?

— Claro, eu me lembro direitinho de muitos.

— Então ótimo, pensa agora num que você tenha gostado muito, e enquanto isso eu penso no que tenho que pensar, certo?

— Puxa o fio da meada.

— Perfeito.

— Mas se embaraçar a linha, menina Valentina, vou lhe dar zero em trabalhos manuais.

— Não precisa se preocupar comigo.

— Tudo bem, não me meto mais.

— E não me chama de Valentina, que eu não sou mulher.

— Faltam provas.

— Sinto muito, Molina, mas não faço demonstrações.

— Não se preocupe, que isso eu não vou pedir.

— Até amanhã, bom descanso.

— Até amanhã.

. . . .

— Sou todo ouvidos.

— Bom, como eu já te avisei ontem, não me lembro direito do trecho final. Naquela mesma noite, o marido liga pro psicanalista e pede pra ele ir para a casa, e esperam por Irena, que não está lá.

— Que casa?

— O apartamento do arquiteto. Aí a colega liga pro rapaz e pede pra ele ir lá no hotel de mulheres, que é pra procurarem a polícia, porque acaba de acontecer a história da piscina, aí o arquiteto deixa o psicanalista sozinho por algum tempo, e zás!, quando Irena chega em casa, dá de cara com ele. É noite, o cômodo está iluminado apenas por um abajur. O psicanalista, que estava lendo, tira os óculos, olha pra ela. Irena sente aquele misto de desejo e repulsa, porque ele é atraente, como eu te disse, um cara sexual. E aí acontece uma coisa estranha, ela se atira nos braços dele, porque está desamparada, sente que ninguém gosta dela, que o marido a abandonou. E o psicanalista interpreta que ela o deseja sexualmente, e ainda por cima pensa que, se a beijar, ainda é capaz de fazer o serviço completo, tirando da cabeça dela aquelas ideias malucas de que é uma mulher-pantera. Então a beija, e os dois se amassam, se abraçam e se beijam. Até que ela... vai meio que escorregando, o encara com os olhos entrecerrados, seus olhos verdes brilham como com desejo e ao mesmo tempo ódio. Aí ela se safa e corre para o outro extremo daquela sala com lindos móveis fim de século. Tudo com sofás de veludo e mesas com centros de crochê. Mas ela vai para aquele canto porque a luz do abajur não chega lá. E se joga no chão, o psicanalista ainda tenta se defender, mas é tarde demais, porque ali naquele canto escuro tudo fica desfocado por um instante, e aí ela já virou pantera, e ele chega a agarrar o atiçador da lareira para se defender, mas a pantera já saltou em cima dele, ele tenta golpear a fera com o atiçador, mas ela já lhe rasgou o pescoço com uma patada, e o homem tomba jorrando sangue aos borbotões, a pantera urra e arreganha as presas brancas perfeitas e torna a fincar as garras nele, agora no rosto, para destroçar as bochechas e aquela boca que pouco antes a beijou. Enquanto isso, a arquiteta já está com o marido de Irena, que foi ao seu encontro no hotel, e da recepção já telefonam pro psicanalista para avisar que ele está em perigo, porque já não resta a menor dúvida, não era só imaginação de Irena, ela é realmente uma mulher-pantera.

— Não, é uma psicopata assassina.

— Bom, mas o telefone toca, toca, e ninguém atende, o psicanalista está estirado e morto, numa poça de sangue. Aí o marido, a colega e a polícia, que os dois já tinham chamado, vão até o apartamento dele, sobem pelas escadas lentamente, encontram a porta aberta e lá dentro o cara morto. Ela, Irena, não está.

— E aí?

— O marido sabe onde pode encontrar a mulher, é o único lugar aonde ela vai, e mesmo já sendo noite alta vão todos até o parque, até o zoológico, pra ser mais exato. Ah, mas me esqueci de contar uma coisa!

— O quê?

— Naquele dia, de tarde, Irena tinha ido ao zoológico, como todas as tardes, pra ver aquela pantera que a hipnotizava. E lá estava ela quando chegou o zelador com as chaves, pra dar carne às feras. O zelador é aquele velho distraído que já mencionei. Irena ficou a certa distância, mas viu tudo. O zelador se aproximou com as chaves, abriu a fechadura da jaula, correu a barra da tranca, abriu a porta e jogou pedaços enormes de carne lá dentro, depois voltou a correr a barra e trancou a porta, mas esqueceu a chave na fechadura. Num instante em que ele não está olhando, Irena vai até a jaula e pega a chave. Bom, tudo isso aconteceu de tarde, mas agora já é de noite, e o psicanalista já está morto, quando o marido com a outra e a polícia correm pro zoológico, que fica a poucos quarteirões. Mas Irena já está chegando na própria jaula da pantera. Vai caminhando feito uma sonâmbula. Está com as chaves na mão. A pantera está dormindo, mas o cheiro de Irena a desperta, Irena olha para ela através das grades. Aproxima-se da porta devagar, enfia a chave na fechadura, abre. Enquanto isso, os outros vão chegando, ouvem-se os carros se aproximando com as sirenes para abrir caminho no trânsito, se bem que naquela hora as ruas já estavam quase desertas. Irena corre a barra e abre a porta, liberando a saída para a pantera. Irena parece estar em outro mundo, tem uma expressão estranha, entre trágica e de prazer, os olhos úmidos. A pantera escapa da jaula de um só salto, por um instantinho parece suspensa no ar, diante dela não há nenhum obstáculo além da própria Irena. Só com o impulso do salto, já a derruba. Os carros estão se aproximando. A pantera corre pelo parque e atravessa a avenida no exato momento em que um dos carros da polícia passa a toda a velocidade. O carro a atropela. Descem e veem a pantera morta, esmagada. O rapaz vai até as jaulas e encontra Irena estirada no cascalho, no mesmo lugar onde a conheceu. Irena tem o rosto desfigurado por uma patada da pantera, está morta. A jovem colega chega aonde ele está, e os dois se retiram juntos, abraçados, tentando esquecer aquele espetáculo terrível que acabam de ver, e fim.

— ...

— Gostou?

— Gostei...

— Muito ou pouco?

— Fiquei triste porque acabou.

— Passamos horas gostosas, né?

— É, sim.

— Fico feliz.
— Estou louco.
— Que foi?
— Fiquei triste porque acabou.
— Bom, eu te conto outro.
— Não, não é isso. Você vai achar graça no que eu vou te dizer.
— Manda.
— Fiquei triste porque me apeguei aos personagens. E agora acabou, e é como se estivessem mortos.
— No fundo, Valentín, você também tem o seu coraçãozinho.
— Por algum lugar tem que sair... a fraqueza, digo.
— Não é fraqueza, pô.
— É estranho, mas a gente não consegue deixar de se apegar a alguma coisa... É... como se a mente secretasse sentimento, sem parar...
— Acredita que é assim?
— ... como o estômago secreta suco para digerir.
— Você acha?
— Sim, como uma torneira mal fechada. E as gotas vão caindo sobre qualquer coisa, não dá pra segurar.
— Por quê?
— Sei lá... porque já estão transbordando do copo que as contém.
— E você não quer pensar na sua companheira.
— Mas é como se eu não pudesse evitar... porque me apego a qualquer coisa que me faça lembrar dela.
— Me conta um pouco como ela é.
— Eu daria... qualquer coisa para poder abraçá-la, mesmo que fosse só por um instante.
— Vai chegar o dia.
— É que às vezes penso que não vai chegar.
— Você não está em prisão perpétua.
— É que pode acontecer alguma coisa com ela.

— Escreve pra ela, fala pra não se arriscar, que você precisa dela.

— Isso nunca. Se você pensar assim, nunca vai conseguir mudar nada no mundo.

— E você acha que vai mudar o mundo?

— Acho... e pode rir, que não me incomodo. Eu mesmo acho graça ao dizer isso, mas o que eu devo fazer, antes de mais nada... é mudar o mundo.

— Mas você não pode mudar o mundo da noite pro dia, e sozinho não vai conseguir.

— É que não estou sozinho, é isso!... ouviu?... aí é que está a verdade, isso é que é importante!... Neste momento não estou sozinho, estou com ela e com todos aqueles que pensam como ela e eu, é isso!... e não posso me esquecer disso. Esse é o fio da meada que às vezes me escapa. Mas felizmente já peguei firme na ponta. E não vou soltar... Não estou longe de todos os meus companheiros, estou com eles! Agora, neste momento!... não importa que não os veja.

— Se isso te ajuda a se conformar, maravilha.

— Mas como você é idiota!

— Isso é jeito?...

— Então deixa de ser irritante... E não fala assim, como se eu fosse um ingênuo que se deixa iludir por qualquer besteira. Você sabe que não é isso! Não sou um falastrão que fala de política no boteco, tá? E a prova é que estou aqui, não num boteco!

— Desculpa.

— Tudo bem...

— Você ia me contar sobre sua companheira e não falou mais nada.

— Não, melhor esquecer isso.

— Como quiser.

— Se bem que eu não tenho por que não falar. Não deve me fazer mal falar dela.

— Se fizer mal, não…

— Não deve me fazer mal… Só o nome dela que é melhor eu não dizer.

— Agora me lembrei do nome da atriz que faz o papel da arquiteta.

— Como é?

— Jane Randolph.

— Nunca ouvi falar.

— É das antigas, dos anos quarenta, por aí. Podemos chamar a tua companheira de Jane Randolph.

— Jane Randolph.

— Jane Randolph em… *O mistério da cela sete*.

— Uma das iniciais bate…

— Qual delas?

— O que você quer que eu te conte sobre ela?

— O que quiser, que tipo de moça ela é.

— Tem vinte e quatro anos, Molina. Dois a menos que eu.

— Treze a menos que eu.

— Sempre foi revolucionária. Primeiro começou pela… bom, com você não preciso ficar cheio de dedos… começou pela revolução sexual.

— Conta, por favor.

— É de uma família burguesa, gente não muito rica, mas, sabe como é, vivendo com certa folga, num sobrado em Caballito. Mas durante a infância e a juventude ela cansou de ver os pais se destruírem um ao outro. Com o pai enganando a mãe, sabe o que quero dizer…

— Não, o que você quer dizer?

— Ele a enganava não dizendo que precisava de outras relações. E a mãe se dedicou a criticar o marido diante da filha, se dedicou a posar de vítima. Eu não acredito no casamento, na monogamia, pra ser mais exato.

— Mas é tão bonito quando um casal se ama a vida inteira.

— Você gostaria disso?

— É o meu sonho.

— Por que você gosta de homem, então?

— Que é que tem a ver?... Eu queria me casar com um homem para a vida inteira.

— No fundo, então, você é um senhor burguês?

— Uma senhora burguesa.

— Mas você não percebe que é tudo enganação? Se você fosse mulher, não ia querer isso.

— Estou apaixonado por um homem maravilhoso, e eu só queria viver a vida inteira ao lado dele.

— Mas como isso é impossível, porque, se ele é homem, deve querer uma mulher, você vai continuar se iludindo.

— Continua contando da tua companheira, não tenho vontade de falar de mim.

— Certo, como eu ia dizendo, a... como era mesmo o nome?

— Jane, Jane Randolph.

— A Jane Randolph foi criada pra ser dona de casa. Aulas de piano, francês e desenho, e ao terminar o colégio, a Universidade Católica.

— Arquitetura! Por isso que você associou com ela.

— Não, sociologia. E aí já começou a briga em casa. Ela queria entrar na universidade pública, mas a obrigaram a se matricular na Católica. Lá conheceu um rapaz, se apaixonaram e tiveram relações. O rapaz também morava com os pais, mas saiu de casa, arrumou um emprego de telefonista noturno e alugou um apartamentinho, e os dois começaram a passar o dia inteiro lá.

— E não estudaram mais.

— Naquele ano estudaram menos, de início, mas depois ela estudou, e muito.

— Mas ele não.

— Exato, porque trabalhava. E dali a um ano, a Jane foi morar com ele. Na casa dela, de início armaram um escândalo, mas acabaram se conformando. Achavam que, como o casalzinho se amava tanto, aquilo daria em casamento. O rapaz queria mesmo se casar. Mas a Jane não queria repetir nenhum esquema antigo e tinha um pé atrás.

— Algum aborto?

— Sim, um. Mas, em vez de se deprimir com isso, ela se sentiu mais segura. Entendeu claramente que, se tivesse um filho, ela mesma não poderia amadurecer, não poderia evoluir. Sua liberdade ficaria limitada. Foi trabalhar numa revista como redatora, ou melhor, como informante.

— Informante?

— Isso.

— Que nome feio.

— É um trabalho mais fácil que o de redator, em geral a pessoa vai pra rua à procura de informações que depois vão ser usadas nos artigos. E lá conheceu um rapaz da seção de política. Logo sentiu que precisava dele, que a relação com o outro estava estagnada.

— Como assim, estagnada?

— Tinham dado um ao outro tudo o que podiam. Eram muito ligados, mas jovens demais para ficar nisso, ainda não sabiam muito bem... o que queriam, nenhum dos dois. E... a Jane propôs ao rapaz abrir a relação. O rapaz topou, e ela começou a se encontrar com o colega da revista também.

— E continuava dormindo na casa do garoto?

— Sim, mas nem sempre. Até que foi morar com o redator.

— De que tendência era o redator?

— De esquerda.

— E aí inculcou tudo nela.

— Não, ela sempre tinha sentido necessidade de mudança. Bom, sabe que ficou tarde, né?

— Já são duas da manhã.

— Amanhã eu continuo, Molina.

— Você é vingativo.
— Não, seu bobão. Estou cansado.
— Eu não. Não tenho um pingo de sono.
— Até amanhã.
— Até amanhã.

. . . .

— Está dormindo?
— Não. Eu te falei que estava sem sono.
— Me deu um pouco de insônia.
— Você disse que estava com sono.
— É, mas depois fiquei pensando, porque te deixei na mão.
— Me deixou na mão?
— É, parei de conversar.
— Não se preocupa.
— Está se sentindo bem?
— Estou.
— Então, por que não dorme?
— Não sei, Valentín.
— Olha, estou com um pouco de sono, sim, e logo vou dormir. Mas tenho uma dica pra você pegar no sono.
— Que dica?
— Pensa no filme que você vai me contar.
— Boa.
— Mas que seja bacana, como o da pantera. Escolhe bem.
— E você vai me falar mais da Jane.
— Não, isso eu não sei... Vamos fazer o seguinte: quando eu sentir que posso te contar algo, conto com o maior prazer. Mas não me pede, espera eu puxar o assunto. Combinado?
— Combinado.
— Então agora pensa no filme.
— Tá bom.
— Tchau.
— Tchau.

3

— Estamos em Paris, já faz algum tempo que os alemães a ocupam. As tropas nazistas passam bem embaixo do Arco do Triunfo. Em toda parte, como nas Tulherias e essas coisas, está tremulando a bandeira com a suástica. Os soldados desfilam, todos loiros, bem bonitos, e as moças francesas os aplaudem ao passar. Uma tropa de poucos soldados segue por uma viela típica e entra num açougue, o açougueiro é um velho narigudo, de cabeça pontuda e um gorrinho no cocuruto.

— Como um rabino.

— E cara de desgraçado. Fica morrendo de medo quando vê os soldados entrarem e revistarem tudo.

— Que é que eles revistam?

— Tudo, mesmo, e encontram um porão secreto cheio de mercadoria escondida, que obviamente vem do mercado clandestino. E em frente ao açougue vai juntando um povinho, principalmente donas de casa, e franceses de boina, com pinta de operários, comentando a prisão do velho sacana, e dizem que não vai mais ter fome na Europa porque os alemães vão acabar com os exploradores do povo. E quando os soldados nazistas saem, o rapaz que os comanda, um tenente bem novo, com cara de bonzinho, é abordado por uma velhinha que o abraça e lhe diz obrigada, meu filho, ou algo parecido. Mas, enquanto isso, tinha uma caminhonete que vinha por aquela viela, e um sujeito que está no banco do carona, ao ver os soldados ou a aglomeração de gente, fala pro motorista parar. O motorista tem uma cara de assassino horrível, meio vesgo, com jeito entre demente e criminoso. E o outro, dá pra ver que é ele quem manda, olha para trás e puxa uma lona sobre a carga, que é comida clandestina. E dão marcha a ré pra fugir dali, até que o sujeito que manda desce da caminhonete e entra num bar típico de Paris. É manco, com um dos sapatos de plataforma altíssima e uma ponteira muito esquisita de prata. Usa o telefone do bar pra avisar que o agiota caiu preso e, na hora de desligar, diz "viva os maquis", porque são todos maquis.

— Onde você viu esse filme?

— Aqui em Buenos Aires, num cinema de bairro em Belgrano.

— Antigamente passavam filmes nazistas?

— Passavam, sim. Eu era criança, mas sei que durante a guerra chegavam filmes de propaganda. Eu só fui assistir mais tarde, porque continuaram passando esses filmes.

— Em que cinema?

— Era um pequeno, na parte mais alemã do bairro de Belgrano, aquela que era toda casarões com jardim, não na parte de Belgrano que dá pro rio, na que dá pro outro lado, pra Villa Urquiza, sabe? Faz alguns anos demoliram tudo. Minha casa fica ali perto, mas na parte da ralé.

— Continua com o filme.

— Bom, de repente aparece um teatro parisiense incrível, de luxo, todo forrado de veludo escuro, com barras cromadas nos camarotes e escadas e balaustradas também sempre cromadas. É de music hall, e tem apenas um número musical de coristas, todas de corpo divino, e eu nunca vou me esquecer, porque de um lado estão pintadas de preto e quando dançam segurando-se pela cintura e a câmera as focaliza parecem negras, com uma sainha toda feita de bananas, e mais nada, e quando batem os pratos, giram mostrando o outro lado, e são todas loiras, e em vez de bananas têm umas tirinhas de strass, e mais nada, um arabesco de strass.

— O que é strass?

— Não acredito que você não sabe.

— Não sei mesmo. O que é?

— Agora está de novo na moda, são como brilhantes, só que sem valor, pedacinhos de vidro que brilham, e com isso fazem tiras e todo tipo de bijuteria.

— Certo, mas não perde tempo. Conta o filme.

— E quando o número termina, o palco fica todo escuro, até que lá no alto começa a subir uma luz como se fosse uma névoa e vai se desenhando uma silhueta de mulher divina, alta, perfeita, mas muito esfumada, que cada vez vai se perfilando melhor, porque ao avançar vai atravessando faixas de tule, e, claro, a cada passo dá pra distinguir melhor sua figura, envolta num vestido de lamê prateado que se ajusta ao seu corpo como uma luva. A mulher mais divina que você pode imaginar. E ela canta uma canção primeiro em francês e depois em alemão. E está no alto do palco, e de repente aos pés dela, como um raio, se acende uma linha reta de luz, e ela vai dando passos para baixo, e a cada passo, pá!, mais uma linha reta de luz, e no fim todo o palco fica atravessado por aquelas linhas, e na realidade cada linha era a borda de um degrau, e aí você de repente vê que se formou uma escada toda de luzes. E num dos camarotes tem um jovem oficial alemão, não tão jovem como aquele tenente do começo, mas também muito boa-pinta.

— Loiro.

— Sim, e ela é morena, muito branca, mas de cabelo retinto.

— E como é de corpo? Magra ou bem torneada?

— Não, é alta mas bem torneada, só que sem peitão, porque naquele tempo se usava a silhueta chapada. E ao cumprimentar o público, ela cruza o olhar com o oficial alemão. E quando vai pro camarim, encontra um lindo buquê de flores, sem cartão. E nisso bate à porta uma das coristas loiras, bem francesinha. Bom, o que eu não te contei é que o que ela cantou foi muito estranho, me dá medo toda vez que me lembro dessa música, porque, na hora que ela canta, fita o nada, não pense que é um olhar de felicidade, ela está é assustada, mas ao mesmo tempo não faz nada pra se defender, está como que entregue pro que acontecer.

— E o que ela canta?

Não faço ideia, mas deve ser uma canção de amor. Só sei que me impressionou. Bom, aí aparece no camarim uma das coristas loiras, toda animada, pra lhe contar a novidade, porque faz questão que seja ela, a atriz que mais admira, a primeira a saber. É que vai ter um filho. E, claro, a cantora, que se chama Leni, nunca vou me esquecer, leva um susto, pois sabe que a moça é solteira. Mas a outra diz pra ela não se preocupar, que o pai da criança é um jovem oficial alemão, um rapaz que gosta muito dela, e vão encaminhar tudo pra se casar. Nisso a expressão da corista ensombrece um pouco, e diz a Leni que tem medo de outra coisa. Leni lhe pergunta se acha que o rapaz vai abandoná-la. A moça diz que não, que tem medo de outra coisa. Leni lhe pergunta de quê, mas a moça diz que não é nada, bobagens, e se retira. Então, já sozinha, Leni se pergunta se conseguiria amar um invasor da sua pátria, e fica pensando... e nessas repara nas flores que lhe mandaram, e pergunta à sua camareira pessoal que flores são essas, e acontece que são dos Alpes alemães, trazidas especialmente a Paris, caríssimas. Enquanto isso, a corista loira caminha pelas ruas de Paris, umas ruas escuras à noite por causa da guerra, mas olha para cima e vê que no último andar de um antigo prédio de apartamentos a luz está acesa, e seu rosto se ilumina com um sorriso. Tem um reloginho antigo, ela, como um broche no peito, e o olha e vê que é meia-noite cravada. Aí se abre uma janela lá onde tem luz e aparece o mesmo rapaz do começo, o tenentinho alemão, que sorri para ela com cara de perdidamente apaixonado, e lhe joga a chave, que cai no meio da rua. E ela vai pegar. Mas desde que ela apareceu nessa rua tinha passado tipo uma sombra. Não, havia um carro estacionado perto, e no escuro mal se vê que tem alguém dentro desse carro. Não, agora me lembrei!, quando a moça vai caminhando por esse bairro, tem a impressão de que está sendo seguida, e é um passo esquisito o que se ouve, primeiro uma pisada e depois algo se arrastando.

— O manco.

— E depois já aparece o manco que vê chegar um cupê, e ao volante aquele vesgo com cara de assassino. O manco entra no carro e faz um sinal pro assassino. O carro arranca a toda a velocidade. E quando a moça está no meio da viela se abaixando pra pegar a chave, a dupla do carro avança a toda e a atropela. E depois seguem em frente e se perdem nas ruas escuras e sem trânsito. O rapaz, que viu tudo, desce desesperado. A moça está agonizando, ele a pega nos braços, ela quer dizer alguma coisa, mal se entende, diz que não tenha medo, que o filho vai nascer saudável e vai ser o orgulho do pai. E fica de olhos abertos, vidrados, já morta. Está gostando do filme?

— Ainda não sei. Mas continua, por favor.

— Bom. No dia seguinte, bem cedo, Leni recebe um telefonema da polícia alemã, que a intima a declarar tudo o que ela souber sobre a moça morta, pois sabem que ela era sua confidente. Mas Leni não sabe de nada, só que a moça estava apaixonada por um tenente alemão, e mais nada. Não acreditam nela e a detêm por algumas horas, mas, como ela é uma cantora conhecida, uma voz ao telefone ordena que a deixem em liberdade vigiada, para que ela possa trabalhar como todas as noites. Leni está assustada, mas à noite ela canta e, ao voltar ao camarim, torna a se deparar com as flores dos Alpes, e está procurando o cartão quando uma voz de homem lhe diz que não precisa procurar, que dessa vez ele as trouxe pessoalmente. Ela se vira, sobressaltada. É um oficial de alta patente, mas bastante jovem, o homem mais boa-pinta que se possa pedir. Leni lhe pergunta quem é ele, mas, claro, já notou que é o mesmo que tanto a aplaudiu na noite anterior, o do camarote. Ele diz que está à frente dos serviços alemães de contraespionagem em Paris e que veio se desculpar pessoalmente pelos transtornos daquela manhã. Ela pergunta se as flores são do seu país, e ele diz que são do Alto Palatinado, onde nasceu, à beira de um lago maravilhoso entre montanhas de picos nevados. Mas esqueci de dizer uma coisa, ele não está de uniforme, e sim de smoking, e a convida para jantar depois do espetáculo, no cabaré mais fabuloso e pequenininho de Paris. Lá tem uma orquestra de músicos negros, e no escuro quase não se veem as pessoas, só um refletor fraquinho cai sobre a orquestra e mostra o ar carregado de fumaça. Tocam jazz das antigas, bem de negros, ele pergunta por que ela tem nome alemão, Leni, e sobrenome francês, que eu não me lembro como era. E ela diz que é natural da Alsácia, na fronteira, onde por vezes tremulou a bandeira alemã. Mas diz também que foi educada no amor à França e que ela quer o bem do seu país, e que não sabe se os ocupantes estrangeiros vão ajudar. O oficial lhe diz que não tenha a menor dúvida, que o dever da Alemanha é libertar a Europa dos verdadeiros inimigos do povo, que às vezes se ocultam sob a máscara de patriotas. Ele pede uma espécie de aguardente alemã, e nesse momento parece que ela quer provocá-lo, porque pede uísque escocês. É que ela não consegue aceitar a situação, mal molha os lábios no uísque, diz que está cansada e ele a leva para casa, numa limusine incrível, com chofer. Para em frente à casa dela, um *petit* hotel lindo, e ela, muito irônica, lhe pergunta se vai continuar o interrogatório pessoal outro dia. Ele diz que não houve semelhante coisa, nem vai haver. Ela desce do carro, ele beija sua mão enluvada. Ela hierática, fria como gelo. Ele pergunta se mora sozinha, se não tem medo. Ela responde que na edícula no fundo do jardim há um casal de velhos caseiros. Mas quando se vira para entrar na casa vê uma sombra na janela do andar de cima, que desaparece imediatamente. Ela estremece, não teve outra ideia senão dizer a ele, que não viu nada, ofuscado que está pela beleza dela, que nessa noite, sim, tem medo de ficar sozinha, que a tire dali. E aí vão pro apartamento dele, luxuosíssimo, mas muito estranho, com paredes branquíssimas sem quadros e pé-direito muito alto, e poucos móveis, escuros, quase como caixas de embalagem, mas dá pra ver que são finíssimos, e quase nenhum enfeite, cortinados brancos de gaze e umas estátuas de mármore branco, muito modernas, não estátuas gregas, com figuras de homens como de um sonho. Ele vira pra um mordomo que olha pra ela esquisito e manda preparar o quarto de hóspedes. Mas antes pergunta se ela não quer uma taça de champanhe, do melhor champanhe da sua França, que é como o sangue nacional que brota da terra. E se escuta uma música maravilhosa, e ela diz que a única coisa que ela ama da pátria dele é aquela música. E entra uma brisa pela janela, um janelão muito alto, com um cortinado de gaze branca que flutua ao vento como um fantasma, e se apagam as velas, que eram a única iluminação. E entra apenas a luz do luar, que a ilumina, e ela também parece uma estátua, alta como é, com um vestido branco bem justo, parece uma ânfora grega, claro que os quadris não são largos demais, e um lenço branco quase até os pés que lhe envolve a cabeça, mas sem amassar o cabelo, apenas servindo de moldura. E então ele se abre, diz que ela é um ser maravilhoso, de beleza ultraterrena, e certamente com um destino muito nobre. As palavras dele a fazem meio que estremecer, todo um presságio a envolve, e tem como que a certeza de que vão acontecer coisas muito importantes na sua vida, e quase certamente com um fim trágico. Sua mão treme, e o copo cai no chão, o bacará se faz em mil pedaços. É como uma deusa, e ao mesmo tempo uma mulher muito frágil, que treme de medo. Ele pega na mão dela, pergunta se está com frio. Ela responde que não. Enquanto isso a música ganha mais força, os violinos soam sublimes, e ela lhe pergunta o que significa essa melodia. Ele diz que é sua predileta, essa espécie de ondulação de violinos representa as águas de um rio alemão por onde navega um homem-deus, que não é mais que um homem mas que seu amor à pátria lhe tira todo medo, esse é seu segredo, o anseio de lutar pela pátria o torna invencível, como um deus, porque ignora o medo. A música se torna tão emocionante que os olhos dele ficam marejados. E isso é o mais bonito da cena, porque ela, quando o vê assim comovido, percebe que ele tem sentimentos de homem, embora pareça invencível como um deus. Ele tenta ocultar a emoção e vai até a janela. Uma lua cheia paira sobre a cidade de Paris, o jardim da casa parece prateado, as árvores negras se recortam contra o céu cinzento, não é azul, porque o filme é em preto e branco. A fonte branca está rodeada de pés de jasmim, com flores também brancas prateadas, e aí a câmera mostra o rosto dela em primeiro plano, em tons cinza divinos, de um sombreado perfeito, com uma lágrima que vai caindo. Quando a lágrima escapa do olho não brilha muito, mas ao escorrer pelo pômulo altíssimo vai brilhando tanto quanto os diamantes do colar. E a câmera volta a focalizar o jardim de prata, e você está lá no cinema e é como se fosse um pássaro que levanta voo porque o jardim vai sendo visto de cima cada vez mais pequenininho, e a fonte branca parece... feita de suspiro, e os janelões também, um palácio branco todo de suspiro, como em alguns contos de fadas em que as casas são de comer, e é pena que os dois não se vejam, porque pareceriam duas miniaturas. Está gostando do filme?

— Ainda não sei. Por que você gosta tanto? Parece extasiado.

— Se permitissem escolher um filme pra rever, eu escolheria esse.

— Por quê? É uma imundície nazista, ou você não percebe?

— Olha... melhor eu calar a boca.

— Não cala, não, Molina. Diz aí o que você ia me dizer.

— Chega, vou dormir.

— Mas o que deu em você?

— Felizmente não tem luz, e não tenho que ver a tua cara.

— Era isso o que você ia me dizer?

— Não, eu ia dizer que imundície é você, e não o filme. E não fala mais comigo.

— Desculpa.

— ...

— Sério, mesmo, desculpa. Não pensei que você fosse se ofender tanto.

— Você me ofende porque pe... pensa que eu nã... não percebo que é propaganda na... nazista, mas se eu gosto é porque está bem-feito, além disso é uma obra de arte, você não sabe po... porque não viu.

— Mas você está doido? Chorar por isso?

— Vo... vou... chorar... tudo o que eu quiser.

— Você que sabe. Sinto muito.

— E não vai pensar que estou chorando por tua causa. É que me lembrei de... dele, de como seria bom estar com ele, e falar com ele sobre todas essas co... coisas que eu gosto tanto, em vez de falar com você. Hoje passei o dia inteiro pensando nele. Hoje faz três anos que o conheci. É po... por isso que estou chorando...

— Volto a repetir, não tive a intenção de te magoar. Por que não me fala um pouco do teu amigo? Vai te fazer bem desabafar um pouco.

— Pra quê? Pra você me dizer que ele também é uma imundície?

— Vai, me conta, ele trabalha no quê?

— É garçom, num restaurante...

— É boa gente?

— É, sim, mas tem lá seu gênio, pode acreditar.

— Por que você gosta tanto dele?

— Por muitas coisas.

— Por exemplo...

— Vou ser bem sincero. Primeiro, porque ele é bonito. E depois porque eu acho que ele é muito inteligente, mas não teve oportunidades na vida e está lá fazendo um trabalho de merda, quando merece muito mais. E me dá vontade de ajudá-lo.

— E ele quer que você o ajude?

— O que você quer dizer?

— Se ele aceita ser ajudado ou não.

— Você é bruxo, por que essa pergunta?

— Não sei.

— Pôs o dedo na ferida.

— Ele não quer que você o ajude.

— Não queria mesmo, antes. Agora não sei, vai saber a quantas anda...

— Não é ele aquele amigo que veio te visitar, que você me contou?

— Não, o que veio é uma amiga, tão homem quanto eu. Porque o outro, o garçom, tem que trabalhar no horário de visita.

— Ele nunca veio te visitar?

— Não.

— O coitado tem que trabalhar.

— Escuta, Valentín, você não acha que ele podia trocar de turno com algum colega?

— Não permitiriam.

— Vocês são bons para se defender, entre vocês.

— Quem são vocês?

— Os homens, boa raça de...

— De quê?

— De filhos da puta, com o perdão da tua mãe, que não tem culpa.

— Olha, você é tão homem quanto eu, deixa disso... Não marque distâncias.

— Quer que me aproxime?

— Nem que se distancie nem que se aproxime.

— Escuta, Valentín, eu lembro muito bem que uma vez ele trocou de turno com um colega para levar a mulher ao teatro.

— Ele é casado?

— Sim, é um homem normal. Fui eu quem começou tudo, ele não teve culpa de nada. Eu entrei na vida dele, mas só queria ajudar.

— Como foi que começou?

— Um dia fui ao restaurante e o vi. E fiquei doido. Mas é muito longo, outro dia eu conto, ou melhor, não, não vou contar nada, vai saber com que histórias você vai se sair.

— Calma, Molina, você está enganado, se eu te pergunto, é porque tenho um... como é que eu explico?

— Uma curiosidade, é isso o que você deve ter.

— Não é verdade. Acho que para te compreender preciso saber o que se passa com você. Se estamos juntos nesta cela, é melhor nos compreendermos, e sobre as pessoas com tuas inclinações eu sei muito pouco.*

— Vou te contar como foi, então, mas rápido, pra você não se entediar.

— Como ele se chama?

— Não, o nome não, isso é só para mim.

* O pesquisador inglês D. J. West considera que são três as principais teorias sobre a origem física da homossexualidade, e refuta as três.

A primeira tenta estabelecer que o comportamento sexual anormal advém de um desequilíbrio na proporção de hormônios masculinos e femininos, ambos presentes no sangue dos dois sexos. Mas os testes diretos realizados em homossexuais não deram resultados capazes de confirmar a teoria, isto é, não demonstraram uma distribuição hormonal deficiente. Segundo comprovações do dr. Swyer, em seu trabalho "Homossexualidade, aspectos endocrinológicos", a medida de níveis hormonais em homossexuais e heterossexuais não revelou diferenças. Por outro lado, se a homossexualidade

— Como quiser.

— É a única coisa dele que eu posso guardar, bem dentro de mim, está na minha garganta, e o guardo para mim. Não solto...

— Faz muito tempo que você o conhece?

— Hoje, 12 de setembro, faz três anos. Fui ao restaurante nesse dia. Mas fico sem jeito de te contar.

— Não faz mal. Se quiser falar disso mais pra frente, aí você me conta. Senão, não.

— Tenho certo pudor.

— Bom... acho que isso sempre acontece com os sentimentos muito profundos.

---

tivesse origem hormonal — os hormônios são secretados pelas glândulas endócrinas —, poderia ser curada por meio de injeções que restituíssem o equilíbrio endócrino. Mas isso não foi possível, e em seu trabalho "Testosterona em homossexuais masculinos psicóticos", o pesquisador Barahal explica que a aplicação de hormônios masculinos em homossexuais homens só deu como resultado o aumento do desejo que o indivíduo sente pelo tipo de atividade sexual a que está habituado. No que tange aos experimentos realizados com mulheres, o dr. Foss, em "A influência de andrógenos urinários na sexualidade da mulher", diz que grandes quantidades de hormônios masculinos aplicados em mulheres produzem de fato uma mudança notável no sentido da masculinidade, mas só na aparência física: voz mais grossa, barba, diminuição dos seios, crescimento do clitóris etc. Quanto ao apetite sexual, este aumenta, mas continua sendo normalmente feminino, isto é, o objeto do seu desejo continua sendo o homem, se não se tratar, obviamente, de uma mulher já com hábitos lésbicos. Por outro lado, no homem heterossexual, a administração de altas doses de hormônios femininos não desperta desejos homossexuais, mas resulta em uma diminuição da energia sexual. Tudo isso indica que a aplicação de hormônios masculinos nas mulheres e de hormônios femininos nos homens não revela uma correlação entre o percentual de hormônios masculinos e femininos no sangue e os correspondentes desejos sexuais. Pode-se afirmar, portanto, que a escolha do sexo do sujeito amoroso não guarda uma relação demonstrável com a atividade endócrina, isto é, com as secreções hormonais.

A segunda teoria importante sobre a possível origem física da homossexualidade é, segundo D. J. West, a referente à intersexualidade. Dada a

— Eu estava com outros amigos, duas louquinhas jovens insuportáveis. Mas lindas e muito espertas.

— Duas moças?

— Não, quando eu digo louca, quero dizer viado. E uma das duas não parava de amolar o garçom, que era ele. De início só notei que era um rapaz muito bem-apessoado, mais nada. Mas quando a louquinha carregou a mão na insolência, aquele homem, sem perder a calma, respondeu à altura. Eu fiquei admirado. Porque os garçons, coitados, têm sempre aquele complexo de serviçal e é difícil pra eles responder a uma grosseria sem parecer um serviçal ofendido, entende? Bom, com

---

impossibilidade de comprovar uma anormalidade hormonal nos homossexuais, tentou-se investigar outros determinantes físicos, alguma anomalia desconhecida, e certos pesquisadores entregaram-se então à tarefa de enquadrar a homossexualidade como forma de intersexualidade. Intersexuais ou hermafroditas são aqueles que fisicamente não pertencem por completo a um dos sexos, apesar de apresentarem traços de ambos. O sexo ao qual o indivíduo pertencerá é determinado no momento da concepção e depende da variedade genética a que corresponde o espermatozoide que fecunda o óvulo. As causas físicas da intersexualidade ainda não foram bem determinadas; geralmente é provocada por um transtorno endócrino produzido durante o estado fetal. São variadíssimos os graus de intersexualidade: em alguns, as glândulas sexuais internas (ovários ou testículos) e a aparência física são contraditórias; em outros, as glândulas sexuais internas constituem mesclas de testículos e ovários; e em outros, ainda, os órgãos genitais externos podem apresentar todas as fases intermediárias entre os masculinos e os femininos, até mesmo ter pênis e útero simultaneamente. O pesquisador T. Lang, em "Estudos sobre a determinação genética da homossexualidade", por exemplo, concluiu que os homossexuais masculinos seriam geneticamente mulheres cujos corpos sofreram uma completa inversão sexual em direção à masculinidade; para demonstrar sua hipótese, fez análises estatísticas e chegou à conclusão de que existiam homossexuais homens nas famílias com excesso de irmãos e carência de irmãs, sendo assim o homossexual homem um produto intermediário de compensação não realizada. Embora o dado seja interessante, a teoria formulada por Lang perde valor, fatalmente, por não conseguir

esse cara, nada disso, só explicou por que a comida não estava como devia, mas com uma classe que a outra ficou feito uma idiota. Mas não pense que ele falou com arrogância, nada disso, apenas distante, com total controle da situação. E eu logo farejei que ali tinha, algo, um homem de verdade... E na semana seguinte fui sozinha ao restaurante.

— Sozinha?

— Sim, desculpa, mas quando falo dele, não posso falar como homem, porque não me sinto homem.

— Continua.

---

explicar as características físicas normais da grande maioria, 99%, dos homossexuais. O pesquisador C. M. R. Pare se baseia nisso, em "Homossexualidade e sexo cromossomático", para rebater a teoria de Lang. Pare, depois de aplicar modernos métodos microscópicos, identificou como igual e biologicamente masculinos todos os homens homossexuais examinados durante uma longa pesquisa, que incluiu homens heterossexuais. Por outro lado, a teoria de Lang é também refutada por J. Money em seu trabalho "Estabelecimento do papel sexual", ao afirmar que os intersexuais, apesar de sua aparência bissexual, não são bissexuais quando chega o momento de escolher o objeto de seu desejo amoroso; os impulsos sexuais desses indivíduos, afirma Money, não seguem o modelo de suas glândulas sexuais internas, conforme tenham ovários, testículos ou glândulas mistas. Os desejos do intersexual se adaptam aos do sexo no qual foi educado, mesmo que seus cromossomos e as características dominantes de seus órgãos sexuais externos e internos sejam do sexo oposto. De tudo isso pode-se deduzir que a heterossexualidade e a homossexualidade, em todos os casos, seja o indivíduo de constituição física normal ou não, são atividades adquiridas através de um condicionamento psicológico, e não predeterminadas por fatores endócrinos.

A terceira e última teoria sobre a origem física da homossexualidade abordada por West é a que propõe o fator hereditário. West aponta que, apesar da seriedade dos estudos realizados, entre os quais destaca "Estudo comparativo dos aspectos genéticos da homossexualidade masculina", de F. J. Kallman, a vagueza das evidências apresentadas não permite estabelecer que a homossexualidade seja uma característica constitucional de tipo hereditário.

— Quando o vi pela segunda vez, achei ele mais bonito ainda, com uma casaca branca de gola Mao que ficava perfeita nele. Era um galã de cinema. Tudo nele era perfeito, o jeito de andar, a voz rouquinha mas por momentos com uma levadinha meiga, não sei como dizer, e o modo de servir! Olha, aquilo era um poema, uma vez o vi servir uma salada e fiquei pasma. Primeiro ele ajeitou para a cliente, porque era uma mulher, aquela sarnenta!, e ele primeiro ajeitou ao lado da mesa grande uma mesinha, colocou a travessa de salada ali, perguntou se azeite, se vinagre, se isto, se aquilo, e depois pegou os talheres de mexer a salada, e não sei como explicar, era como carícias que ele fazia nas folhas de alface e nos tomates, mas não carícias suaves, eram... como é que eu vou dizer? eram movimentos tão seguros, e tão elegantes, e tão suaves, e ao mesmo tempo tão de homem.

— Que significa para você ser homem?

— É muita coisa, mas para mim... bom, o mais bonito do homem é isso, ser bonito, forte, mas sem fazer alarde da força, e que vai avançando seguro. Que caminhe seguro, como meu garçom, que fale sem medo, que saiba o que quer, aonde vai, sem medo de nada.

— É uma idealização, um cara assim não existe.

— Existe, sim, ele é assim.

— Bom, pode dar essa impressão, mas por dentro, nesta sociedade, quem não tem poder não consegue avançar seguro, como você diz.

— Não seja ciumento, não se pode falar com um homem de outro homem, que já fica em pé de guerra, nisso vocês são iguais às mulheres.

— Larga mão de ser tonto.

— Viu como te incomoda? Até me insulta. Vocês são tão competitivos quanto as mulheres.

— Por favor, vamos conversar mantendo o nível, ou então não conversamos.

— Que nível, coisa nenhuma.

— Não dá pra conversar com você, só deixar que conte seus filmes.

— Por que não dá pra conversar comigo, hein?

— Porque você não tem nenhum rigor pra discutir, não segue uma linha, se sai com qualquer patacoada.

— Não é verdade, Valentín.

— Como quiser.

— Você é um pedante.

— Se você acha.

— Prova para mim, anda, que não tenho nível pra conversar com você.

— Eu não disse para conversar comigo. Eu disse que você não mantém uma linha pra sustentar uma discussão.

— Você vai ver como está enganado.

— Pra que continuar conversando, Molina?

— Vamos continuar, e você vai ver que provo o contrário.

— Vamos falar sobre o quê?

— Deixa eu ver... Diz você, agora, o que é ser homem para você.

— Agora você me pegou.

— Vai... responde, o que é hombridade pra você?

— Hum... não me deixar humilhar por ninguém, nem pelo poder... Mas não, é mais ainda. Isso de não me deixar humilhar é outra coisa, não é o mais importante. Ser homem é muito mais ainda, é não rebaixar ninguém com uma ordem, com uma gorjeta. É mais, é... não permitir que ninguém ao teu lado se sinta diminuído, que ninguém ao teu lado se sinta mal.

— Isso é ser santo.

— Não, não é tão impossível quanto você pensa.

— Não te entendo bem... me explica mais.

— Não sei, não tenho a coisa muito clara neste momento. Você me pegou desprevenido. Não encontro as palavras adequadas.

Outro dia, quando tiver as ideias mais claras, podemos voltar ao assunto. Conta mais do garçom do restaurante.

— Onde estávamos?

— Na questão da salada.

— Vai saber o que ele anda fazendo. Me dá um dó... coitadinho, lá, naquele lugar...

— Este lugar aqui é muito pior, Molina.

— Só que a gente não vai ficar aqui pra sempre, né? Mas ele não tem outra perspectiva na vida. Está condenado. E eu te disse que ele tem um gênio muito forte e que não tem medo de nada, mas você não imagina, às vezes sua tristeza dá na vista...

— No que você a percebe?

— No olhar. Porque ele tem uns olhos claros, esverdeados, entre mel e verde, enormes, parece que engolem seu rosto, e é o olhar que o delata. No seu olhar às vezes se percebe que ele se sente mal, triste. E foi também isso o que me atraiu, e fiquei com mais e mais vontade de falar com ele. Principalmente nas horas de pouco movimento eu notava aquela melancolia, ele ia pro fundo do salão onde havia uma mesa para os garçons, e ficava lá, em silêncio, acendia um cigarro, e os olhos iam ficando mais estranhos, mais embaçados. Comecei a ir lá cada vez mais seguido, e de início ele mal falava comigo, só o indispensável. Eu pedia sempre frios, sopa, um prato principal, sobremesa e café, para que ele tivesse que vir até a mesa um monte de vezes, e aos poucos começamos a conversar mais. Claro, ele logo me sacou, porque dou na vista.

— Dá na vista o quê?

— Que meu verdadeiro nome é Carmen, a de Bizet.

— E por isso começou a conversar mais com você.

— Ai, você não entende nada, mesmo! Por notar que eu era uma louca, não queria me dar trela. Porque ele é um homem normalíssimo. Mas aos poucos, falando umas palavras aqui, outras ali, percebeu que eu o respeitava muito e começou a me contar coisas de sua vida.

— Tudo enquanto servia?

— Durante algumas semanas, sim, até que um dia consegui que fosse tomar um café comigo, porque ele estava no turno do dia, que era o que ele mais odiava.

— Quais eram os horários dele?

— Olha, ou entrava às sete da manhã e saía por volta das quatro da tarde, ou entrava por volta das seis da tarde e ia até as três da madrugada, mais ou menos. E o dia em que ele disse que gostava do plantão da noite, me bateu a curiosidade, porque ele já tinha dito que era casado, apesar de não usar aliança, outro detalhe, e que a mulher trabalha em horário de escritório normal. Então o que havia de errado com a mulher? Ele não queria vê-la e preferia trabalhar à noite? Você não imagina quanto me custou convencê-lo a ir tomar um café comigo, sempre sacava um pretexto, que tinha muito que fazer, que o cunhado isso, que o carro aquilo, até que enfim topou. E veio.

— E aí aconteceu o que tinha que acontecer.

— Tá louco. Você não entende nada dessas coisas. Começa pelo que eu já te disse, que ele é um cara normal. Nunca aconteceu nada!

— Sobre o que conversaram no bar?

— Bom, agora não me lembro, porque depois nos encontramos um monte de vezes. Mas a primeira coisa que eu queria lhe perguntar era por que um rapaz inteligente como ele estava fazendo aquele trabalho. E você nem queira imaginar que história mais terrível, bom, é a história de tantos outros rapazes de família pobre que não têm muitos meios para estudar, ou que não têm estímulo.

— Quem quer estudar sempre dá um jeito. Olha... na Argentina, estudar não é o maior problema, a universidade é gratuita.

— É, mas...

— A falta de estímulo são outros quinhentos, nisso eu concordo com você, o complexo de classe inferior, a lavagem cerebral que a sociedade te faz.

— Mas espera eu te contar mais, e você vai ver que classe de pessoa ele é, de primeira! Ele mesmo reconhece que a certa altura da vida entregou os pontos, e agora está pagando. Diz que lá por volta dos dezessete, espera, me esqueci de contar que ele trabalhou desde criança, ainda na escola primária, dessas de famílias pobres, num bairro afastado de Buenos Aires, e depois do primário entrou numa oficina mecânica e ali aprendeu a profissão, e, como ia dizendo, aos dezessete, por aí, já era um pedação de garoto, e começou com as mulheres, um sucesso tremendo, e agora, sim, o pior: o futebol. Ele jogava muito bem desde pequeno, e mais ou menos aos dezoito entrou como profissional. E aqui está a chave de tudo: por que ele não fez carreira no futebol profissional? Segundo ele, só quando esteve lá dentro percebeu como aquilo era sórdido, um ambiente cheio de favoritismos, de injustiças, e aqui está a chave, a chave-chave, do que acontece com ele: não consegue ficar calado, quando vê algo errado, o cara põe a boca no trombone. Não é matreiro, não consegue ficar calado. Porque é um cara direito. E foi isso que eu farejei nele desde o começo, entende?

— Nunca tentou a política?

— Não, ele tem umas ideias muito estranhas, muito atrapalhadas, não quer nem ouvir falar do sindicato.

— Continua.

— Depois de alguns anos, dois ou três, largou o futebol.

— E as mulheres?

— Você é um bruxo às vezes.

— Por quê?

— Porque foi também por causa das mulheres que ele largou o futebol. Muitas mulheres, e tinha treino, e ele preferia sair com as mulheres a treinar.

— Digamos que ele também não era lá muito disciplinado.

— Bom, mas tem uma coisa que ainda não contei: a namorada oficial, a moça com quem ele depois se casou, não queria que ele continuasse no futebol. E ele entrou numa fábrica, como mecânico, mas num cargo já bem alto, que a namorada arranjou. E se casou, e na fábrica passou vários anos, quase em seguida foi promovido a capataz ou chefe de seção. E teve dois filhos. Ele tinha loucura pela menina, a mais velha, que morreu aos seis anos. E ele sempre tinha tido problemas na fábrica, porque começaram a demitir gente ou a favorecer os recomendados.

— Como ele.

— É, já começou mal entrando assim, concordo. Mas aqui vem a parte que o engrandece, e por isso eu lhe perdoo qualquer coisa. É que ele tomou partido de uns operários velhos que trabalhavam por empreitada, fora do sindicato, e o patrão disse pra ele escolher entre cumprir ordens ou ir pro olho da rua, e ele pediu as contas. E você sabe que quando a pessoa se demite por vontade própria não recebe nem um centavo de indenização nem de porra nenhuma, e ele saiu com uma mão na frente e outra atrás, depois de trabalhar mais de dez anos naquela fábrica.

— E nessa época ele já devia ter mais de trinta.

— Claro, trinta e poucos. Começou a procurar emprego, imagina, nessa idade. No começo ainda resistiu a aceitar qualquer coisa, mas no fim ficou sabendo dessa vaga de garçom e teve que pegar.

— Tudo isso, ele que foi te contando.

— Foi, mas aos poucos. Acho que pra ele foi um grande alívio ter alguém a quem contar tudo, e poder desabafar. Por isso que ele foi se apegando a mim.

— E você?

— Eu o adorava cada vez mais, mas ele não me deixou fazer nada por ele.

— O que você ia fazer por ele?

— Queria convencê-lo de que ele ainda estava em tempo de estudar e tirar um diploma. Porque tem outra coisa que me esqueci de contar: a mulher ganhava mais que ele. Tinha subido de secretária de uma empresa a quase executiva, e ele se sentia mal por causa disso.

— Você chegou a conhecer a mulher?

— Não, ele queria me apresentar, mas no fundo eu morria de ódio dela. Só de pensar que ele dormia toda noite ao lado daquela mulher, eu morria de ciúme.

— Agora não mais?

— É estranho, mas não…

— Mesmo?

— Mesmo. Olha, sei lá… estou contente por ela estar com ele, assim não está sozinho, agora que não conta comigo pra conversar um pouco, naquelas horas em que não tem nada pra fazer no restaurante e morre de tédio, e só faz fumar e fumar.

— E ele sabe o que você sente por ele?

— Sabe, claro. Eu abri o jogo quando tinha esperança de convencê-lo de que entre nós dois… podia acontecer alguma coisa… Mas nunca aconteceu nada. Não houve jeito de convencê-lo. Eu implorei, nem que fosse uma única vez na vida… mas ele nunca quis. E depois eu tinha vergonha de insistir, e me contentei com sua amizade.

— Mas, segundo o que você disse, ele não andava muito bem com a mulher.

— Passaram uma temporada meio brigados, mas no fundo ele a ama e, pior ainda, a admira por ganhar mais que ele. E um dia ele me contou uma coisa que quase me mata. Era o Dia dos Pais, e eu queria lhe dar um presente, porque ele é muito pai do filho, e achei bacana aproveitar o pretexto daquele dia para presenteá-lo, e lhe perguntei se queria um pijama, e aí foi o desastre.

— Não para, não faz suspense.

— Disse que não usava pijama, que dormia sempre nu. E ele dorme com a mulher em cama de casal. Foi a morte. Mas houve um momento em que parecia que estavam pra se separar, e aí alimentei ilusões, e que ilusões!, nem queira imaginar...

— Que tipo de ilusões?

— Que ele fosse morar comigo, comigo e com a minha mãe. E ajudá-lo, fazê-lo estudar. E cuidar mais dele, todo santo dia totalmente pendente de que tenha tudo prontinho, a roupa, comprar seus livros, matriculá-lo nos cursos e aos poucos convencê-lo a fazer uma coisa: não trabalhar mais. E que eu lhe passaria o mínimo de dinheiro que ele tem que dar à mulher para a pensão do filho, e que só pensasse numa coisa: nele próprio. Até se formar no que ele escolhesse e acabar com aquela tristeza. Não acha bonito?

— Acho, sim, mas irreal. Olha, tem uma coisa: ele poderia continuar sendo garçom e não se sentir diminuído, nem nada nessa linha. Porque, por mais humilde que seja o trabalho, sempre resta uma saída, a luta sindical.

— Você acha?

— Claro, homem. Que dúvida?...

— Mas ele, dessa parte, não entende nada.

— Tem alguma ideia política?

— Não, é muito ignorante dessas coisas. Mas me contava horrores do sindicato, e talvez tivesse razão.

— Que razão, que nada! Se o sindicato não faz o que deve, é preciso lutar pra que mude e passe a fazer.

— Eu já estou com um pouco de sono, e você?

— Não, nada. Você não me contaria mais um pouco do filme?

— Não sei... Mas você não imagina como era bom pensar que eu podia fazer algo por ele. Trabalhar o dia inteiro como vitrinista, por mais divertido que seja, quando o dia termina às vezes bate uma sensação de que tudo aquilo é sem porquê, e você sente um vazio por dentro. Mas se eu pudesse fazer algo por ele seria tão bom... Pôr um pouco de alegria na sua vida, né? O que você acha disso tudo?

— Não sei, teria que analisar um pouco, agora não poderia dizer nada. Você não me contaria mais um pouco do filme, e amanhã eu te falo do garçom?

— Tá bom...

— Apagam a luz tão cedo e essas velas soltam um cheiro tão ruim, e estragam a vista da gente.

— E tiram o oxigênio, Valentín.

— Não consigo dormir sem ler.

— Se você faz questão, conto mais um pouco. Mas o chato é que depois eu que perco o sono.

— Só uns minutos, Molina.

— Tá bom. Onde está... vamos?

— Não boceja assim, dorminhoco.

— Que é que eu posso fazer, se estou com sono?

— A... agora você me con... tagiou o bocejo.

— É que você também está com sono.

— Acha que vou con... seguir dormir?

— Claro. E se perder o sono, pensa no caso do Gabriel.

— Quem é Gabriel?

— O garçom, escapou.

— Bom, então até amanhã.

— Até amanhã.

— Olha como a vida é doida, vou ficar acordado pensando no teu namorado.

— Amanhã você me diz o que acha.

— Até amanhã.

— Até amanhã.

4

— E esse é o início do romance entre Leni e o oficial. Começam a se amar loucamente. Toda noite ela lhe dedica suas canções no palco, especialmente uma delas. É uma habanera, o pano vai subindo, e entre as palmeiras feitas de papel prateado, como o dos maços de cigarro, sabe?, bom, atrás das palmeiras brilha uma lua cheia bordada de lantejoulas que se reflete no mar feito de um tecido sedoso, o reflexo da lua também em lantejoulas. É um cais tropical, o cais de uma ilha, e o único som que se escuta é o vaivém das ondas, simulado pela orquestra, com maracas. E tem um veleiro que é luxo só, todo em papelão, mas que parece de verdade. Ao leme, um bonitão maduro de cabelo grisalho, com boné de capitão e fumando cachimbo, e um refletor fortíssimo de repente ilumina ao lado dele a portinha aberta que dá para as cabines e por ali aparece ela, muito séria e olhando para o céu. Ele lhe faz um carinho, mas ela se esquiva. Está de cabelo solto, repartido ao meio, um vestido longo de renda preta, mas não transparente, sem mangas, só com duas alças fininhas, saia vaporosa. Aí a orquestra ataca uma espécie de introdução, e ela vê um rapaz da ilha, na praia, arrancando uma flor de um pé de orquídea selvagem, sorrindo e meio que piscando o olho para a moça da ilha que se aproxima dele. Ele põe a flor no cabelo dela e a beija, os dois se abraçam e seguem pro escuro da floresta, sem perceber que a flor caiu do cabelo da moça. E um primeiro plano mostra essa orquídea selvagem mas finíssima, caída na areia, e sobre a orquídea vai aparecendo esfumado o rosto de Leni, como se a flor se transformasse em mulher. Aí começa a soprar um vento meio de temporal, mas os marinheiros gritam que é favorável e o veleiro vai zarpar, e ela desce pelo cais até a areia, levanta a flor, que é linda, feita de veludo. E canta.

— O que diz a letra?

— Vai saber... porque não traduziam as canções. Mas era triste, como de alguém que perdeu um grande amor e tenta se consolar mas não consegue, e que se deixa levar pelo destino. É, sim, devia ser isso mesmo, porque, quando dizem que o vento é favorável, ela sorri com muita tristeza, pois pra ela tanto faz aonde o vento a levar. E cantando assim volta ao veleiro que aos poucos vai saindo por um lado do palco, e ela na popa continua com o olhar perdido além das palmeiras, onde começa a escuridão da floresta.

— Ela sempre termina com o olhar perdido.

— Mas você não sabe os olhos que essa mulher tem, muito negros, sobre aquela pele tão branca. E estava me esquecendo do melhor: quando já no final ela aparece na popa do veleiro, põe a flor de veludo no cabelo, num lado, e não se sabe o que é mais suave, se o veludo da orquídea ou a pele dela, que parece feita das pétalas de alguma flor, acho que de magnólia. E depois continuam aplausos e cenas curtas dos dois muito felizes, de tarde no turfe, ela toda de branco com uma capelina transparente e ele de cartola, e depois brindando num iate que desliza pelo rio Sena, e depois ele de smoking no reservado de uma boate russa apagando os candelabros e na penumbra abrindo um estojo e tirando um colar de pérolas que não se sabe como, por truques do cinema, brilha incrivelmente mesmo no escuro. Bom, depois vem uma cena em que ela está tomando o café da manhã na cama, quando a criada entra pra avisar que lá embaixo a espera um parente que acaba de chegar da Alsácia. E que ele está com outro homem. Ela desce com um deshabillé de cetim listrado em branco e preto, é na casa dela a cena. O rapazinho é um primo jovem, vestido muito simplesmente, mas quem está com ele é... o manco.

— Que manco?

— Aquele que passou com o carro por cima da corista. E começam a conversar, e o primo diz que lhe pediram um grande favor, que é falar com ela, como francesa, para ajudá-los numa missão. Ela pergunta qual missão seria, e o manco responde que é aquela que foi iniciada pela corista loira e que ela depois se negou a terminar. Porque eles são dos maquis. Ela morre de medo, mas consegue disfarçar. Querem que ela revele um segredo importante, que descubra onde está um grande arsenal dos alemães lá na França, para que os inimigos dos nazistas possam bombardear. E a corista loira estava naquela missão, porque ela era maqui, mas depois de ter relações com o tenente se apaixonou e não cumpriu a missão, e foi por isso que a mataram, antes que ela os denunciasse às autoridades da ocupação. Aí o manco diz que ela tem o dever de ajudá-los, e ela diz que precisa pensar, pois não sabe nada dessas coisas. Aí o manco diz "mentira", porque o chefe da contraespionagem alemã está apaixonado por ela e não lhe custaria nada extrair informações dele. Ela se arma de coragem e diz ao manco que não, definitivamente, porque não tem temperamento pra essas coisas. Aí o manco diz que, se ela não aceitar... serão obrigados a retaliar. Ela então percebe que o primo está com a vista baixa, o queixo trêmulo e a testa encharcada de suor. É porque o levaram como refém! Aí o manco esclarece que o pobre rapaz não fez nada, que seu único crime é ser parente dela. Porque os sem-vergonha foram até a aldeia na Alsácia onde estava o pobre rapazinho e o levaram, sei lá, usando de falsos pretextos. O fato é que, se ela não os ajudar, eles, os maquis, matam o rapaz, que é totalmente inocente. Aí ela promete que vai fazer o possível. E assim foi. No encontro seguinte que ela tem com o oficial alemão, na casa dele, Leni começa a revistar gavetas, mas tudo com um medo terrível por causa do mordomo, que desde o primeiro momento olhou pra ela atravessado e parece que observa todos os seus passos. Mas tem uma cena em que ela está almoçando no jardim com o oficial e mais outros alemães, e o mordomo, que também é alemão, recebe a ordem do oficial de descer à adega pra trazer um vinho raríssimo, ah!, me esqueci de dizer que foi ela quem pediu o tal vinho que só o mordomo sabe onde está. Aí, quando o sujeito se retira, ela se senta ao piano de cauda branco que está num salão daqueles que já te contei, e aparece atrás de uma cortina de renda branca. A própria Leni se acompanha ao piano, pois o oficial pediu pra ela cantar pros convidados. Mas ela já preparou um truque e coloca na vitrola um disco dela, também acompanhada ao piano e, enquanto o disco toca, entra no gabinete particular dele e começa a remexer nos papéis. Mas acontece que o mordomo, quando chega à porta do porão onde fica a adega, percebe que esqueceu as chaves e volta para procurá-las e, ao passar pela balaustrada onde começa o jardim, olha pelo janelão e através da cortina de renda não dá pra ver se ela está ou não sentada ao piano. Enquanto isso, o oficial continua no jardim conversando com outros comandantes, é um jardim francês, com canteiros sem flores, mas com ligustros todos podados de formas muito esquisitas, parecendo obeliscos.

— Isso é um jardim alemão, da Saxônia, mais exatamente.

— Como é que você sabe?

— Porque os jardins franceses têm flores e as linhas são geométricas, mas com certa firula. Esse jardim é alemão, o filme deve ter sido rodado na Alemanha.

— E como é que você sabe dessas coisas? São coisas de mulher...

— Coisas que se estudam em arquitetura.

— E você estudou arquitetura?

— Sim.

— E se formou?

— Sim.

— E só agora me conta?

— Não vinha ao caso.

— Não era que você estudou ciências da política?

— Sim, ciências políticas. Mas continua o filme, outro dia eu te conto. E arte não é coisa de mulher.

— Ainda vão descobrir que você é mais louca que eu.

— Pode ser. Mas agora continua o filme.

— Bom, aí o mordomo ouve que ela está cantando, mas não está ao piano, e vai ver onde ela está. E ela está justamente no gabinete revirando os papéis, ah!, porque antes ela conseguiu a chave da escrivaninha, tirou do oficial, e encontra o plano da zona onde estão escondidos todos os armamentos, o arsenal alemão, e de repente ouve passos e consegue se esconder na sacada junto ao gabinete, só que aí fica à vista dos militares reunidos no jardim! Portanto ela está entre dois fogos, pois se os caras no jardim olharem pra lá, vão vê-la. O mordomo entra no gabinete e corre a vista, ela prende a respiração, está supernervosa porque sabe que o disco vai terminar, você sabe que naquele tempo os discos só tinham uma canção, não existia o LP. Mas o mordomo sai e ela também, justo quando a canção está terminando. E todos os militares a escutam encantados, e quando o disco termina se levantam para aplaudi-la, e ela já está sentada ao piano, e todos pensam que não era o disco, que era ela que cantava. E a cena seguinte é a do encontro dela com o manco e o rapazinho, pra revelar os planos dos alemães. O encontro é num museu, grande que só, com animais antediluvianos e uns vidros enormes que servem de parede e dão pro Sena, e quando se encontram ela diz pro manco que já conseguiu a informação, e o manco, já se sentindo por cima, começa a lhe dizer que esse será seu primeiro trabalho pros maquis, porque quem entra de espião não pode mais sair, e aí ela está quase decidida a não lhe contar nada, mas olha o rapazinho tremendo e fala o nome de uma região da França e da aldeia exata onde está o arsenal. E aí o manco, que é um sádico, começa a dizer que o oficial alemão vai odiá-la de todo o coração quando ficar sabendo que ela o traiu. E não me lembro quantas coisas mais. Aí o rapazinho vê que Leni fica desesperada, lívida de indignação, e olha pela janela, eles estão bem do lado do vidro, e no quinto ou sexto andar daquele museu enorme, e antes que o manco desconfie o rapazinho pega e o empurra para quebrar o vidro e cair no vazio, mas o manco resiste, e o rapazinho então se sacrifica e se atira junto, pagando com a própria vida. Ela se mistura entre as pessoas que correm para saber o que aconteceu, e como está de chapéu e véu ninguém a reconhece. Bom o rapazinho, né?

— Bom pra ela, mas traidor do seu país.

— Mas o garoto estava vendo que os maquis eram uns mafiosos, você precisa ver as coisas que o filme mostra depois.

— Você sabe quem eram os maquis?

— Sei, sim, eram os patriotas, mas no filme não. Deixa eu continuar. Aí... como é mesmo que continuava?

— Eu não te entendo.

— É que o filme era divino, e pra mim o que importa é o filme, porque enquanto estou aqui trancado não posso fazer outra coisa senão pensar em coisas bonitas pra não ficar louco, né?... Responde.

— O que você quer que eu responda?

— Que me deixe fugir um pouco da realidade. Pra que ficar ainda mais desesperado? Quer que eu fique louco? Porque louca eu já sou.

— Não, sério, tudo bem, é verdade que aqui você pode chegar a ficar louco, mas você pode ficar louco não só de desespero...

também se alienando, como você faz. Esse teu modo de pensar em coisas bonitas, como você diz, pode ser perigoso.

— Por quê? Não é verdade.

— Fugir assim da realidade pode virar um vício, como uma droga. Porque, escuta bem, a tua realidade, *a tua realidade*, não é apenas esta cela. Se você lê algo, estuda algo, já sai fora da cela, entende? É por isso que eu leio e estudo o dia inteiro.

— Política... O mundo está do jeito que está por causa dos políticos...

— Para de falar como uma senhorinha de antigamente, porque você não é nem senhorinha... nem de antigamente; e me conta mais um pouco do filme. Falta muito pra acabar?

— Por quê? Cansou?

— Não gosto, mas estou intrigado.

— Se você não gosta, então não conto mais.

— Como quiser, Molina.

— Claro que seria impossível terminar esta noite, falta muito, quase a metade.

— Só me interessa como material de propaganda. De certo modo, é um documento.

— Afinal, continuo ou não?

— Continua mais um pouco.

— Agora parece que você está me fazendo um favor. Lembra que foi você quem me pediu, estava sem sono e me pediu pra te contar alguma coisa.

— O que te agradeço muito, Molina.

— Mas agora eu que perdi o sono, me lasquei.

— Então conta mais um pouco, e os dois vão ficar com sono, se Deus quiser.

— Os ateus só fazem falar em Deus o tempo todo.

— É um modo de dizer. Anda, conta.

— Bom, ela, sem dizer nada do que aconteceu, pede pro oficial alemão a hospedar na casa dele, pois está apavorada, com medo dos maquis. Olha, essa cena é ótima, porque eu não te disse que ele também toca piano, ele está com um robe de chambre de brocado que nem te conto, e como lhe cai bem!, com um lenço de seda branco no pescoço. E à luz dos candelabros ele está tocando uma peça muito triste, porque me esqueci de dizer que ela vai chegar atrasada ao encontro. E ele acha que ela não vai voltar. Ah, porque eu não te disse que ela saiu de fininho do museu e começou a caminhar feito uma louca por toda Paris, porque está confusa com a morte do pobre rapaz, o priminho que ela adorava. E vai caindo a noite, e ela continua andando por todos os lugares de Paris, pela Torre Eiffel e pelas ladeiras dos bairros boêmios, e os pintores que pintam na rua olham pra ela, e os casais sob os lampiões à beira do Sena olham pra ela, porque vai andando feito uma pobre louca, feito uma sonâmbula com o véu do chapéu levantado, já não se importa que a reconheçam. Enquanto isso, o mocinho está mandando fazer o jantar para dois, com candelabros, e depois se vê que as velas já estão consumidas pela metade, e ele está tocando ao piano aquela espécie de valsa lenta muito triste. E é aí que ela entra. Ele não se levanta para recebê-la, continua tocando ao piano uma valsa maravilhosa que de muito triste vai ficando mais e mais alegre, romântica que só, mas bem, bem alegre. E a cena termina aí, sem que ele diga nada, mas se vê seu sorriso de felicidade e se ouve a música. Olha... você não pode imaginar o que é essa cena.

— E depois?

— Ela acorda numa cama maravilhosa, toda de cetim claro, imagino que seria entre rosa-velho e esverdeado, capitonê, com lençóis acetinados. Pena alguns filmes não serem coloridos, né? E com uma cortina de tule dos dois lados do dossel, sabe? E aí ela se levanta toda apaixonada e olha pela janela, cai uma garoa, vai até o telefone, levanta o fone e escuta sem querer uma conversa do oficial. Ele está discutindo com outro o castigo que darão a uns mafiosos do mercado clandestino. E ela não pode acreditar quando ouve ele dizer que os condenem à morte, aí ela espera até terminarem a conversa, e quando desligam, ela também desliga, para não perceberem que ficou ouvindo. De repente ele aparece no dormitório e a convida para tomarem juntos o café da manhã. Ela está divina, refletida no vidro da janela todo molhado de garoa, e pergunta se ele não tem mesmo medo de ninguém, como cabe ao soldado da nova Alemanha, o herói de quem lhe falou. Ele diz que, por sua pátria, ousa enfrentar qualquer desafio. Aí ela pergunta se não é por medo que se mata um inimigo indefeso, medo de que depois os papéis se invertam e tenha que enfrentá-lo, talvez cara a cara. Ele responde que não entende o que ela está dizendo. Ela muda de assunto. Mas, naquele dia, quando fica sozinha, disca o número do telefone do manco pra entrar em contato com alguém dos maquis e contar o segredo do arsenal. Porque ao ouvir que ele é capaz de condenar alguém à morte, ela se desencantou dele como homem. E logo marca um encontro com um cara dos maquis no teatro dela, na hora do ensaio, pra disfarçar, e ela vê o homem se aproximar fazendo o sinal combinado, quando outra pessoa chega pelo corredor do teatro vazio e chama pela sra. Leni. Traz um telegrama de Berlim com o convite pra ela estrelar um grande filme nos melhores estúdios da Alemanha, e quem trouxe o convite é um oficial do governo de ocupação, e ela não pode falar nada pros maquis, e precisa começar imediatamente os preparativos para ir a Berlim. Está gostando?

— Não, e já estou com sono. Continuamos amanhã, tudo bem?

— Não, Valentín, se você não gosta, não conto mais.

— Só queria saber como termina.

— Pra quê, se você não gosta?... Já deu. Até amanhã.

— Amanhã a gente conversa.

— Mas sobre outra coisa.

— Como quiser, Molina.

— Até amanhã.

— Até amanhã.*

. . . .

. . . .

— Por que estão demorando tanto pra nos trazer o jantar? Acho que na cela do lado já trouxeram faz tempo.

— É, eu também ouvi. Você não vai estudar mais?

— Não, que horas são?

* *Serviço publicitário dos estúdios Tobis-Berlin destinado aos exibidores internacionais de seus filmes, referente à superprodução* Destino (*páginas centrais*).

A chegada da vedete estrangeira não foi anunciada com a pompa habitual; ao contrário, preferiu-se que Leni Lamaison chegasse incógnita à capital do Reich. Só depois das provas de maquiagem e figurino convocou-se a imprensa. Naquela tarde, finalmente, a diva máxima da canção francesa havia de ser apresentada aos mais conspícuos representantes da imprensa livre internacional. No Grand Hotel de Berlim. Reservara-se para a ocasião o Salão Imperial, situado no mezanino, aonde chegavam débeis ecos da música executada pela orquestra no jardim de chá. Leni fora identificada com os frívolos gritos lançados pela moda parisiense, que se servira de sua beleza para encarná-los. Todos esperavam, portanto, uma boneca arrematada por diminutos cachinhos permanentes em forma de caracol, dois pômulos avermelhados de cosmético aplicado no rosto previamente laqueado de branco. Estavam certos de que ela mal conseguiria manter os olhos abertos, tão carregadas estariam suas pálpebras de sombra preta e pesados cílios postiços. Mas a curiosidade maior centrava-se em sua indumentária, pois dava-se como inevitável a profusão de inúteis drapeados ditados pelos decadentes costureiros de além-Reno, cujo notório desígnio é a desfiguração da silhueta feminina. Mas, ao escutar-se um murmúrio de profunda admiração entre os presentes, era outra a mulher que avançava pelo corredor de gente, que se abria para lhe dar passagem. Sua cintura fina e seu quadril torneado não se ocultavam sob supérfluas trapagens, seu busto ereto não se achava comprimido por extravagâncias de modelagem: ao contrário, a moça, dir-se-ia oriunda de Esparta, avançava cingida por uma simplíssima túnica branca que revelava a plenitude de suas formas, e seu rosto lavado falava-nos da saúde de uma

— Oito e pouco. Hoje, pra minha sorte, não estou com muita fome.

— Estranho isso em você, Molina. Está passando mal?

— Não, é do nervoso.

— Acho que vêm vindo.

— Não, Valentín, são os da última cela voltando do banheiro.

— Você não me contou o que te falaram na diretoria.

— Nada. Era para assinar os papéis do advogado novo.

— Uma procuração?

— É, como troquei de advogado, tive que assinar.

---

montanhesa. O cabelo, por sua vez, estava repartido ao meio e amarrado em uma trança que circundava a altiva cabeça. Os braços de ginasta não eram desprovidos de mangas, mas uma leve capa da mesma fazenda branca cobria seus ombros. "Nosso ideal de beleza será sempre a saúde", disse nosso Condutor, e mais precisamente no que diz respeito à mulher, "sua missão é ser bela e pôr filhos no mundo. Uma mulher que deu cinco filhos ao Volk deu mais que a mais notável jurista do mundo. Não há lugar para a mulher política no mundo ideológico do nacional-socialismo, posto que levar a mulher à esfera parlamentar, onde se desmerece, significa roubar-lhe a dignidade. A ressurreição alemã é um evento masculino, mas o Terceiro Reich, que conta com 80 milhões de súditos, dentro de um século, no glorioso ano de 2040, necessitará de 250 milhões de patriotas para reger os destinos do mundo, tanto no Pai Estado como em nossas incontáveis colônias. E esse será o evento feminino, depois de aprender a lição de outros povos, no que tange ao grave problema da decomposição de raças, que pode ser atalhado por meio de um nacionalismo consciente do próprio povo. Síntese de Estado e Povo. Essas mesmas palavras são repetidas à bela estrangeira, no salão chamado Imperial, pelo delegado dos estúdios berlinenses que a contrataram, palavras que impressionam Leni vivamente, assim como sua pura beleza impressiona os representantes da imprensa ali reunidos.

No dia seguinte sua nova imagem enaltece a primeira página dos jornais do mundo livre, mas Leni não perde tempo em ler as loas entoadas à sua beleza, pega do telefone e — vencendo um forte receio — liga para Werner. Pede-lhe que, naqueles breves dias que ele passará na capital antes de regressar a Paris, a ajude a descobrir as maravilhas do novo mundo alemão. Werner começa por levá-la a uma gigantesca concentração da juventude, que

— Como te trataram?
— Igual. Como um viado, como sempre.
— Escuta, acho que agora vêm mesmo.
— É, aí estão. Esconde as revistas, que, se eles virem, vão roubar.
— Estou morrendo de fome.
— Por favor, Valentín, não vai reclamar com o guarda.
— Não...
— ...
— ...

---

tem lugar em um estádio portentoso. Ele prefere renunciar às comodidades de uma limusine oficial e levar Leni em seu veloz cupê branco. Seu propósito é que ela se sinta tão somente mais uma pessoa em meio àquela multidão fervorosa, e mais: ele o consegue. Todos que passam perto de Leni a admiram, mas não por sua excentricidade de diva alambicada, mas pelo seu majestoso porte de mulher sadia, desprovida de enfeite. De fato, Leni apresentou-se com um simples costume de duas peças, com reminiscências de austero uniforme militar. A fazenda, um tecido típico da região alpina, tem algo da rudeza do povo montanhês, mas não obstante ressalta suas formas femininas, e somente as firmes ombreiras se afastam das linhas de sua silhueta, apenas para fortalecê-las. Werner a contempla extasiado, pois já contava com o deslumbramento de Leni perante o monumental frontispício do estádio, e ela, de fato, não pôde furtar-se ao impacto do mesmo. Leni então pergunta a Werner como sua nação conseguiu criar algo tão puro e inspirado, enquanto no resto da Europa se impôs uma arte por demais frívola e efêmera, tanto na pintura e escultura como na arquitetura, uma arte meramente decorativa e abstrata destinada a perecer como as prescindíveis modas femininas urdidas na capital de além-Reno. Ele sabe muito bem o que responder, mas não o faz de imediato, pedindo-lhe que aguarde alguns instantes. E já se acham perante o espetáculo inesquecível brindado pela flor da juventude alemã: sobre o campo verde espraiam-se linhas retas que se quebram e voltam a se compor para logo dar lugar a curvas que ondulam brevemente e por sua vez retomam a virilidade do traço retilíneo. São jovens atletas de ambos os sexos, vestidos de preto e branco, em suas exibições ginásticas, e então Werner diz, como comentário sobre a visão olímpica da qual Leni não consegue afastar os olhos: "Sim, o heroísmo ergue-se como futuro modelador dos destinos políticos, e

— Tome.
— Polenta...
— Sim.
— Obrigado.
— Ei, quanta...
— Assim não reclamam.
— Bom, mas o outro prato... por que tem menos?
— Está certo assim. O que ganha reclamando, homem?
— ...
— ...

---

cumpre à arte ser a expressão desse espírito de nossa época. A arte comunista e futurista é um movimento retrógrado, anárquico. A nossa é a Cultura do Norte, contraposta às intentonas mongóis, comunistas, e à farsa católica, produto da corrupção assíria. Ao Amor há que se opor o Honor, a Honra. E Cristo será um atleta que expulsa aos murros os mercadores do Templo". E a seguir os jovens, verdadeira tocha humana do nacional-socialismo, entoam coros marciais vibrantes de patriotismo, "... pairam novamente nossos pavilhões de outrora, o jovem revolucionário deve desencadear paixões vulcânicas, despertar cóleras, organizar desconfiança e ira com cálculo frio e certeiro, e assim sublevar as massas humanas", parafraseando um lema do nosso Chefe Supremo da Propaganda, o Marechal Goebbels. E Leni, em que pese o conflito que se aninha em seu peito desde o dia em que ouviu Werner pronunciar uma sentença de morte, sente-se transportada de júbilo. Werner estreita sua mão, atrai seu corpo ao dele, mas não ousa beijá-la, pois teme que os lábios dela ainda estejam frios. Nessa mesma noite jantam em silêncio. Werner não atina com mais nada, sente que ela está distante, perdida em seus pensamentos secretos. Os dois quase não provam a comida, Leni entorna uma taça de suave vinho do Mosel. Mas, depois de beber a última gota, atira a taça com força contra a lareira crepitante, estilhaçando o cristal. Sem preâmbulo algum, Leni postula a pergunta que a queima por dentro: "Como é possível que tu, um homem superior, tenhas mandado matar um ser humano?". Werner logo replica, aliviado: "Era isso que te mantinha afastada de mim?". Ante a resposta afirmativa de Leni, Werner, sem mais, ordena-lhe que o siga até o Ministério de Assuntos Políticos, Leni obedece. Apesar da hora avançada, as repartições do governo fervilham de atividade, pois a nova Alemanha não descansa, nem de dia nem de noite. Todas as portas se abrem para dar passagem a

— Não respondi nada por tua causa, Molina, senão, acho que eu ia jogar esse gesso de merda na cara dele.

— De que adianta reclamar?

— Um prato tem quase metade do outro. Esse guarda está louco, filho de uma grandessíssima puta.

— Valentín, eu fico com o prato pequeno.

— Não, se você sempre come toda a polenta, pega o grande.

— Não, já te falei que estou sem fome. Pega você o grande.

— Pega. Deixa de fazer doce.

Werner, que veste seu arrogante uniforme militar. Poucos minutos depois, eles têm acesso a um subsolo onde se localiza um microcinema. Werner ordena uma projeção imediata. A tela se ilumina, de atrocidades. Trata-se de um longo documentário sobre a fome, a fome no mundo. Fome no norte da África, fome na Espanha, fome na Dalmácia, no vale do Yang-Tsé-kiang, na Anatólia. E precedendo cada uma dessas agonias, a passagem por essas mesmas terras de dois ou três homens implacáveis, sempre os mesmos, os judeus errantes portadores da morte. Tudo isso rigorosamente registrado pelas câmeras. Sim, esses funéreos mercadores, qual abutres, visitam regiões de seca, inundações, qualquer tipo de catástrofe propícia, para organizar seu banquete satânico: o açambarcamento de víveres, a agiotagem. E atrás deles, seus sequazes, todos os malditos filhos de Abraão, repetindo as mesmas operações com precisão matemática: o sumiço do grão de trigo e, passo a passo, dos demais cereais, até os mais rústicos, destinados à alimentação dos animais. E assim também as carnes, o açúcar, as substâncias oleaginosas, as frutas e legumes frescos ou envasados. Desse modo vai-se espraiando a fome nas cidades, cujos habitantes se lançam ao campo, onde só encontram o vandálico espetáculo que deixaram atrás de si os gafanhotos de Jeová. E os rostos do povo vão se consumindo, já ninguém consegue caminhar ereto, por esses horizontes de holocausto recortam-se as silhuetas vergadas dos famintos, que dão seus últimos passos para a miragem de um duro pedaço de pão, que já nunca chegarão a tocar.

Leni acompanha a projeção com o sangue gelado, mas anseia que as luzes se acendam para elucidar uma incógnita. De fato, quer saber de Werner a quem pertence uma daquelas duas fisionomias infames. Leni refere-se aos dois chefes da organização letal, e Werner ilumina-se de ansiedade, pois pensa que Leni reconheceu em um deles o criminoso que ele próprio

— Não, já falei que não. Mas por que eu ficaria com o prato grande?

— Porque eu sei que você gosta de polenta.

— Estou sem fome, Valentín.

— Começa, que vai te fazer bem.

— Não.

— Olha, até que hoje não está tão ruim.

— Não quero, estou sem fome.

— Está com medo de engordar?

— Não...

---

condenara à morte, para consternação de sua amada. Mas não, Leni refere-se ao outro. Werner agita-se ainda mais. Terá Leni conseguido aquilo que todo o pessoal da inteligência já vai dando por impossível? Pois Jacob Levy é o agente antinazista mais procurado na atualidade. Leni não tem uma resposta clara, está convencida de já ter visto em algum lugar aquele rosto depravado, com sua calva sebosa e suas longas barbas de agiota. Mandam voltar o filme e deter a imagem nos fotogramas em que aparece o criminoso; Leni faz esforços sobre-humanos, mas não consegue localizar onde, como nem quando viu o monstro. Finalmente deixam a sala, resolvem caminhar alguns passos por uma avenida bordeada de tílias. Leni continua absorta no labirinto da memória, pensa ter certeza de já ter visto Jacob Levy, seu único temor é tê-lo conhecido, ou melhor, imaginado em um pesadelo. Werner, por seu turno, permanece calado; sua intenção ao projetar o filme era mostrar a Leni quão vil inseto ele mandara executar, depois conseguir apanhá-lo em uma aldeia próxima da fronteira suíça. Mas com um único gesto, Leni consegue limpar de toda nuvem o céu amoroso de Werner: tomou sua mão direita, com suas duas suaves e brancas mãos tomou a rija palma de Werner e a levou contra seu coração de mulher. Tudo já está definitivamente esclarecido, e Leni compreendeu que a morte de um Moloc judeu significou a salvação de milhões de almas inocentes. Cai um leve chuvisco sobre a Cidade Imperial, Leni pede a Werner que a abrigue com seu abraço, para assim descansar. Ajudados pela luz do dia seguinte empreenderão a caçada da outra fera ainda à solta. Mas nesse instante não se ouvem rugidos provenientes da selva, não, porque se encontram na terra eleita pelos deuses para erguer sua áurea mansão, ali onde a moral dos heróis já ganhou a primeira batalha contra os mercadores.

— Então come, Molina, hoje está bem boa a polenta estilo gesso. Pra mim, o prato pequeno dá e sobra.

. . . .

— Ah... ai...

— ...

— Ai...

— Que foi?

— Nada, esta mulher está fodida.

— Que mulher?

— Eu, seu tonto.

É uma ensolarada manhã de domingo. Leni pediu a Werner que dedicassem aquele fim de semana, o último que passarão juntos antes do regresso dele a Paris, a conhecer os vales feiticeiros do Alto Palatinado. São as mesmas montanhas encantadas onde o Condutor tem sua casa para repouso, ali onde, em seu tempo de clandestinidade, foi acolhido por uma austera família de lavradores. A relva é verde e fragrante, o sol morno, mas a brisa traz o frescor das neves perpétuas que se erguem nos picos a modo de sentinela. Sobre a relva, uma simples toalha aldeã. Sobre a toalha, a frugal dieta de um piquenique. Leni já não encontra limite para seu anseio de saber, pergunta a Werner tudo o que diz respeito ao Condutor. De início, suas palavras soam difíceis de captar para a moça, "... o problema socioeconômico nos Estados democrático-liberais desemboca em um beco sem saída, pode-se em essência solucionar de modo muito mais fácil, e com o contentamento geral, sob uma forma de governo autoritário radicado plenamente no povo, e não em grupos internacionais prepotentes...", e ela então lhe pede que fale simplesmente da personalidade do Condutor e, se possível, de sua subida ao poder. Werner conta: "... folhas marxistas e gazetas judias anunciavam somente caos e humilhações para os alemães. De quando em quando, publicavam também a falsa notícia da detenção de Adolf Hitler. Mas isso não era possível, pois ninguém podia reconhecê-lo: ele nunca permitira ser fotografado. Ele cruzava nosso território em todas as direções para comparecer a comícios secretos. Algumas vezes eu mesmo o acompanhei, em pequenos e precários aviões. Lembro-me bem daquilo, o motor rugia e logo nos elevávamos do solo rumo à noite, às vezes em plena tempestade. Mas ele não fazia caso dos relâmpagos e me falava ensimesmado em sua dor ante o povo humilhado pela loucura marxista, pela peçonha do pacifismo, por toda ideia

— Por que esses gemidos?
— Estou com dor de barriga...
— Quer vomitar?
— Não...
— Melhor eu pegar o saquinho.
— Não, deixa... A dor é mais embaixo, nas tripas.
— Não será diarreia?
— Não... É uma dor muito forte, só que mais em cima.
— Vou chamar o guarda, então...
— Não, Valentín. Parece que já está passando...

---

estrangeirizadora... E quantas vezes atravessamos de automóvel esse nosso caminho de ontem, que repetiremos esta noite... dos Alpes a Berlim. Todas as estradas lhe eram familiares, artérias de sua trajetória rumo ao coração do povo. Fazíamos apenas uma parada, como vês aqui... estendíamos uma toalha sobre a relva, sentávamo-nos debaixo das árvores e comíamos o frugal almoço. Uma fatiazinha de pão, um ovo cozido e um pouco de fruta era toda a alimentação do Condutor. Em tempos chuvosos, comíamos essa colação dentro do próprio carro. E finalmente chegávamos ao destino, e no comício aquele homem tão simples se agigantava, e por rádios rebeldes as ondas do éter transmitiam suas maçadas de persuasão. Arriscava a vida repetidas vezes, pois pelas ruas espraiava-se o sanguinário terror marxista...". Leni escuta fascinada, mas quer saber mais, como mulher interessa-lhe saber o íntimo segredo da força pessoal do Condutor. Werner responde: "... o Condutor manifesta a si mesmo em cada uma de suas palavras. Ele acredita em si e em tudo quanto diz. Ele é isto que hoje em dia é tão difícil de encontrar: autenticidade. E o povo reconhece aquilo que é autêntico e a ele se aferra. O verdadeiro Porquê da personalidade do Condutor, inclusive para nós, seus mais achegados, será sempre um mistério. Só crendo em milagres é que se explica. Deus abençoou esse homem, e a fé move montanhas, a fé do Condutor é a fé no Condutor ...".

Leni deita-se na relva e fita os olhos azuis límpidos de Werner, de olhar plácido, confiante, posto que estão postos na Verdade. Leni envolve-lhe o pescoço com as mãos e só consegue dizer, comovida: "... agora compreendo como entraste para a doutrina. Tu captaste a fundo o sentido do Nacional-Socialismo...".

Seguem-se para Leni semanas de extenuante trabalho nos estúdios berlinenses. E ao último rodar da câmera precipita-se ao telefone para falar

— O que você sente?

— Umas fisgadas... mas superfortes...

— De que lado?

— Na barriga inteira...

— Não será apendicite?

— Não, já tirei.

— Pra mim a comida não fez mal...

— Deve ser o nervosismo. Hoje andei muito nervoso... Mas parece que está aliviando um pouco...

— Tenta relaxar. O mais possível. Solta bem os braços e as pernas.

— É, parece que melhora um pouquinho.

— Faz muito tempo que começou a doer?

— Sim, bastante tempo. Desculpa eu ter te acordado.

— Não, ora... Devia é ter me acordado antes, Molina.

— Não queria te encher o saco... Ai...

— Está doendo muito?

— Foi uma fisgada forte... mas acho que já está melhorando.

— Não quer dormir? Será que consegue dormir?

---

com seu amado, absorvido por suas ocupações em Paris. Ele tem reservada uma maravilhosa surpresa, tirará alguns dias de licença antes de reunir-se com ela em Paris, e poderão passar esses dias em alguma bela paragem daquele país que agora a aclama, a República Nacional-Socialista. Mas Leni reserva-lhe uma surpresa ainda maior: desde o dia da projeção do documentário, não deixou de pensar no rosto do criminoso ainda não capturado, e dia após dia cresceu dentro dela a certeza de ter visto esse homem em Paris. Por isso quer voltar já a essa cidade e iniciar a busca.

Apesar do temor que isso lhe causa, Werner aceita a entrada de Leni em um comando de espionagem. Mas Leni desce do trem plena de confiança na missão, embora o panorama de sua França a desacorçoe. De fato, já acostumada ao sol que resplandece nos rostos da Pátria do Nacional-Socialismo, aborrece-a ver sua França envilecida como está pelas contaminações raciais. Sua França parece-lhe inegavelmente negrificada e judia. (*Continua.*)

— Não sei... Ui, que horrível...

— Se quiser conversar, quem sabe te faz bem, pra não pensar na dor.

— Não, dorme você, não deixa o sono fugir.

— Já fugiu.

— Desculpa.

— Relaxa, eu costumo mesmo acordar do nada e depois não consigo dormir.

— Parece que está passando um pouquinho. Ai, não, ai, que horrível...

— Chamo o guarda?

— Não, já vai passar...

— Sabe de uma coisa?

— O quê?

— Fiquei intrigado com o final do filme, o nazista.

— Não era que você não estava gostando?

— É, mas mesmo assim queria saber como termina, para ver a mentalidade dos realizadores, a propaganda que eles pretendiam fazer.

— Você não imagina como era lindo, só vendo.

— Se isso te ajudar a distrair, por que você não me conta mais um pouco? Rapidinho, só o final.

— Ai...

— Voltou forte?

— Não, está passando, mas, quando ainda me dá uma fisgada, vem forte, mas depois já quase não dói.

— Como o filme termina?

— Onde estávamos?

— Ela ia trabalhar para os maquis, mas de repente é contratada para filmar na Alemanha.

— Ficou bem gravado, hein?

— Não é um filme qualquer. Pode contar depressa, assim você logo chega ao final.

— Bom, como era mesmo que continuava? Humm... ai, que horrível, como dói...

— Conta, assim você não pensa na dor, vai doer menos se você se distrair...

— Está com medo que eu morra antes de te contar o final?

— Não, estou falando por você.

— Bom, Leni vai filmar na Alemanha, que ela ama de paixão, com sua juventude esportista. E o perdoa por tudo quando fica sabendo que o sujeito que ele mandou matar era um criminoso terrível, que tinha feito nem sei quantos horrores. E aí mostram pra ela a foto do outro criminoso que ainda não conseguiram pegar, meio cúmplice daquele que o mocinho mandou matar... Ai... ainda está doendo um pouco...

— Então deixa, tenta dormir.

— Não, quem me dera conseguir... Ainda está doendo.

— Você costuma sentir esse tipo de dor?

— Cruz-credo! É a primeira vez que sinto essas fisgadas... Olha, agora já está passando...

— Vou tentar dormir, então.

— Não, espera.

— Assim você também dorme.

— Não, não vou conseguir. Continuo com o filme.

— Tá bom.

— Como era mesmo? Ah, sim. Ela parece reconhecer o criminoso, mas não sabe em que lugar o viu, e aí volta a Paris, que é onde acha que o conheceu. E assim que ela chega, entra em contato com os maquis, pra ver se consegue chegar ao próprio chefe da organização, que são todos do mercado clandestino e os que organizam o tráfico de alimentos. E tudo usando como isca a promessa de entregar o segredo do arsenal dos alemães, que o manco tinha pedido, lembra?

— Sim, mas você sabe que os maquis eram verdadeiros heróis, né?

— Ei, você pensa que eu sou mais burra do que sou.

— Se você está falando no feminino, é porque a dor já passou.

— Bom, seja o que for, mas que fique claro que o filme era lindo por causa das cenas de amor, que eram um verdadeiro sonho, a parte política deve ter sido imposta ao diretor pelo governo, ou você não sabe como são essas coisas?

— Se o diretor fez o filme, já é culpado de cumplicidade com o regime.

— Bem, vou acabar de uma vez. Ai, com essa tua discussão, a dor voltou... Ui...

— Conta, que assim você se distrai.

— O caso é que ela, pra entregar o segredo do arsenal, exige um encontro com a cúpula dos maquis. E um dia a levam pra fora de Paris, num castelo. Mas ela e o mocinho combinaram que ele a seguiria com seus soldados, pra poder tomar de assalto os maquis do mercado clandestino. Mas o motorista que a leva, que é aquele assassino que andava sempre com o manco, percebe que estão sendo seguidos e faz uma manobra que despista os alemães que estão no seu encalço, comandados pelo mocinho. Bom, aí chegam no castelo e mandam Leni entrar, e quando ela vai ver já está frente a frente com o chefe dos maquis, que é aquele mordomo que tanto a vigiava!

— Que mordomo?

— O da casa do mocinho, o oficial alemão. Aí ela olha bem pro sujeito e percebe que tem aquela mesma cara horrível, de barba, que aparece no filme dos criminosos que lhe mostraram em Berlim. E Leni entrega o segredo, porque tem certeza de que logo o mocinho vai chegar com os soldados, e estará salva. Mas como perderam a pista, o tempo passa, e nada de chegarem. Aí ela percebe que o motorista nojento está falando com o chefe, em segredo, da sua suspeita de que foram seguidos. Mas, claro, ela lembra que lá na casa do oficial o mordomo sempre a espiava tentando vê-la nua e tal, e joga a última cartada, que é seduzi-lo. Enquanto isso, o mocinho e a patrulha que vai com ele tentam seguir o rastro do carro na chuva. E depois de muito procurar, não me lembro bem como, conseguem achar o caminho. E ela está sozinha com o tal assassino, o mordomo que na verdade é o chefe de todos, uma figura internacional do crime, e quando ele vai pra cima dela, naquela salinha onde mandou servir um jantar íntimo, Leni apanha o garfo de trinchar e o mata.

"E aí já vão chegando o mocinho e os outros alemães, e ela abre uma janela pra fugir, mas justo ali está de campana o motorista assassino, bem embaixo da janela, e o mocinho o vê a tempo e atira nele, mas o manco, não, desculpa, o motorista, porque o manco já morreu no museu, então, o motorista, moribundo, consegue atirar na moça. Ela se segura nas cortinas pra não cair e o mocinho a encontra ainda de pé, mas quando ele chega e a pega nos braços, ela perde as poucas forças que lhe restam e diz que o ama e que logo estarão em Berlim, juntos outra vez. E ele só percebe que está ferida porque suas mãos estão manchando com o sangue dela, do tiro que levou nas costas, ou no peito, não me lembro. E a beija, e quando afasta os lábios da sua boca, ela já está morta. E a última cena é num panteão de heróis em Berlim, um monumento belíssimo, parecendo um templo grego, com estátuas grandes de cada herói. E lá está ela, uma estátua enorme, ou melhor, de tamanho natural, belíssima de túnica grega, acho que era ela mesma se fazendo de estátua, com o rosto coberto de pó de arroz, e ele coloca as flores nos seus braços, que estão estendidos, como para abraçá-lo. E aí ele vai se retirando, e tem uma luz que parece descer do céu, e ele se afasta com lágrimas nos olhos, e fica a estátua dela com os braços estendidos. Mas sozinha, e no templo tem uma inscrição que diz algo como: a pátria nunca os esquecerá. E ele caminha sozinho, mas por um caminho cheio de sol. Fim."

5

— Você devia ter comido um pouco.

— É que eu não tinha um pingo de vontade.

— Por que não pede pra te levarem à enfermaria? Quem sabe lá te dão alguma coisa e você melhora.

— Não precisa, já vou melhorar.

— Mas não me olha assim, Molina, como se a culpa fosse minha.

— Como é que estou te olhando?

— Fixo.

— Você é doido. Só porque te olho, não quer dizer que estou te culpando. Seria culpa do quê? Ficou doido?

— Bom, se já está brigando, é sinal de que está melhor.

— Não, melhor não estou, porque continuo num abatimento medonho.

— Deve ter caído a pressão. Bom, vou estudar um pouco.

— Bate um papinho comigo, vai, Valentín.

— Não, é minha hora de estudo. E você sabe que eu tenho um plano de leitura a cumprir.

— Só um dia não vai tirar pedaço...

— Se eu ceder um dia, acabo viciando.

— *La pereza por ser amiga empieza*, minha mãe sempre dizia.

— Até logo, Molina...

— Que vontade de ver minha mãe, hoje sim eu daria tudo pra estar um pouco com ela.

— Cala um pouco a boca, vai. Tenho muito que ler.

— Você é foda, hein?

— Não tem uma revista aí à mão?

— Não, e ler me faz mal, só de olhar as figuras, me dá tontura. Não estou bem, pô.

— Desculpa, mas, se você não está bem, devia ir à enfermaria.

— Tudo bem, Valentín. Estuda, você tem razão.

— Não seja injusto, não fala comigo nesse tom.

— Desculpa. Estuda tranquilo.

— Hoje à noite conversamos, Molina.

— Aí você me conta um filme.

— Não sei nenhum, conta você.

— Adoraria que você me contasse um, agora. Algum que eu não tenha visto.*

— Primeiro, não me lembro de nenhum. Segundo, preciso estudar.

* Depois de classificar em três grupos as teorias sobre a origem física da homossexualidade e de tê-las refutado uma a uma, o já citado pesquisador inglês D. J. West, em sua obra *Psicologia e psicanálise da homossexualidade*, também considera que são três as mais generalizadas interpretações do vulgo sobre as causas da homossexualidade. West faz um preâmbulo considerando carentes de perspectiva os teóricos que tacharam de antinaturais as tendências homossexuais, às quais atribuíram, sem conseguir demonstrá-lo, causas glandulares ou hereditárias. Curiosamente, West contrapõe a ditos teóricos, como sendo um pouco mais avançada, a visão que a Igreja tem do problema. A Igreja catalogou o impulso homossexual simplesmente como um dos muitos impulsos "malvados", mas de índole natural, que flagelam as pessoas.

A psiquiatria moderna, ao contrário, concorda em reduzir as causas da homossexualidade ao campo psicológico. Apesar disso, subsistem, como assinala West, teorias difundidas entre o vulgo carentes de qualquer base científica. A primeira das três seria a teoria da perversão, segundo a qual o indivíduo adotaria a homossexualidade como um vício qualquer. Mas o erro fundamental reside em que o viciado escolhe deliberadamente o desvio que mais lhe apetece, enquanto o homossexual não pode desenvolver um comportamento sexual normal, por mais que tente, pois, mesmo quando consegue realizar atos heterossexuais, dificilmente eliminará seus mais profundos desejos homossexuais.

— Vai chegar a tua vez, e aí você vai ver... Não, estou brincando, sabe que é que eu vou fazer?

— O quê?

— Vou pensar em algum filme pra mim mesmo, algum que você não goste, bem romântico. E assim me distraio.

— Isso, boa ideia.

— E de noite você me conta alguma coisa das suas leituras.

— Perfeito.

— Porque estou meio lesado, não sei se vou conseguir me lembrar dos detalhes de um filme pra te contar.

— Pensa em alguma coisa bonita.

— E você, trata de estudar, deixa de enrolação... porque *la pereza por ser amiga empieza*, lembra disso.

A segunda teoria conhecida entre o vulgo é a da sedução. Em seu trabalho "Comportamento sexual de jovens criminosos", T. Gibbons indaga a matéria e concorda com West e outros pesquisadores que, embora um indivíduo possa ter sentido desejos homoeróticos — conscientes pela primeira vez — estimulado por uma pessoa do seu mesmo sexo que se propôs a seduzi-lo, a dita sedução — que ocorre quase sempre na juventude — pode explicar apenas sua iniciação em práticas homossexuais; não pode, contudo, justificar a interrupção do fluxo de seus desejos heterossexuais. Um incidente isolado dessa índole não pode explicar a homossexualidade permanente, que na maioria dos casos também se revela exclusiva, isto é, incompatível com atividades heterossexuais.

A terceira teoria aludida é a da segregação, segundo a qual os jovens criados somente entre rapazes, sem contato com mulheres, ou vice-versa, mulheres criadas sem contato com rapazes, iniciariam práticas sexuais entre si que os marcariam para sempre. S. Lewis, em sua obra *Surpreso pela alegria*, esclarece que, por exemplo, os alunos internos terão provavelmente suas primeiras experiências sexuais com outros rapazes, mas a frequência das práticas homossexuais nos internatos é mais vinculada à imperiosa necessidade de uma descarga sexual que à livre escolha do objeto amoroso. West acrescenta que a simples falta de contato psicológico com o sexo feminino, ocasionada pela segregação total que comporta um internato ou pela segregação simplesmente espiritual de certos lares, pode resultar numa determinante de homossexualidade mais importante que a realização de jogos sexuais nos colégios de alunos internos.

— Certo.

— *um bosque, casinhas lindas, de pedra, com teto de palha? Não, de telha, neblina no inverno, se não tem neve é outono, só neblina, a chegada dos convidados em confortáveis automóveis cujos faróis iluminam o caminho de cascalho. A porteira elegante, se as janelas estão abertas é verão, um dos mais charmosos chalés da região, ar embalsamado de perfume de pinheiro. A sala de estar iluminada com candelabros, não está acesa — dada a noite estival — a lareira em volta da qual se concentra a mobília de estilo inglês. Em vez de voltadas para o fogo, as poltronas estão viradas, de frente para o piano de cauda de madeira — de pinho?, mogno?, sândalo! O pianista cego, rodeado por seus convidados, os olhos quase sem pupilas não enxergam o que tem à sua frente, ou seja, as aparências; enxergam outras coisas, aquelas que realmente importam. É a estreia do concerto que o cego acaba de compor, a ser executado para os amigos nessa noite: belos vestidos longos as mulheres, não de grande luxo, apropriados para o jantar campestre. Ou talvez móveis rústicos, estilo provençal, e o ambiente iluminado por lampiões de petróleo. Casais muito felizes, jovens, gente de meia-idade, e alguns velhos, todos olhando na direção do cego já pronto para executar sua música. Silêncio, uma explicação do cego referente ao fato verídico em que sua composição*

A psicanálise, cuja característica principal é a sondagem da memória para despertar recordações infantis, sustenta, justamente, que as peculiaridades sexuais têm origem na infância. Em *A interpretação dos sonhos*, Freud afirma que os conflitos sexuais e amorosos estão na base de quase todas as neuroses pessoais: satisfeitas as necessidades de alimentação e abrigo contra a intempérie — teto e roupas —, surge para o homem a emergência de sua satisfação sexual e afetiva. Esse apetite combinado é por ele denominado "libido", a qual se faria sentir desde a infância. Freud e seus seguidores sustentam que as manifestações da libido são muito variadas, mas que as regras da sociedade obrigam a vigiá-las em constante assédio, sobretudo para preservar a célula-base do conglomerado social: a família. As duas manifestações mais inconvenientes da libido seriam, portanto, os desejos incestuosos e homossexuais.

se inspira, uma história de amor ocorrida naquele mesmo bosque. O relato, anterior ao concerto para permitir aos convidados uma maior compenetração na música, "tudo começou numa manhã de outono em que eu caminhava pelo bosque", uma bengala e o cão-guia, muitas folhas caídas das árvores atapetando o chão, bonito o som dos passos, crac-crac das folhas ao se partirem como que rindo, o riso do bosque?, nas imediações de um velho chalé, ao passar o cego junto à porteira tateando com sua bengala, a certeza de se achar diante de um raro fenômeno, uma casa envolta em algo estranho, envolta em quê?, em nada visível, dada sua cegueira. Uma casa envolta em algo estranho, de suas paredes tampouco se desprende música, as pedras, as vigas, o tosco reboco, a hera aderida às pedras que palpitam, estão vivas, permanece o cego imóvel por um momento. As palpitações cessam. Do bosque, a lenta aproximação de passos tímidos em direção àquela mesma casa. Uma moça, "não sei se o senhor e seu cachorro são os donos do chalé, ou os dois se perderam?", e é tão doce a voz dessa moça, que modos finos, certamente é bela como a alvorada, e embora não possa fitá-la nos olhos bastará que eu tire o chapéu para cumprimentá-la. Coitadinho do cego, não sabe que sou uma pobre criada e tira o chapéu, o único ser que não disfarça sua admiração ao me ver tão feia, "O senhor mora nesta casinha?", "Não, eu ia passando e tive que fazer uma pausa", "Não será que o senhor se perdeu?, posso lhe mostrar o caminho, nasci na comarca", ou se diz aldeia?, comarca e aldeia são de antigamente, e pueblitos *são os da Argentina, não sei qual será o nome desses povoados nos bosques elegantes dos Estados Unidos: minha mãe, assim como eu, era uma criada e me levou a Boston quando criança, e agora que ela morreu fiquei totalmente sozinha no mundo e voltei para o bosque, e estou procurando a casa de uma mulher sozinha, que me disseram que precisa de uma criada. Ranger de uma porta em suas dobradiças, em seguida a voz amarga da solteirona, "Desejam alguma coisa?", dá a impressão de que a incomodaram. Despedida do cego, entrada da jovem feia na casinha. Carta de recomendação para a solteirona, trato para ficar ali como criada, explicação da solteirona, aviso da iminente chegada dos inquilinos, "parece mentira, mas no mundo existe gente feliz, por mais que custe acreditar, você vai ver quando chegarem, que lindo casal de noivos. Para que que eu quero esta casa tão grande? posso me contentar com um belo quartinho no andar de baixo, e você no fundo, no seu quartinho de serviço". Linda sala de estar estilo rústico, madeira envernizada e pedra, lenha crepitando na lareira, janelão invadido de heras. Vidros grandes não, painéis pequenos formando um quadriculado, tudo meio torto, rústico, e a escada de madeira escura e lustrosa para o quarto reservado ao casal e para o estúdio do rapaz — arquiteto? Que correria para deixar tudo pronto naquela tarde, supervisão da faxina a cargo da solteirona, jeito de mulher muito má, o arrependimento depois de cada bronca por causa da técnica de limpeza imperfeita da empregadinha, "desculpa, sou muito nervosa e não me controlo". Mas com uma voz tão malvada que era melhor não pedir desculpa de nada. Só me falta lavar este vaso da solteirona e colocar as flores, um carro se aproxima! O casal que desce do carro, uma moça loira divinamente vestida, casaco de pele, vison? Olhar da criada pela janela, o rapaz de costas fechando o carro, a pressa da empregadinha para ajeitar as flores, a lambuzeira no chão da água do vaso ao cair mas dei uma boa esticada e o aparei com as minhas mãos toscas para evitar que se quebrasse, a curiosidade de ver os noivos entrarem, a criada agachada enxugando o chão, as palavras da solteirona mostrando a casa, a voz do rapaz de uma alegria que não se contém, a voz da noiva não muito feliz com a casa, ou melhor, com o isolamento da zona de bosques, me atrevo a levantar a cabeça e olhar para eles?, cabe a uma criada cumprimentar, ou não? A voz da noiva bastante antipática, exigente, olhar rápido da criada para onde está o rapaz, mais bonito impossível, e ele que nem a cumprimenta. Queixas da noiva pela solidão de uma casa no bosque e pela tristeza que a invadiria ao cair da noite. Impossibilidade de desiludi-lo, acordo final para alugar a casa, palavra empenhada, promessa de escrever e mandar contrato por carta, com cheque, vinda mais ou menos marcada para poucos dias depois do casamento. Ordem do rapaz para a criada sair de lá, daquela sala, a criada começando a pôr as flores no vaso, vontade do rapaz de ficar a sós com a noiva. "Espere só um minuto, que acabo de arrumar as flores", "Já está bom assim, retire-se, estou mandando". Desejo de se sentar com a noiva junto à janela e olhar para o bosque segurando naquelas mãos suaves, de unhas compridas e pintadas, mãos de mulher alheia a afazeres domésticos. Antiga inscrição num dos vidros grossos biselados da janelinha, entalhada toscamente: o nome de um casal e embaixo uma data, 1914. Pedido do rapaz para ela tirar o anel de noivado e entregá-lo a ele, uma pedra grossa cortada em losango, vontade também de entalhar com o anel os nomes de ambos num daqueles vidros. Mas a pedra cai quando ele começa a escrever o nome da noiva, a pedra se desprendeu do seu engaste e caiu no chão. Silêncio de ambos, temor inconfessado de um mau pressentimento, música agourenta, sombra da solteirona projetando-se sobre o jardim sem folhas. Partida do casal pouco depois, despedida até muito breve, medo crescente de maus presságios, difíceis de esquecer. Como o outono é triste às vezes! Tardes ensolaradas mas curtas, longos crepúsculos, relato da solteirona à criadinha. "Eu também certa vez estive prestes a me casar." Deflagração da guerra em 1914, morte do noivo no front, tudo preparado: a casinha de pedra no bosque, um belo enxoval, toalhas de mesa e lençóis e cortinas bordados por ela, "cada ponto que eu tinha dado naqueles tecidos tão finos era como que uma declaração de amor". Quase trinta anos atrás, um amor intacto, a inscrição dos nomes na janela no dia da despedida. "E continuo a amá-lo como se fosse hoje e, pior ainda, continuo com a mesma saudade daquela tarde em que ele partiu e eu fiquei aqui sozinha." E como é triste, mais que nunca, esta tarde de outono, o aziago anúncio pelo rádio, a entrada do país em outra guerra, a segunda e inútil guerra mundial. Ontem é hoje, choro desconsolado da solteirona em seu quarto, a criadinha treme de frio, poucas brasas agonizantes na lareira, não cabe pôr lenha só para ela, lá abandonada do mundo na sala de estar, com uma pá ela tira com cuidado as cinzas do último fogo. Poucos dias depois, a chegada de uma carta do rapaz antes interessado na casa, ou melhor, já praticamente inquilino, aviso do seu alistamento na força aérea e consequente postergação do casamento, desculpas por ter de romper o contrato, a história se repete? Desnecessária presença da criada agora na casa, falta de afazeres sem os inquilinos, o dia inteiro olhando a chuva pela janela, sem nada a fazer, fala sozinha...*

— Você não cansa de ler?

— Não. E você, como está se sentindo?

— Está batendo uma depressão horrorosa.

— Vamos, vamos, não seja frouxo, companheiro.

— Você não cansa de ler com essa porcaria de luz?

— Não, já estou acostumado. Mas e a barriga, como está?

— Um pouco melhor. Me conta o que você está lendo.

— Como é que eu vou te contar? É filosofia, um livro sobre poder político.

— Mas alguma coisa deve dizer, né?

— Diz que o homem honesto não pode exercer o poder político, porque seu conceito de responsabilidade o impede.

— E está certo, porque todos os políticos são uns ladrões.

— Pra mim, é justamente o contrário, quem não atua politicamente é porque tem um falso conceito de responsabilidade. Minha responsabilidade, acima de tudo, é que não continue a morrer gente de fome, e vou lutar por isso.

— Bucha de canhão. É isso que você é.

— Se você não entende nada, cala a boca.

— Você não gosta de ouvir a verdade...

— Ignorante! Não fala do que você não sabe.

— E toda essa raiva não é por acaso...

— Chega! Deixa eu ler.

— Tá bom. No dia que você passar mal, vou fazer a mesma coisa.

— Molina, cala a boca de uma vez!

— Tá bom, outra hora vou te dizer umas verdades.

— Certo. Até logo.

— Até logo.

— *explicação da solteirona, autorização para a criada ficar na casa se não tiver aonde ir, a tristeza da solteirona e a tristeza da criadinha, soma de duas tristezas, melhor sozinhas que refletidas uma na outra, se bem que às vezes é melhor juntas para compartilhar uma lata de sopa de duas porções. Inverno duríssimo, neve por toda parte, silêncio profundo que a neve traz, abafado pelo manto branco o ruído de um motor que para em frente à casa, as janelas embaçadas por dentro e semicobertas de neve por fora, o punho da empregada esfrega uma rodela no vidro, o rapaz de costas fechando o carro, alegria da empregada, por quê?, passos rápidos até a porta, vou voando abrir a porta para esse rapaz tão alegre e bonito, e que venha com a noiva má!... "aaah!!!, desculpe!", vergonha da empregada por não ter conseguido conter um gesto de repulsa, o pobre rapaz olhando feio, seu rosto de aviador sem medo agora atravessado por uma cicatriz horrível. A conversa do rapaz com a solteirona, o relato do acidente e do seu atual colapso nervoso, a impossibilidade de voltar ao front, a proposta de alugar a casa sozinho, a pena da solteirona ao vê-lo, a amargura do rapaz, as palavras secas para a criadinha, as ordens secas, "traga o que pedi e me deixe sozinho, não faça barulho que estou muito nervoso", o rosto lindo e alegre do rapaz na lembrança da criadinha e eu me pergunto: o que faz um rosto bonito?, por que dá tanta vontade de acariciar um rosto bonito?, por que me dá vontade de sempre ter perto um rosto bonito, de acariciá-lo e beijá-lo?, um rosto bonito deve ter um nariz pequeno, mas às vezes o nariz grande também é gracioso, e os olhos grandes, ou que sejam olhos pequenos mas que sorriem, olhinhos de bondade... Uma cicatriz que começa num canto da testa e corta uma sobrancelha, corta a pálpebra, rasga o nariz e afunda na bochecha do lado oposto, um risco em cima de um rosto, um olhar feio, olhar de mau, estava lendo um livro de filosofia e por que fiz uma pergunta me olhou feio, como é ruim alguém te olhar feio, mas o que é pior, te olharem feio ou nunca olharem pra você?, mamãe nunca me olhou feio, fui condenado a oito anos por me envolver com um menor de idade, e mamãe não me olhou feio, mas por minha culpa mamãe pode morrer, o coração cansado de uma mulher que sofreu demais, um coração cansado... de tanto perdoar?, tantos desgostos, a vida toda ao lado de um marido que não a compreendia, e depois o desgosto de um filho afundado no vício, e o juiz não me perdoou nem um dia, e falou na frente dela que eu era tudo de ruim, o pior, um viado nojento, e pra que nenhum menino se aproximasse de mim me condenava ao que a lei manda, nem um dia a menos, e depois que o juiz falou tudo isso, mamãe tinha os olhos fixos nele, cheios de lágrimas como se alguém tivesse morrido, mas quando se virou e olhou para mim abriu um sorriso, "os anos passam depressa, e se Deus quiser vou estar viva", e tudo vai ser como se nada tivesse acontecido, e a cada minuto que passa seu coração bate cada vez mais fraco?, que medo do coração dela cansar e não poder bater mais, mas eu não falei nem uma palavra pra este filho da puta, nunca contei uma palavra sobre a mamãe, porque eu mato este filho da puta se ele ousar falar alguma besteira, o que ele sabe do que é o sentimento?, o que ele sabe do que é morrer de aflição?, o que ele sabe do que é carregar a culpa de que minha mãe doente fique cada vez mais grave?, mamãe está grave?, mamãe está morrendo?, não vai esperar por mim sete anos, até eu sair?, o diretor da penitenciária vai cumprir a promessa?, será verdade o que ele me prometeu?, indulto?, redução da pena?, um dia a visita dos pais do aviador ferido, do aviador fechado no quarto de cima, "diga aos meus pais que não quero vê-los", a insistência dos pais, um casal de ricos esnobes e frios como gelo, a retirada dos pais, a chegada da noiva, "diga à minha noiva que não quero vê-la", a noiva implorando na escada, "deixa eu te ver, querido, pois juro que não me importa nada teu acidente", a voz hipócrita da noiva, a falsidade de tudo o que ela diz, a retirada repentina da noiva, o passar dos dias, os desenhos que o rapaz faz trancado em seu estúdio, a visão do bosque nevado pela janela, os primeiros anúncios da primavera, os brotos muito tenros e verdes, alguns desenhos de árvores e nuvens feitos ao ar livre, a chegada da criada ao bosque com café quente e algumas rosquinhas, um palpite da criada sobre o desenho colocado no pequeno cavalete, a surpresa do rapaz ferido, que foi que a garota disse sobre o desenho?, por que o rapaz percebe nesse momento que a criadinha tem uma alma fina?, por que às vezes alguém diz algo que conquista outra pessoa para sempre?, que foi que a empregadinha disse sobre aquele desenho?, como conseguiu que ele percebesse que ela era algo além de uma criadinha feia?! Como eu queria me lembrar daquelas palavras, que será que ela disse?, não lembro nada dessa cena, e depois tem outra cena importante, o encontro dele com o cego, narração do cego contando como aos poucos foi se resignando à perda da visão, e uma noite a proposta do rapaz à moça, "nós dois estamos sozinhos e não esperamos mais nada da vida, nem amor, nem alegria, por isso é possível que possamos nos ajudar um ao outro, eu tenho um pouco de dinheiro que pode ser uma segurança para a senhorita, e a senhorita pode cuidar de mim um pouco, minha saúde está cada vez pior, e não quero por perto ninguém que tenha pena de mim, e a senhorita não pode ter pena de mim porque está tão só e triste quanto eu, e então podemos nos unir, mas sem que isso seja mais que um contrato, apenas um acordo entre amigos". Será que foi o cego quem lhe deu a ideia? que será que ele lhe disse, que eu não lembro?, às vezes uma palavra pode fazer milagres. A igreja de madeira, o cego e a solteirona servem de testemunhas, algumas velas acesas no altar sem flores, os bancos vazios, os rostos sérios, vazios o assento do organista e a plataforma para o coro, as palavras do padre, a bênção, o ecoar dos passos na nave vazia quando os noivos saem, a tarde que cai, a volta para casa em silêncio, as janelas abertas para deixar entrar o ar morno do verão, a cama dele trasladada para o estúdio, o quarto da criada trasladado para o dormitório dele, para o antigo dormitório dele, a ceia de casamento já preparada pela solteirona, a mesa com dois lugares na sala de estar junto ao janelão, o candelabro entre os dois pratos, o boa-noite da solteirona, seu ceticismo diante de um simulacro de amor, o ricto amargo de sua boca, o casal em completo silêncio, a garrafa de vinho bem envelhecido, o brinde sem palavras, a impossibilidade de se olharem nos olhos, o cri-cri dos grilos no jardim, o leve rumor — até então nunca ouvido — das folhagens do bosque que a brisa balança, o brilho estranho — até então nunca visto — dos candelabros, o brilho cada vez mais estranho, o contorno esfumado de todas as coisas, do rosto dela tão feio, do rosto dele desfigurado, a música quase imperceptível e muito doce que não se sabe de onde vem, o rosto dela e toda sua silhueta envolvida em bruma e luz branca, só perceptível o brilho dos seus olhos, a bruma que vai se dissipando aos poucos, um agradável rosto de mulher, o mesmo rosto da criadinha mas embelezado, suas toscas sobrancelhas transformadas em linhas de lápis, seus olhos iluminados por dentro, alongados em arco seus cílios, sua pele uma porcelana, sua boca abrindo-se num sorriso de dentes perfeitos, seu cabelo ondulado em cachos sedosos, e o vestido simples de percal?, um elegante soirée de renda, e ele?, impossível perceber seus traços, a visão distorcida pelos reflexos dos candelabros ou como através de olhos cheios de lágrimas, o rosto dele visto por olhos cheios de lágrimas, as lágrimas secam, o rosto dele visto com toda a clareza, um rosto de rapaz alegre e bonito a não mais poder, mas de mãos trêmulas, não, ela de mãos trêmulas, a aproximação da mão dele à mão dela, zunidos de vento nas folhagens do bosque, ou violinos e harpas?, olhos nos olhos um do outro, a certeza de que ambos ouvem violinos e harpas que traz a brisa perfumada pelas araucárias, a união das mãos, lábios que se aproximam, o primeiro e úmido beijo, o pulsar dos corações... em uníssono, a noite coalhada de estrelas, já não estão mais na mesa... as mesas vazias no restaurante, os garçons sentados à espera dos fregueses, as horas lentas e calmas da madrugada, o cigarro quase apagado num canto da boca, a comissura esquerda ou direita dos seus lábios, sua saliva com gosto de tabaco, de tabaco forte, o olhar triste perdido na distância, pela janela a passagem de carros molhados pela chuva, um carro atrás do outro, ele se lembra de mim?, por que nunca veio me ver?, não podia um dia trocar o turno com um colega?, será que foi ao médico pra ver aquela dor de ouvido?, ia deixando sempre pra depois, de noite às vezes dores terríveis, e aí dizia que no dia seguinte iria no médico, no dia seguinte a dor passava e se esquecia de marcar a consulta, e de noite na hora de esperar os fregueses da madrugada no restaurante com certeza que ele se lembra e pensa e diz que amanhã vem me ver, e olha pelo vidro os carros passarem, e o mais triste de tudo é se no restaurante os vidros da frente ficaram molhados de chuva, como se o restaurante tivesse começado a chorar, porque ele nunca cede, aguenta firme porque é homem e não solta uma lágrima, e quando eu penso muito forte em alguém vejo na lembrança o rosto refletido, contra um vidro transparente e molhado pela chuva, o rosto embuçado que vejo na lembrança, o rosto de mamãe e o rosto dele, ele deve se lembrar, sim, e tomara que viesse, tomara que viesse primeiro um domingo, e depois tudo na vida é questão de hábito, vem outro dia, e mais outro, e quando eu receber o indulto ele vem me esperar na esquina da penitenciária, pegamos um táxi, a união das mãos, o primeiro beijo é tímido e seco, os lábios fechados são secos, os lábios já entreabertos são um pouco mais úmidos, a saliva com gosto de tabaco?, e se eu morrer antes de sair desta prisão não vou saber que gosto tem a saliva dele, o que aconteceu naquela noite?, ao acordar o medo de que tudo fosse um sonho, com medo infinito o olhar de um para o outro na luz do dia, naquela casa moram uma moça linda e um rapaz bonito a mais não poder. E se escondem da solteirona, que não os veja nunca, têm medo de que ela diga alguma coisa e tudo se ponha a perder, e saem para o bosque de madrugada, quando não tem ninguém, para ver o nascer do sol que ilumina seus rostos tão lindos e sempre tão próximos um do outro, ao alcance para dar os beijos que querem, mas que ninguém os veja, porque podem acontecer coisas estranhas, passos no bosque naquela madrugada!, impossível se esconderem pois os troncos não são tão imensos, passos lentos de um homem que com seus pés vai calcando o orvalho da relva, e atrás um cachorro... é apenas o cego! que alívio, porque não os vê, mas cumprimenta porque ouviu suas respirações, o cumprimento cordial e sincero, a intuição do cego de que alguma coisa mudou, os três de volta à casa do encantamento, o apetite da manhãzinha, o desjejum à americana, a moça encarregada de preparar tudo, ficam o cego e o rapaz sozinhos por um momento, o cego pergunta o que aconteceu, o relato, a alegria do cego, de repente um negro relâmpago de medo na córnea branca do cego ao ouvir esta simples frase: "Sabe de uma coisa?, vou chamar meus pais para que venham nos ver, a mim e à minha amada esposa", o esforço do cego para disfarçar seus grandes temores, o anúncio da chegada dos pais dele que aceitaram o convite, o rapaz e a moça esperando os pais sem terem coragem de descer do quarto, a solteirona esperando embaixo, o carro que chega, a conversa dos pais com a solteirona, a felicidade dos pais porque ele escreveu dizendo que está curado, o aparecimento do rapaz e da moça no alto da escada, a amarga decepção dos pais, feroz cicatriz cruza o rosto do rapaz, sua noiva é uma pobre criada de rosto muito feio e maneiras desajeitadas, a impossibilidade de fingir agrado, após breves momentos, o rapaz suspeita, será que tudo foi um engano?, será que não mudamos?, o olhar para a solteirona na esperança de que o ache bonito como antigamente, o ricto amargo na boca da solteirona, a carreira da moça até um espelho, a realidade cruel, o rapaz ao lado dela ali no espelho, a cicatriz infame, o refúgio da escuridão, o terror de se olharem um ao outro, o ruído do motor do carro dos pais, o ruído do motor já longe a caminho da cidade, a moça refugiada em seu antigo quarto de serviço, o desespero dele, a destruição do seu autorretrato abraçado à moça, gestos dementes até reduzir o retrato a pedaços, a solteirona chamando o cego, a visita do cego num entardecer de outono, a conversa com o rapaz doente e a moça feia, as luzes apagadas para evitar que se vejam, três cegos reunidos na hora mais triste do dia, a solteirona escutando atrás da porta, "não percebem o que está acontecendo?, por favor, depois de me ouvirem, voltem a se olhar no rosto como antigamente, sei que não o fizeram esses dias todos, que se esconderam um do outro, e é tão simples explicar o encantamento deste lindo verão que acabam de passar felizes, simplesmente... vocês são belos um para o outro, porque se amam e só veem sua alma, será que é tão difícil de entender?, não peço que se olhem agora, mas depois de eu sair... sim, sem o menor medo, porque o amor que palpita nas pedras velhas desta casa fez mais um milagre: o de permitir que, como se fossem cegos, não vissem o corpo mas somente a alma". A partida do cego com os últimos reflexos avermelhados do entardecer, a subida do rapaz para se preparar para o jantar, a mesa posta pela moça, o medo da moça de se olhar ao espelho para se arrumar e pentear, os passos seguros da solteirona entrando no quarto da criadinha, os olhos da solteirona perdidos na distância, suas palavras de alento, a impossibilidade da moça se pentear dado o tremor das mãos, as palavras da solteirona, que começa a penteá-la, "eu ouvi o que o cego disse e lhe dou toda a razão, esta casa esperava abrigar dois seres amantes desde que meu noivo não pôde voltar das cruéis trincheiras da França, e vocês dois são os eleitos: e o amor é assim, embeleza quem consegue amar sem nada esperar em troca. E tenho certeza que, se meu noivo voltasse hoje do além, me encontraria bonita e jovem como eu era naquele tempo, sim, tenho certeza, porque ele morreu me amando", a mesa posta junto à janela, a moça de pé olhando através dos vidros o bosque mergulhado na escuridão, os passos dele, o temor de se virar e olhá-lo, a mão segurando sua mão, tirando o anel e escrevendo seus nomes no vidro, a carícia dele no cabelo sedoso dela, a carícia dele na pele que é de porcelana, o sorriso dele que mais bonito não poderia ser, o sorriso dela de dentes perfeitos, o beijo úmido da felicidade, o fim da narração do cego, os primeiros acordes do doce concerto, a chegada na ponta dos pés de outros dois convidados, que são o rapaz e a moça, aparecem de costas, elegantes, mas por trás não dá para saber se os rostos são bonitos ou feios, e ninguém percebe que são os protagonistas da história que acabam de ouvir, mamãe amou de paixão esse filme, e eu também — ainda bem que não contei pra esse filho da puta, não vou lhe contar nem mais uma palavra das coisas que eu gosto, deixa ele rir dizendo que sou frouxo, vamos ver se ele aguenta firme, nunca mais vou lhe contar um filme dos que eu mais gosto, esses são só pra mim, na minha lembrança, que não os toque com palavras sujas, esse filho da puta e sua merda de revolução.*

. . . .

— A comida já vai chegar, Molina.

— Ah, você tem língua.

— Sim, tenho língua.

— Pensei que o rato tivesse comido.

— Não, os ratos não comeram.

— Então se agacha e vê se consegue enfiar no cu.

— Desculpa, mas não gosto das liberdades que você está tomando.

— Ótimo, então, não vamos falar nem mais uma palavra, entendeu? Nem uma só.

— ...

— Não, obrigado.

— Pega o prato maior.

— Não, pega você.

— Obrigado.

— De nada.

6

— Eu prometi que não ia te contar outro filme. Agora vou pro inferno por quebrar a promessa.

— Você não imagina como dói. As fisgadas são brutais.

— Eu senti a mesma coisa ontem.

— Parece que me dá cada vez mais forte, Molina.

— Então você devia ir pra enfermaria.

— Larga de ser burro. Já disse que não quero ir.

— Porque não tem problema se te derem um pouco de Seconal.

— Tem, sim, a gente se acostuma. Você fala isso porque não sabe.

— Bom, vou te contar o filme... mas que história é essa com o Seconal que eu não sei?

— Nada...

— Fala, vai, não seja assim, além do mais, eu não tenho pra quem contar.

— São coisas que não posso comentar com ninguém, porque temos uma promessa entre nós, do movimento.

— Mas me conta a história do Seconal, e mais nada, assim eu também não deixo que me ferrem por aí, Valentín.

— Então promete que não vai contar pra ninguém.

— Prometido.

— Aconteceu com um companheiro, que foi acostumado, e o amoleceram, tiraram sua vontade. Um preso político nunca deve ir à enfermaria, entende? Nunca. No teu caso, eles não podem te fazer nada com isso. Mas com a gente é diferente, depois nos interrogam, e aí já não temos resistência pra nada, nos fazem cantar o que quiserem... Ai, ahm... olha, são umas fisgadas tão fortes... como se me furassem... Parece que estão me enfiando um ferro na barriga.

— Bom, então vou te contar, assim você se distrai um pouco e não pensa na dor.

— O que você vai me contar?

— Um filme que com certeza você vai adorar.

— Ai... Que foda!...

— ...

— Vai, conta, então. Se eu gemer, não liga, segue em frente.

— Bom, começa... onde era mesmo? Porque se passa em muitos lugares... Mas antes preciso esclarecer uma coisa: esse filme não faz o meu gosto.

— Como assim?

— É um desses que os homens adoram, só por isso que vou te contar, porque você está mal.

— Obrigado.

— Como é que começava?... Espera, sim, naquele circuito de corridas de automóveis, não lembro o nome, no sul da França.

— Le Mans.

— Por que será que os homens sempre sabem tudo sobre corridas? Bom, acontece que lá corre um rapaz sul-americano, muito rico, um playboy, um desses filhos de fazendeiros donos de bananais, e é o dia das provas, e ele explica pra outro piloto que não corre por nenhuma marca, porque todos os fabricantes são exploradores do povo. Corre com um carro que ele mesmo fabricou, porque ele é um cara assim, de espírito muito independente. E lá estão naquelas provas antes da corrida e vão tomar um refresco enquanto esperam a vez, e ele está supercontente porque, segundo todos os cálculos, vai conseguir uma ótima classificação, segundo todos os prognósticos dos que viram como a máquina dele corria naquela pista e, claro, vai ser um choque terrível para as grandes marcas de automóveis se esse cara ganhar, assim desse jeito. Aí, enquanto estão bebendo o refresco, dá pra ver que um sujeito se aproxima do carro dele, um dos zeladores do boxe percebe essa movimentação mas se faz de sonso porque já estão mancomunados. Aquele que se aproximou, que tem uma cara de filho da mãe que nem te conto, dá um toque no motor, desparafusa alguma coisa e vai embora. O rapaz volta e põe o capacete já pra arrancar na prova. E faz uma largada incrível, mas na terceira volta o motor pega fogo e ele se salva por um triz. Escapa são e salvo, mas...

— Ai... caralho... que dor.

— ... mas o carro fica destruído. Ele se reúne com sua equipe e diz que está tudo acabado, que não tem mais dinheiro pra fabricar outro carro, e vai para Montecarlo, perto dali, onde está o pai, num iate com uma mina mais nova, deslumbrante. Ou melhor, o pai recebe o telefonema do filho no iate, e ficam de se encontrar no terraço da suíte no hotel onde o velho está hospedado. E a mina não vai, porque o velho tem escrúpulos com o filho, dá pra ver que gosta muito dele porque fica contente quando recebe seu telefonema. A intenção do filho é pedir mais dinheiro, mas não tem coragem, sente vergonha por ser um vagabundo que não faz nada, mas, quando se encontra com o pai, o velho o abraça com tanto carinho e diz pra ele não se preocupar com a destruição do carro, que já pensou o que fazer pro filho fabricar outro, se bem que tem medo de vê-lo arriscar a vida nas corridas. Aí o filho diz que eles já conversaram sobre isso, claro, porque foi o pai que o empurrou pro negócio das corridas, sabendo que era a grande paixão do rapaz, e assim o afastava dos centros políticos de estudantes de esquerda, porque o rapaz estudava em Paris, filosofias da política.

— Ciências políticas.

— Isso. Aí o pai lhe pergunta por que ele não corre por uma marca de carros conhecida, tentando mais uma vez encaminhar o filho pra algo seguro. Aí o filho se altera, diz pro pai que já conseguiu o bastante quando o afastou do ambiente de Paris, e que enquanto estava concentrado na construção do carro se esqueceu de tudo, mas, se colocar a serviço daqueles polvos internacionais da indústria, isso não! Aí o pai lhe diz o que nunca devia dizer, que, quando o ouve falar assim enfurecido, ele lembra sua ex-mulher, a mãe do rapaz, tão passional, tão idealista, e tudo pra quê?... Pra terminar do jeito que terminou. Aí o rapaz dá meia-volta para ir embora, e o pai arrependido pede pra ele ficar, que vai lhe dar todo o dinheiro necessário pra fabricar um carro novo, e sei lá mais o quê, mas o filho, dá pra ver que tem um fraco pela mãe, sai batendo a porta. O pai fica pensativo, realmente muito preocupado, olhando pelo terraço o cais divino de Montecarlo com todos os iates iluminados, todos orlados de lampadinhas nos mastros e nas velas, um sonho, e nisso toca o telefone, e é aquela mina jovem, e o velho pede desculpas e diz que essa noite não irá ao cassino, que está tentando resolver um problema grave. Bom, ao sair do hotel, o rapaz se depara com um grupo de amigos que o arrastam pra uma festa. Mas o rapaz está tão deprimido que o que ele faz lá é carregar uma garrafa de conhaque pra um canto da casa, bom, não te falei que a cena se passa numa vila de sonhos nos arredores de Montecarlo, uma daquelas casas da Riviera inacreditáveis de tão luxuosas, com escadarias nos jardins, e as balaustradas e aquelas escadarias sempre enfeitadas com umas taças grandes de pedra, como vasos de plantas, umas taçonas, com lindas plantas que crescem no interior, quase sempre cactos gigantes. Conhece o agave?

— Conheço.

— Então, eles que enfeitam. E o rapaz se refugiou num cômodo longe da agitação da festa, a biblioteca, e fica lá bebendo sozinho. Até que vê outra pessoa entrar, uma mulher já um tanto madura, mas muito elegante, muito classuda, também com uma garrafa na mão. Como ele está no escuro, apenas com a luz de uma janela aberta, ela não vê que ele está ali e também se senta e enche um copo, e de repente estouram fogos de artifício na baía de Montecarlo, porque é uma data nacional, e ele aproveita e diz tim-tim pra ela. A mulher leva um susto, mas, quando ele mostra com um gesto que os dois foram lá pra fazer a mesma coisa, carregar uma garrafa de Napoléon para se esquecer do mundo, ela não tem outro remédio senão rir. Ele pergunta o que ela queria esquecer, e ela responde que se ele falar primeiro ela fala depois.

— Vontade de ir ao banheiro, de novo.

— Chamo pra abrirem a porta?

— Não, vou aguentar...

— Assim piora.

— Vão notar que não estou bem.

— Não, por causa de uma diarreia, não vão te mandar pra enfermaria...

— Mas já seria a quarta vez que pedimos hoje. Espera que, se eu puder, aguento...

— Você está branco, isso é mais que uma diarreia, se eu fosse você, ia pra enfermaria...

— Cala a boca, por favor.

— Vou continuar com o filme, mas escuta... uma coisa assim do estômago não pode ser contagiosa, não? Porque esse teu desarranjo é igualzinho ao meu... Não vai me culpar por ter te contagiado, né?

— Deve ser alguma coisa da comida que nos caiu mal... Você também ficou branco assim. Mas logo passa, continua contando...

— O meu, quanto tempo durou?... uns dois dias, mais ou menos.

— Não, uma noite. No dia seguinte, você já estava bem.

— Então chama o guarda, porque não importa você passar mal só uma noite.

— Continua contando.

— Bom. Aí ele se encontra com aquela mulher superelegante. Bem madura, mesmo, uma mulher do grand monde.

— Conta como ela é fisicamente.

— Não muito alta, uma atriz francesa, mas peitudona, e ao mesmo tempo magra, de cintura fina, um vestido de noite bem cinturado, e decote baixo, sem alças, daqueles decotes armados, lembra?

— Não.

— Como não? Daqueles que pareciam servir os peitos de bandeja.

— Não me faz rir, por favor.

— Eram uns decotes duros, armados com arame por dentro do tecido. E eles lá sossegados: aceita um peito, senhor?

— Estou pedindo, não me faz rir.

— Mas assim você esquece a dor, seu bobo.

— É que estou com medo de me borrar.

— Não, por favor, que a gente morre na cela. Continuando, bom, combinaram que o rapaz ia falar primeiro o que ele queria esquecer bebendo. Fica muito sério e diz que está bebendo pra esquecer tudo, absolutamente tudo. Ela pergunta se não tem nada que ele quisesse guardar na lembrança, e ele diz que gostaria que sua vida recomeçasse naquele momento, a partir da entrada dela naquela biblioteca. Então é a vez dela, e eu achava que ela ia dizer a mesma coisa, que queria esquecer tudo, mas não, ela diz que tem muita coisa na vida e que se sente muito gratificada porque é diretora de uma revista de moda de grande sucesso, adora o trabalho e tem filhos adoráveis, e a herança da família, porque acontece que ela é dona daquela belíssima vila, que é um palácio, mas, claro que ela tem algo a esquecer: a pouca sorte que teve com os homens. O rapaz diz que a inveja por tudo o que ela tem. Ele, ao contrário, está a zero. Claro, o cara não quer falar do problema com a mãe, porque está obcecado pelo divórcio dos pais e se sente culpado por ter abandonado a mãe, que, apesar de ser muito rica e morar numa fazenda de café divina, quando o pai a abandonou se casou com outro homem, ou vai se casar, e o rapaz acha que é só para não ficar sozinha. Ah, sim, lembrei, a mãe lhe escreve dizendo sempre isso, que vai se casar com outro homem, sem amá-lo, tudo por medo da solidão. E o rapaz se sente muito mal por ter abandonado seu país, onde os trabalhadores são muito maltratados, e ele tem ideias revolucionárias mas é filho de milionários e ninguém gosta dele, as pessoas do povo. E também se sente mal por ter abandonado a mãe. E tudo isso ele conta para aquela mina. Sabe de uma coisa?... você nunca falou da sua mãe.

— Falei, sim.

— Meu Deus, juro que não, nunca nunquinha.

— É que não tenho nada pra contar.

— Obrigado pela confiança.

— Por que esse tom?

— Nada, quando você melhorar, a gente conversa.

— Ai... ai... desculpa... ai... olha o que eu fiz...

— Não, não limpa com o lençol, espera...

— Não, deixa, tua camisa não...

— Sim, pega aqui, limpa, que o lençol você precisa pra não se resfriar.

— Mas é tua muda, você fica sem camisa para trocar...

— Vai, espera, levanta, assim não vaza, isso, com cuidado, calma, não deixa vazar pro lençol.

— Não vazou pro lençol?

— Não, ficou na cueca. Vai logo, tira.

— Que vergonha...

— Isso, devagarinho, com cuidado... perfeito. Agora a parte mais grossa, limpa com a camisa.

— Que vergonha...

— Você não dizia que tem que ser homem... que história é essa de vergonha?

— Embrulha bem... a cueca, pra não espalhar o cheiro.

— Não se preocupa que eu sei fazer as coisas. Está vendo? Assim, tudo bem embrulhado na camisa, é mais fácil de lavar que o lençol. Pega mais papel.

— Não, do teu não, não vai sobrar pra você.

— O teu acabou. Vai, pega e não enche...

— Obrigado...

— Não tem nada de obrigado, vai, acaba de limpar e relaxa um pouco, que você está tremendo.

— É de raiva, uma raiva que me dá vontade de chorar, raiva de mim mesmo.

— Vamos, sossega, por que brigar com você mesmo, ficou doido?...

— É raiva de ter me deixado pegar.

— Relaxa, faz um esforço...

— Ah... assim com o jornal embrulhando a camisa, não vai espalhar o cheiro.

— Boa ideia, né?

— Ahãm.

— Tenta relaxar e se cobre bem.

— Tá, me conta mais um pouco. Do filme.

— Nem lembro onde parei.

— Você me perguntou pela minha mãe.

— É, mas não me lembro em que parte do filme estávamos.

— Não sei por que nunca falei da minha mãe. Não sei muito da tua, mas alguma coisa eu imagino.

— Da tua, eu não imagino nada.

— Minha mãe é uma mulher muito... difícil, por isso não falo dela. Nunca aceitou as minhas ideias, acha que ela merece tudo o que tem. A família tem dinheiro e certa posição social, entende?

— Sobrenome.

— Sim, sobrenome de segunda categoria, mas sobrenome. Estava separada do meu pai, que morreu há dois anos.

— Parecido com o filme que eu estava contando.

— Não... está doido?

— Bom, mais ou menos.

— Não. Ai... como dói...

— Estava gostando do filme?

— Estou meio distraído. Mas vai, acaba logo.

— Então você não gosta.

— Como continua? Diz em poucas palavras como acaba.

— Bom, o mocinho tem um caso com aquela mulher um pouco mais velha, e ela pensa que é por causa do dinheiro pra fabricar um carro de corrida novo, e de repente ele tem que voltar pro país dele, porque o pai, que nesse meio-tempo tinha voltado pra lá, foi sequestrado por uns guerrilheiros. E o rapaz entra em contato com o grupo e os convence de que está do lado deles, e quando aquela mulher, a europeia, percebe que ele corre perigo torna a procurá-lo, e salvam o pai à custa de muito dinheiro, mas aí quando o pai já está livre, e o rapaz também, porque ele tinha trocado de lugar com o pai sem os guerrilheiros perceberem, bom, acontece uma confusão e vão matar o rapaz porque descobrem a treta, mas o pai se joga na frente e o matam. Aí o rapaz prefere ficar lá com eles, e a mulher volta sozinha pro seu trabalho em Paris, e a separação é muito triste, porque os dois se amam de verdade, mas cada um pertence a um mundo diferente, e tchau, fim.

— No que que é parecido?

— Com quê?

— Com meu caso. Aquilo que você falou da minha mãe.

— Bom, nada, que a mãe aparece muito bem-vestida quando o rapaz volta pro seu país dos cafezais, e aí ela pede pro rapaz voltar pra Europa, ah, me esqueci de dizer que no fim, quando soltam o pai e acontece o tiroteio com a polícia e o pai é ferido de morte, a mãe reaparece, e ficam juntos, o filho e a mãe, quero dizer, porque a outra mulher não, a que gosta dele volta pra Paris.

— Sabe de uma coisa? Estou ficando com sono.

— Então aproveita e dorme.

— É, vamos ver se pego no sono.

— Se você passar mal, me acorda, não importa a hora.

— Obrigado, você tem muita paciência.

— De nada, dorme. E não pensa besteira.

. . . .

— A noite inteira com pesadelos.

— E sonhava com o quê?

— Não me lembro de nada. Acho que estou intoxicado, mas logo deve passar.

— Ei, como você come depressa! E você ainda não está bom.

— Me deu uma fome brutal, e também são os nervos.

— Na verdade, Valentín, você não devia comer. Hoje devia fazer dieta.

— Mas estou com um vazio brutal no estômago.

— Pelo menos agora, quando acabar de comer essa porcaria de polenta ao gesso, deita um pouco, não começa a estudar logo em seguida.

— Mas já perdi a manhã inteira dormindo.

— Como quiser, estou falando pro teu bem... Se você quiser, conto alguma coisa para te distrair.

— Não, obrigado, vou ver se consigo ler.

— Sabe de uma coisa? Se você não falou pra sua mãe que ela podia trazer comida pra semana inteira... fez muito mal.

— Não quero que ela se sinta obrigada, estou aqui por causa das minhas coisas, e ela não tem nada a ver.

— Mamãe não vem porque está mal, sabe?

— Não, você não me disse nada.

— Está proibida de sair da cama por algum tempo, por causa do coração.

— Ah, não sabia, sinto muito.

— Por isso estou quase sem mantimentos, e ela não deixa ninguém trazer as coisas, porque acha que, a qualquer momento, o médico vai liberar pra ela vir. Mas até lá, me ferra com essa teima de não deixar ninguém que não seja ela me trazer comida.

— E você acha que ela não vai ficar boa?

— Acho que vai, sim, não perco a esperança, mas vai demorar meses.

— Se você pudesse sair daqui, ela ficava boa, né?

— Você lê meus pensamentos, Valentín.

— É lógico, só isso.

— Você raspou o prato! Devorou tudo, seu louco.

— E você tinha razão, agora parece que vou explodir.

— Deita um pouco.

— Não quero dormir, tive pesadelos ontem à noite até agora de manhã, o tempo todo.

— Desse filme aí, já te contei o final, agora não tem graça continuar contando.

— A dor está voltando, que droga...

— Onde dói?

— Na boca do estômago, e embaixo nos intestinos também... uh... que coisa horrível.

— Relaxa, vai por mim, que deve ser do nervoso.

— Ai, cara, as tripas parecem esburacar.

— Peço pra abrirem, pra você ir no banheiro?

— Não, é mais em cima, parece que queima, alguma coisa no estômago.

— Por que não tenta vomitar?

— Não, se eu pedir pra ir no banheiro, vão começar a me atazanar com a enfermaria.

— Vomita no meu lençol, espera, vou dobrar, você vomita dentro e depois embrulhamos bem, pra não ficar cheirando.

— Obrigado.

— Obrigado nada. Vai, enfia os dedos na garganta.

— Mas depois, sem o lençol, você vai sentir frio.

— Não, o cobertor me agasalha bem. Vai, vomita.

— Não, espera, já está passando, vou relaxar bem... como você diz, para ver se passa.

. . . .

. . . .

— *uma mulher europeia, uma mulher inteligente, uma mulher linda, uma mulher educada, uma mulher com conhecimentos sobre política internacional, uma mulher com conhecimentos de marxismo, uma mulher que não precisa que ninguém lhe explique tudo desde o bê-a-bá, uma mulher que estimula o pensamento do homem com perguntas inteligentes, uma mulher de moral insubornável, uma mulher de gosto impecável, uma mulher discreta e elegante no trajar, uma mulher jovem e madura ao mesmo tempo, uma mulher com conhecimento de bebidas, uma mulher que sabe escolher o menu adequado, uma mulher que sabe pedir o vinho adequado, uma mulher que sabe receber em sua casa, uma mulher que sabe dar ordens ao pessoal de serviço, uma mulher que sabe organizar uma recepção para cem pessoas, uma mulher de aplomb e simpatia, uma mulher desejável, uma mulher europeia que compreende os problemas de um latino-americano, uma mulher europeia que admira um revolucionário latino-americano, uma mulher mais preocupada, não obstante, com o trânsito urbano de Paris que com os problemas de um país latino-americano colonizado, uma mulher atraente, uma mulher que não se comove com a notícia de uma morte, uma mulher que esconde durante algumas horas o telegrama com a notícia da morte do pai de seu amante, uma mulher que se recusa a deixar o trabalho em Paris, uma mulher que se recusa a acompanhar seu jovem amante na viagem de volta à selva cafeeira, uma mulher que retoma sua vida rotineira de executiva parisiense, uma mulher com dificuldade para esquecer um amor verdadeiro, uma mulher que sabe o que quer, uma mulher que não se arrepende de sua decisão, uma mulher perigosa, uma mulher que pode esquecer rapidamente, uma mulher com recursos próprios para esquecer o que já será apenas um lastro, uma mulher que poderia até esquecer a morte do rapaz que voltou à sua pátria, um rapaz que voa de volta à sua pátria, um rapaz que observa do alto as montanhas azuladas da sua pátria, um rapaz comovido até às lágrimas, um rapaz que sabe o que quer, um rapaz que odeia os colonialistas de seu país, um rapaz disposto a dar a vida para defender seus princípios, um rapaz que não aceita a exploração dos trabalhadores, um rapaz que viu peões velhos postos na rua por não servirem mais, um rapaz que se lembra de peões encarcerados por roubarem o pão que não podiam comprar e que se lembra de peões alcoolizados para depois esquecerem a humilhação, um rapaz que acredita sem vacilar na doutrina marxista, um rapaz com o firme propósito de entrar em contato com as organizações guerrilheiras, um rapaz que observa do ar as montanhas pensando que logo se reunirá ali com os libertadores de seu país, um rapaz que teme ser considerado apenas mais um oligarca, um rapaz que por amarga ironia poderia ser raptado por guerrilheiros para exigirem um resgate, um rapaz que desembarca do avião e abraça a mãe viúva vestida de cores berrantes, uma mãe sem lágrimas nos olhos, uma mãe respeitada por todo um país, uma mãe de gosto impecável, uma mãe que se veste com discrição e elegância, já que nos trópicos as cores berrantes são bem-vistas, uma mãe que sabe dar ordens à criadagem, uma mãe com dificuldade de olhar o filho nos olhos, uma mãe com um conflito que a aflige, uma mãe que caminha de cabeça erguida, uma mãe de costas retas que nunca tocam o encosto da cadeira, uma mãe que depois do divórcio mora na cidade, uma mãe que a pedido do filho o acompanha até a fazenda de café, uma mãe que lembra ao filho casos da sua infância, uma mãe que consegue voltar a sorrir, uma mãe cujas mãos crispadas conseguem distender-se para acariciar a cabeça do filho, uma mãe que consegue reviver anos melhores, uma mãe que pede ao filho para acompanhá-la num passeio pelo velho parque tropical que ela mesma projetou, uma mãe de gosto refinado, uma mãe que sob as palmeiras narra como seu ex-marido foi executado pelos guerrilheiros, uma mãe que, junto a um matagal florido de hibiscos, narra como seu ex-marido matou com um tiro um empregado insolente e assim provocou a vingança dos guerrilheiros, uma mãe cuja fina silhueta se recorta contra uma colina distante e azulada para além do cafezal, uma mãe que pede para o filho não vingar a morte do pai, uma mãe que pede para o filho voltar à Europa, mesmo se afastando dela, uma mãe que teme pela vida do filho, uma mãe que parte intempestivamente de volta à capital para organizar um evento de caridade, uma mãe que acomodada em seu Rolls volta a suplicar para o filho que abandone o país, uma mãe que não consegue ocultar sua tensão nervosa, uma mãe sem motivos aparentes para estar tensa, uma mãe que oculta alguma coisa ao filho, um pai que sempre foi bom com seus empregados, um pai que tentou melhorar a condição de seus empregados por meio da caridade, um pai que fundou um hospital de campanha pros trabalhadores da região, um pai que construiu moradias para eles, um pai que discutia amargamente com a esposa, um pai que falava pouco com o filho, um pai que não descia para comer com a família, um pai que nunca perdoou as greves de seus empregados, um pai que nunca perdoou o incêndio do hospital e das moradias provocado por um grupo de trabalhadores dissidentes, um pai que concedeu o divórcio à mulher com a condição de que ela se mudasse para a cidade, um pai que se recusou a negociar com os guerrilheiros por não lhes perdoar o incêndio, um pai que arrendou suas terras a companhias estrangeiras e se refugiou na Riviera, um pai que voltou a suas possessões por motivos ignorados, um pai que terminou a vida com um fecho vergonhoso, um pai que foi executado como um criminoso, um pai que talvez tenha sido um criminoso, um pai que quase certamente foi um criminoso, um pai que cobre seu filho de ignomínia, um pai cujo sangue criminoso corre pelas veias do filho, uma moça camponesa, uma moça mestiça de índio com branco, uma moça com o frescor da juventude, uma moça de dentes estragados pela desnutrição, uma moça de maneiras tímidas, uma moça que olha para o protagonista com fascínio, uma moça que lhe entrega uma mensagem secreta, uma moça que vê com profundo alívio a reação favorável dele, uma moça que o conduz naquela mesma noite ao reencontro de um velho amigo, uma moça que monta admiravelmente a cavalo, uma moça que conhece as trilhas da montanha como a palma da mão, uma moça que quase não fala, uma moça à qual ele não sabe em que termos se dirigir, uma moça que em pouco menos de duas horas o conduz até o campo guerrilheiro, uma moça que chama o chefe guerrilheiro com um assobio, um colega da Sorbonne, um companheiro de militância política estudantil, um colega que ele não via desde aquela época, um colega convencido da honestidade do protagonista, um colega que voltou à pátria para organizar a rebelião camponesa, um colega que em poucos anos conseguiu organizar uma frente guerrilheira, um colega que acredita na honestidade do protagonista, um colega disposto a lhe fazer uma revelação inacreditável, um colega que intui uma intriga governamental por trás do episódio obscuro que provocou a morte do pai e do capataz, um colega que pede para ele voltar à fazenda e desmascarar o culpado, um colega que talvez esteja enganado, um colega que talvez prepare uma emboscada, um colega que talvez deva sacrificar um amigo para continuar sua luta de libertação, uma moça que o conduz de volta à mansão, uma moça que não fala, uma moça taciturna, uma moça talvez apenas cansada depois de uma jornada de trabalho e uma longa cavalgada noturna, uma moça que de vez em quando se volta e o observa com desconfiança, uma moça que possivelmente o odeie, uma moça que o manda parar, uma moça que lhe pede silêncio, uma moça que escuta ao longe ruídos de uma possível patrulha de rastreamento, uma moça que pede para ele descer do cavalo e esperar uns minutos escondido atrás de uma moita, uma moça que pede para ele a esperar em silêncio, segurando os dois cavalos pelas rédeas enquanto ela sobe a um penhasco e inspeciona, uma moça que volta e o manda recuar até um recôncavo na montanha, uma moça que pouco depois lhe indica uma gruta natural onde passar a noite, pois os soldados não levantarão acampamento antes do amanhecer, uma moça que treme de frio na gruta úmida, uma moça de intenções inescrutáveis, uma moça que pode apunhalá-lo durante o sono, uma moça que sem fitá-lo nos olhos lhe pede com voz sufocada que se deite ao lado dela para aquecê-la, uma moça que não fala nem o olha nos olhos, uma moça acanhada ou astuta, uma moça de carnes frescas, uma moça que está deitada a seu lado, uma moça que respira agitadamente, uma moça que se deixa possuir em silêncio, uma moça tratada como uma coisa, uma moça a quem não se diz uma palavra amável, uma moça com um acre sabor na boca, uma moça com forte cheiro de suor, uma moça que se usa e se larga, uma moça em quem se descarrega o sêmen, uma moça que não ouviu falar de anticoncepcionais, uma moça explorada pelo patrão, uma moça que não pode fazê-lo esquecer de uma parisiense sofisticada, uma moça que não se tem vontade de acariciar depois do orgasmo, uma moça que narra uma história infame, uma moça que narra como o ex-administrador da fazenda a estuprou mal entrada na adolescência, uma moça que narra como o ex-administrador da fazenda agora está na cúpula do governo, uma moça que afirma que esse homem tem algo a ver com a morte do pai do rapaz, uma moça que ousa dizer que talvez a mãe do rapaz saiba de tudo, uma moça que revela a verdade mais cruel, uma moça que viu a mãe do rapaz nos braços do ex-administrador, uma moça que não se tem vontade de acariciar depois do orgasmo, uma moça em quem se dá uma bofetada e se insulta por dizer coisas horríveis, uma moça que se usa e depois se larga, uma moça explorada por um patrão cruel em cujas veias corre sangue de assassino.*

— Você estava gritando em sonhos.

— Ah, é?...

— É, e me acordou.

— Desculpa.

— Como está se sentindo?

— Estou todo suado. Me passa a toalha? Sem acender a vela.

— Espera, vou tatear no escuro...

— Não me lembro onde deixei... Se não achar, não faz mal, Molina.

— Cala a boca, já achei. Pensa que sou tão boba assim?*

— Estou gelado.

— Vou te preparar um chá, que é só o que nos resta.

* Os seguidores de Freud interessaram-se vivamente pelas atribulações que o indivíduo teve de sofrer ao longo da história para aprender a se reprimir e assim se adequar às exigências sociais de cada época, pois seria impossível acatar as normas sociais sem reprimir muitos dos próprios impulsos instintivos. O casal matrimonial legítimo, como ideal proposto para a sociedade, não seria necessariamente o ideal de todos, e os excluídos não encontrariam outra saída senão reprimir ou ocultar suas tendências socialmente indesejáveis.

Anna Freud, em *Psicanálise da criança*, aponta como forma neurótica mais generalizada a do indivíduo que, ao tentar controlar completamente todos os seus desejos sexuais proibidos, e até eliminá-los — em vez de catalogá-los como socialmente inconvenientes, mas naturais —, se reprime demais e se torna incapaz de desfrutar em quaisquer circunstâncias de relações desinibidas com outra pessoa. É assim que o indivíduo pode perder o controle de suas faculdades autorrepressivas e chegar a extremos como a impotência, a frigidez e o sentimento de culpa obsessivo. A psicanálise aponta também o seguinte paradoxo: é geralmente o desenvolvimento precoce da inteligência e da sensibilidade nas crianças que pode induzi-las a uma atividade repressiva demasiado forte. É fato provado que a criança possui libido desde que tem vida e, claro, ela se manifesta sem a discriminação adulta. Afeiçoa-se a toda pessoa que cuida dela e desfruta das brincadeiras com o próprio corpo e o de outras pessoas. Mas em nossa cultura — acrescenta Anna Freud — essas manifestações são prontamente castigadas, e a criança adquire o sentimento de vergonha. Desde seus primeiros atos conscientes até a puberdade, passa pelo período de latência.

— Não, deixa, que é teu. Logo vai passar.

— Para com essa loucura.

— Teus mantimentos estão no fim, para você com essa loucura.

— Tudo bem, já vão me trazer mais.

— Lembra que tua mãe está doente e não pode vir.

— Lembro, sim, mas não faz mal.

— Obrigado, mesmo.

— Ora, por favor.

— É sério, você não sabe quanto te agradeço. E desculpa, porque às vezes sou muito rude… e magoo as pessoas sem motivo.

— Para com isso.

— Que nem quando você passou mal. E eu não cuidei de você, não fiz nada.

— Cala a boca, vai.

— É sério, e não é só com você, já magoei demais outras pessoas. Nunca te contei nada, mas, em vez de contar um filme,

---

Tanto os freudianos ortodoxos como os dissidentes sustentam que as primeiras manifestações da libido infantil são de caráter bissexual. Mas a partir dos cinco anos já se observam as diferenças sexuais, o menino percebe as diferenças no corpo da mãe. Por outro lado, começam a lhe dizer que, quando crescer, ele será como o pai, mas que naquele momento não deve aspirar a ser o primeiro no afeto da mãe; é seu pai quem ocupa o lugar privilegiado. O problema de como sufocar o ciúme que o pai suscita depende, em geral, apenas da habilidade da criança, a qual se verá entorpecida no intento, aqui também, se sua sensibilidade muito desenvolvida demandar proteção e carinho, e especialmente se sua inteligência lhe permitir perceber o triângulo amoroso em que se encontra encerrada: ser consciente da situação redobrará suas dificuldades. Durante essa etapa do desenvolvimento, segundo a psicanálise, o menino — ou a menina, em tensão de rivalidade direta com a mãe — atravessa a difícil fase edipiana, assim chamada por causa do herói grego Édipo, que matou o pai, sem saber quem era, para se casar com a mãe, que ele também não conhecia: ao ter ciência do seu crime, Édipo arranca os olhos em holocausto à sua culpa. Freud, em *Três ensaios sobre a teoria da sexualidade*, afirma que é recorrente nas crianças a fantasia incestuosa de expulsar

vou te contar uma coisa real. Aquilo que te contei da minha companheira é tudo mentira. É a história de outra mulher que amei muito, mas não falei a verdade sobre minha companheira, e você ia gostar muito dela, porque é uma moça muito simples, muito boa e muito corajosa.

— Chega, para. Não me conta nada, por favor. São coisas muito fodidas, e eu não quero saber dos teus assuntos políticos, secretos, sei lá. Por favor.

— Deixa de bobagem, quem é que vai te perguntar qualquer coisa sobre as minhas histórias?

— Nunca se sabe, podem me interrogar.

— Eu confio em você. Você não confia em mim?

— Confio...

— Então, aqui tudo tem que ser de igual pra igual, nada de amarelar...

— Não é isso...

---

e substituir seu progenitor rival, isto é, o pai no caso do menino e a mãe no caso da menina, mas suas ideias suscitam intensa culpa e temor de castigo. A consequência é que a criança sofre tanto com o conflito que, mediante um esforço inconsciente muito penoso, consegue reprimi-lo, ou disfarçá-lo aos olhos da consciência. O conflito se resolve durante a adolescência, quando a adolescente ou o adolescente consegue transferir suas cargas afetivas do progenitor ou da progenitora para um rapaz ou uma moça de sua idade, respectivamente. Mas quem desenvolveu uma relação muito estreita com o progenitor do sexo oposto — com o respectivo e inevitável sentimento de culpa ou, tecnicamente, o complexo de Édipo — se verá em risco de prosseguir toda sua existência com uma sensação de desconforto diante de qualquer experiência sexual, pois inconscientemente a associará a seus culposos desejos incestuosos lá na infância. O desenlace, quando a neurose se consolida, nem sempre é o mesmo. Para o homem, abre-se a possibilidade da impotência, do trato exclusivo com prostitutas — mulheres que de certo modo não se parecem com sua mãe — ou, mais ainda, a possibilidade de só responder sexualmente a outros homens. Para as mulheres, a saída do conflito não resolvido são principalmente a frigidez e o lesbianismo.

— Às vezes a gente tem necessidade de desabafar, porque eu me sinto péssimo, sério. Não tem coisa pior do que se arrepender de ter feito mal a alguém. E essa garota se fodeu por minha causa.

— Mas agora não, outra hora você me conta. Agora vai te fazer mal mexer em coisas tão íntimas. Melhor você tomar o chá que vou preparar, vai te fazer bem. Vai por mim.

7

— "*Querido, vuelvo otra vez a conversar contigo... La noche, trae un silencio que me invita a hablarte... Y pienso, si tú también estarás recordando, cariño... los sueños tristes de este amor extraño...*"

— Que é isso, Molina?

— Um bolero, "Mi carta".

— Só você mesmo pra se sair com uma coisa dessas.

— Por quê? Que é que tem de errado?

— É romantismo bocó, você está doido.

— Eu gosto de boleros, e esse é lindo. Mas, isso sim, desculpa se fui inconveniente.

— Por quê?

— Porque você recebeu essa carta e ficou tão pra baixo.

— E daí?

— Daí que eu pego justo a cantarolar sobre cartas tristes. Mas você não me levou a mal... né?

— Não.

— Por que você ficou assim?

— Eram más notícias. Deu pra notar?

— Sei lá... deu, sim. Você ficou sério.

— Eram notícias ruins, mesmo. Pode ler a carta, se quiser.

— Não, melhor não...

— Não me vem outra vez com aquela história de ontem. Que é que você tem a ver com as minhas coisas? Não vão te perguntar nada. Além do mais, eles já abriram e leram a carta antes de mim, sabichão.

— Ah, claro, é verdade.

— Se quiser ler, pode ler, está aí.

— Acho que a letra eram uns garranchos. Se quiser, lê para mim.

— É uma garota que não recebeu muita educação.

— Viu como eu sou boba? Não tinha me tocado que aqui abrem as nossas cartas quando bem entendem. Então não tem mesmo problema você ler pra mim.

— "Meu querido: faz muito tempo que não te escrevo porque não tinha coragem de contar tudo o que aconteceu e você certamente vai compreender porque é mais inteligente que eu, com certeza. Também não escrevi antes para dar a notícia do coitado do tio Pedro porque a mulher dele me disse que já tinha te escrito. Sei que você não quer falar dessas coisas porque a vida continua e é preciso ter muita coragem para continuar na luta pela vida, mas é que isso é o que mais me chateou desde que sou velha." Você notou que está tudo cifrado, né?

— Bom, está bem enrolado, isso deu pra notar.

— Quando ela diz "desde que sou velha", quer dizer desde que entrou no movimento. E quando diz "a luta pela vida", é a luta pela causa. E tio Pedro, infelizmente, é um rapaz de vinte e cinco anos, nosso companheiro do movimento. E eu não sabia que ele morreu, nunca me entregaram a outra carta, devem ter rasgado quando abriram.

— Ah…

— Foi por isso que essa carta me derrubou tanto, eu não sabia de nada.

— Sinto muito.

— Que se há de fazer?

— …

— …

— Continua com a carta.

— Então… "desde que sou velha. Bom, você que é mais forte, como eu queria ser, já deve estar resignado. Eu sinto muita falta do tio Pedro principalmente porque a família ficou um pouco por minha conta, e é muita responsabilidade. Olha, carequinha, pois fiquei sabendo que te raparam a zero, e pena eu não poder te ver para me acabar de rir, você que tinha seus cachinhos de ouro, sempre me lembro de tudo que a gente conversava, principalmente de não nos deixarmos abater por coisas pessoais e eu segui teu conselho tentando me ajeitar como pude". Quando diz que a família ficou por conta dela, quer dizer que agora ela está à frente do nosso grupo.

— Ah…

— Continuo. "Eu sentia cada vez mais a tua falta, e por isso, principalmente depois da morte de tio Pedro, deixei minha sobrinha Mari ter relações com um rapaz que você não conheceu e que vem aqui em casa e é bem jeitoso para ganhar a vida. Mas eu falei pra minha sobrinha não dar muita importância à relação, porque isso é fatal, que seja só a camaradagem necessária para ela ter força para lutar pela vida." A sobrinha Mari é ela mesma, e que o rapaz é jeitoso pra ganhar a vida quer dizer que é bom como elemento de luta. Entende? É bom de briga.

— Sim, mas não entendo a parte das relações.

— Quer dizer que ela estava com muita saudade de mim, e a gente fez um pacto de não se apegar a ninguém, porque isso depois te paralisa quando você tem que agir.

— Agir de que forma?

— Agir. Arriscar a vida.

— Ah…

— Não podemos ficar pensando que alguém nos ama, porque essa pessoa nos quer com vida, e isso dá medo da morte, bom, não é medo, mas dá pena que tua morte faça alguém sofrer. E aí ela começou a ter relações com outro companheiro… Continuo. "Fiquei pensando muito se devia te contar ou não, mas como te conheço sei que você vai preferir que eu mesma conte. Felizmente os negócios vão bem, e temos fé que nossa casa logo vai entrar de uma vez por todas num caminho de prosperidade. Agora é de noite, e penso que talvez você também esteja pensando em mim. Te abraço com muita força, Inês." Quando diz casa, quer dizer país.

— Ontem não entendi muito bem, você disse que a tua companheira não era como você tinha dito.

— Merda, só de ler a carta já me deu tontura…

— Deve ser fraqueza…

— Estou com um pouco de náusea.

— Deita e fecha os olhos.

— Que droga, juro que já me sentia bem.

— Fica quietinho, foi por fixar a vista. Fecha bem os olhos.

— Parece que está passando…

— Você não devia ter comido, Valentín. Eu te falei pra não comer.

— É que estava morrendo de fome.

— Ontem você estava bem, comeu e se fodeu, e agora de novo já engoliu o prato inteiro. Promete que amanhã não vai nem beliscar.

— Não fala em comida que me dá ânsia.

— Desculpa.

— Sabe de uma coisa?… Eu ri do teu bolero, mas a carta que eu recebi diz a mesma coisa.

— Você acha?

— Acho, sim, e que não tenho direito de rir do bolero.

— Talvez você tenha rido porque te tocava muito de perto, e você ria… pra não chorar. Como diz outro bolero, ou será que é um tango?

— Como era mesmo o tal bolero?

— Que pedaço?

— Diz inteiro.

— "*Querido, vuelvo otra vez a conversar contigo... La noche, trae un silencio que me invita a hablarte... Y pienso, si tú también estarás recordando, cariño... los sueños tristes de este amor extraño... Tesoro, aunque la vida no nos una nunca, y estemos — porque es preciso — siempre separados... te juro, que el alma mía será toda tuya, mis pensamientos y mi vida tuyos, como es tan tuyo... este dolor...*", ou "*este penar*". Não lembro direito o finzinho, mas acho que é assim.

— Nada mau mesmo.

— É maravilhoso.*

* Em sua *Teoria psicanalítica das neuroses*, O. Fenichel afirma que a probabilidade de orientação homossexual é tanto maior quanto mais o menino se identificar com a mãe. Essa situação se dá especialmente quando a figura materna é mais brilhante que a do pai, ou quando o pai está totalmente ausente do quadro familiar, como nos casos de morte ou divórcio, ou quando a figura do pai, embora presente, se torna repulsiva por algum motivo grave, como o alcoolismo, a severidade excessiva ou o caráter extremamente violento. A criança precisa de um herói adulto que lhe sirva de modelo de conduta; através da identificação, a criança irá absorvendo os traços de conduta dos pais, e embora de certo modo se rebele contra a obediência às suas ordens, incorporará inconscientemente hábitos e até manias dos progenitores, perpetuando as características culturais da sociedade em que vive. Uma vez identificado com o pai, continua Fenichel, o menino adota a visão masculina do mundo, e em nossa sociedade, a ocidental, essa visão tem um componente de agressividade — um resquício de sua outrora indiscutível condição de amo — que ajuda o menino a impor sua nova presença. Por outro lado, o menino que vai adotando como modelo a figura materna, sem encontrar a tempo uma figura masculina capaz de contrabalançar a fascinação pela mãe, será socialmente menosprezado por seus traços afeminados, já que não ostenta a rudeza própria de um garoto normal.

A esse respeito, Freud comenta em seu texto "As transformações do instinto" que, no rapaz homossexual, a mais completa masculinidade mental pode por vezes se combinar com a total inversão sexual, entendendo-se por masculinidade mental traços como a coragem, o espírito de aventura

— Qual o título?

— "Mi carta", é de um argentino, Mario Clavel.

— Pensei que fosse de um mexicano ou cubano.

— Do Agustín Lara, eu sei de cor todos, ou quase todos.

— O enjoo melhorou um pouco, mas começaram as fisgadas aqui embaixo... acho.

— Fica bem relaxado.

— A culpa é minha, por ter comido.

— Não pensa na dor nem fica nervoso, porque tudo é nervoso. Conversa sobre qualquer coisa.

---

e experimentação e a dignidade. Mas em sua obra posterior, *Introdução ao narcisismo*, elabora uma teoria segundo a qual o homem homossexual começaria por uma efêmera fixação pela mãe para finalmente se identificar ele mesmo como mulher. Se o objeto de seus desejos passa a ser um jovem, é porque sua mãe o amou, a ele que era um jovem. Ou porque ele desejaria que sua mãe o tivesse amado assim. No fim das contas, o objeto de seu desejo sexual é sua própria imagem. Para Freud, portanto, o mito de Édipo e o de Narciso são, ambos, componentes do conflito original que dá origem à homossexualidade. De todas as observações de Freud sobre homossexualidade, essa foi a mais atacada, objetando-se, principalmente, que os homossexuais cuja identificação é altamente feminina sentem como objeto de desejo sexual tipos muito masculinos, ou de idade significativamente maior.

Por outro lado, Freud, no primeiro texto citado, fala do desenvolvimento da sensibilidade erótica e dá outras pistas da gênese da homossexualidade. Afirma que o princípio da libido nos bebês é de caráter predominantemente difuso e que no percurso até conseguir a educação de seu desejo e fazer com que este recaia numa pessoa do sexo oposto, com quem o prazer será obtido através da união genital, a pessoa deverá passar por outras etapas. A primeira é a oral, na qual o prazer só resulta dos contatos bucais, como a sucção. Depois vem a etapa anal, na qual a criança obtém sua satisfação dos movimentos de seu intestino. A última e definitiva é a fase genital. Freud a considera a única forma madura de sexualidade, afirmação esta que anos mais tarde seria contestada por Marcuse.

— Como eu te disse, aquela garota de quem falei antes, de família burguesa e hábitos muito liberais, não é minha companheira, essa que me escreveu.

— Quem era, então?

— Aquela de quem te falei entrou comigo pro movimento, mas logo caiu fora e fez de tudo pra que eu também saísse.

— Por quê?

— Ela estava apegada demais à vida, era feliz comigo e, pra ela, nossa relação bastava. E aí começamos a nos desentender, porque ela sofria quando eu desaparecia por alguns dias e, toda vez que eu voltava, ela chorava, e isso não era nada, o

---

O próprio Freud ampliou esses comentários em *Caráter e erotismo anal*, no qual elabora a seguinte teoria: certos tipos de personalidade anormal, cujos traços predominantes são a avareza e a obsessão pela ordem, podem ter a influência de desejos anais reprimidos. O prazer que resulta da acumulação de bens pode provir da nostalgia inconsciente pelo prazer que sentiram na infância ao reter as fezes — fato muito frequente nas crianças. Por outro lado, a obsessão pela ordem e pela limpeza seria a contrapartida da culpa que sentiram do impulso de brincar com fezes. Quanto ao papel que a fixação anal possa desempenhar no desenvolvimento da homossexualidade, Freud afirma que, além dos influxos já enumerados — Édipo, Narciso —, deve-se levar em conta que todos esses obstáculos determinam uma interrupção do desenvolvimento da criança, uma inibição afetiva que acarreta a fixação na fase anal, sem possibilidade de chegar à fase final, isto é, a genital.

West refuta tal argumentação afirmando que os homossexuais, ao sentirem vedado o caminho que conduz às relações genitais normais, são obrigados a experimentar zonas eróticas extragenitais e encontram na sodomia — depois de uma progressiva adequação — um tipo de gratificação mecânica direta, mas não exclusiva. West acrescenta que o homem que pratica a sodomia não está necessariamente fixado na fase anal, assim como o heterossexual que beija uma amiga não está necessariamente fixado na fase oral. Finalmente, assinala que a sodomia não é um fenômeno exclusivamente homossexual, já que os casais heterossexuais também a praticam, enquanto indivíduos de "personalidade anal" (isto é, avarentos, obcecados por limpeza e ordem etc.) não sentem necessariamente inclinações homossexuais.

pior foi porque ela deu pra esconder os telefonemas dos meus companheiros, e chegou até a interceptar as minhas cartas. Aí foi o fim.

— Faz muito tempo que vocês não se veem?

— Quase dois anos. Mas sempre penso nela. Se não tivesse virado aquilo… uma mãe castradora… Bom, sei lá, tudo estava destinado a nos separar.

— Porque vocês se amavam demais?

— Isso também parece um bolero, Molina.

— Ah, tolinho, os boleros falam um monte de verdades, é por isso que adoro.

— O melhor é que ela me peitava, tínhamos uma relação verdadeira, ela nunca se submeteu, como é que vou dizer?, nunca se deixou conduzir, como uma fêmea qualquer.

— O que você quer dizer?

— Ai, cara… acho que vou passar mal de novo.

— Onde dói?

— Embaixo, no intestino…

— Não fica nervoso, Valentín, que só piora. Tenta se acalmar.

— Tá bom.

— Estende bem o corpo.

— Você não sabe a tristeza que me deu…

— Por quê?

— Coitado do menino, se você o conhecesse… Não sabe que menino bom, coitadinho.

— Quem?

— Esse menino que morreu.

— Ganhou o céu, pode ter certeza.

— Quem me dera acreditar nisso. Às vezes a gente quer acreditar que as pessoas boas são recompensadas, mas eu não consigo acreditar em nada. Ai… Molina, vou te encher a cabeça de novo… rápido, chama alguém pra abrir a porta.

— Aguenta só um minutinho… que já…

— Ai... Ai... não, não chama...

— Calma, que vou pegar alguma coisa pra você se limpar.

— Ai... ai... a dor é forte demais, como se me fincassem um arame nas tripas...

— Relaxa bem, deixa sair tudo, que depois eu lavo o lençol.

— Enrola bem o lençol, por favor, porque está saindo tudo líquido.

— Isso... assim mesmo, fica calminho... solta tudo, que depois eu levo o lençol pro chuveiro, que hoje é terça.

— Mas esse era teu lençol...

— Não faz mal, lavo o teu também, ainda tenho sabão, felizmente.

— Obrigado... Já está aliviando, sabe?...

— Fica calmo, e quando você achar que já saiu tudo, seu cagão, me avisa, que eu te limpo.

— ...

— Passou?

— Acho que sim, mas estou com muito frio.

— Espera que vou pegar meu cobertor pra você se agasalhar.

— Obrigado.

— Mas antes dá uma viradinha pra eu te limpar, se você achar que acabou mesmo.

— Espera um pouco. Desculpa eu ter rido hoje do que você dizia, do teu bolero.

— Que hora pra falar de boleros.

— Escuta, acho que já passou, mas deixa que eu me limpo sozinho... Se não ficar tonto quando levantar a cabeça.

— Testa devagarinho.

— Não, ainda estou tonto, não tem jeito...

— Bom, eu te limpo, não tem problema. Fica calmo.

— Obrigado...

— Deixa eu ver... isso, e mais um pouco aqui... Vira devagar, isso. Não passou para o colchão, ainda bem. Felizmente temos bastante água, então vou molhar esta ponta do lençol que não sujou e te limpar direitinho.

— Nem sei como agradecer.

— Deixa de ser bobo. Anda... levanta um pouco pra lá. Isso... muito bem.

— É sério, agradeço demais, porque não vou ter força pra ir até o chuveiro.

— E além disso a água gelada ia acabar com você.

— Ai, essa água também está um gelo.

— Abre as pernas mais um pouco... Isso.

— Não te dá nojo?

— Cala a boca. Outra ponta molhada do lençol... isso...

— ...

— Já está ficando bem limpinho... E agora com uma ponta seca... Pena que meu talco acabou.

— Não faz mal. Basta que fique seco.

— É, tem aqui mais uma parte do lençol pra te enxugar. Isso... já está bem sequinho.

— Ah, estou me sentindo muito melhor... Obrigado, cara.

— Espera, agora... vamos lá... vou te enrolar no cobertor que nem um bife à rolê. Vamos lá... levanta deste lado.

— Assim?

— Isso... Espera... agora deste lado, assim não te dá frio. Está bom assim?

— Está ótimo... Muito obrigado.

— E agora não se mexe de jeito nenhum até a tontura passar.

— Tá, deve passar logo.

— Eu pego pra você o que precisar, mas não se mexe.

— E eu prometo nunca mais rir dos teus boleros. Essa letra que você recitou... é muito bonita.

— Eu gosto quando diz: "*... Y pienso, si tú también estarás recordando, cariño... los sueños tristes de este amor extraño...*", não é mesmo divino?

— Sabe de uma coisa?... Uma vez troquei o filhinho daquele menino, desse coitadinho que foi morto. Moramos por um tempo escondidos no mesmo apartamento, com a mulher dele e o guri... Quem sabe o que vai acontecer com o garoto, não deve ter nem três anos, lindinho... E você não sabe do pior, que eu não posso escrever pra nenhum deles, porque qualquer coisa os comprometeria, ou... pior ainda, os marcaria.

— Nem pra tua companheira?

— Muito menos pra ela, porque está no comando do grupo. Não posso me comunicar nem com ela nem com ninguém. Como no teu bolero, "*porque la vida no nos unirá nunca*", para o pobre menino nunca mais vou poder escrever uma carta, nem lhe dizer uma palavra.

— É "*... aunque la vida no nos una nunca...*".

— Nunca. Que palavra terrível, até agora não tinha parado pra pensar... como é terrível... essa... pa... palavra... Desculpa.

— Não, desabafa, desabafa tudo o que puder, Valentín, chora à vontade.

— É que me dá tanta pena... E não poder fazer nada, aqui trancado, e nem poder ajudar a mu... lher, o filhi... filhinho... Ah, cara, como é... triste...

— Que se há de fazer...

— Me... ajuda a tirar o braço do... do... cobertor...

— Pra quê?

— Me... dá a mão, Molina, forte...

— Claro. Aperta bem.

— É que eu não quero continuar me sacudindo assim...

— Qual o problema de você se sacudir? Assim se alivia.

— Tem mais uma coisa, que me fode a cabeça. É uma coisa muito fodida, muito baixa...

— Conta, desabafa.

— É que de quem... eu queria receber uma ca... carta, neste momento, quem eu queria ter perto, e abraçar... não é minha... companheira, mas aquela outra... de quem te falei.

— Se é isso que você sente...

— É, porque eu fa... falo muito, mas... mas no fundo eu... eu... continuo gostando é... de outro tipo de mulher, dentro de mim sou como todos os reacionários filhos da puta que mataram meu companheiro... Sou que nem eles, igualzinho.

— Não é verdade.

— Sou, sim, não vamos nos enganar.

— Se você fosse como eles, não estaria aqui.

— "*... los sueños tristes de este amor extraño...*" E sabe por que me incomodou tanto quando você começou a cantarolar o bolero? Porque me fez lembrar da Marta, e não da minha companheira. Foi por isso. E acho até que gosto da Marta não pelo que ela é, mas porque tem... classe, como dizem os cachorros classistas filhos da puta... deste mundo.

— Para de se torturar... Fecha os olhos e tenta descansar.

— Ainda estou com um pouco de vertigem.

— Vou esquentar água para fazer um chá de camomila, ainda temos um pouco, porque esquecemos que estava...

— Não acredito...

— Juro, estava atrás das minhas revistas, por isso é que escapou.

— Mas é teu, e você gosta.

— Mas vai te fazer bem, fica um pouco calado, vai ver como te ajuda a descansar durante um bom tempo...

. . . .

— um rapaz que urde um plano, um rapaz que aceita o convite da mãe para se encontrarem na cidade, um rapaz que mente para a mãe afirmando que é contra a guerrilha, um rapaz que promete para a mãe voltar a Paris, um rapaz que janta a sós com a mãe à luz de velas, um rapaz que promete para a mãe acompanhá-la

numa viagem por mundanos centros de esportes de inverno europeus, como fazia em criança logo depois de terminada a guerra, uma mãe que fala sobre as belas moças casadoiras da aristocracia europeia, uma mãe que fala do quanto ele vai herdar, uma mãe que propõe já passar quantiosas riquezas para o nome do filho, uma mãe que oculta os motivos que a impedem de acompanhá-lo à Europa imediatamente, um rapaz que procura o paradeiro do ex-administrador, um rapaz que fica sabendo que ele é o cérebro do Ministério da Segurança, um rapaz que fica sabendo que o ex-administrador é chefe do serviço secreto de ação contrarrevolucionária, um rapaz que tenta convencer a mãe a ir com ele à Europa imediatamente, um rapaz que quer usufruir dos seus bens e repetir a viagem que fez na infância para esquiar junto de sua bela mãe, um rapaz que resolve largar tudo e fugir com a mãe, um rapaz que propõe a viagem à mãe, um rapaz cuja proposta é rejeitada pela mãe, uma mãe que confessa ter outros planos, uma mãe que quer reconstruir sua vida sentimental, uma mãe que o acompanha até o aeroporto e lá confessa seu iminente casamento com o ex-administrador, um rapaz que finge entusiasmo com a notícia, um rapaz que desembarca na primeira escala e toma outro avião de volta, um rapaz que se une aos guerrilheiros da montanha, um rapaz decidido a limpar o nome do pai, um rapaz que reencontra a camponesa que o conduziu até a montanha pela primeira vez, um rapaz que percebe que ela está grávida, um rapaz que não deseja um filho índio, um rapaz que não deseja misturar seu sangue com o sangue da índia, um rapaz que se envergonha de seus sentimentos, um rapaz que não pode acariciar a futura mãe de seu filho, um rapaz que não sabe como limpar a culpa, um rapaz que comanda o assalto guerrilheiro à fazenda onde estão sua mãe e o ex-administrador, um rapaz que cerca a fazenda, um rapaz que abre fogo contra sua própria casa, um rapaz que abre fogo contra seu próprio sangue, um rapaz que exige a rendição dos ocupantes, um rapaz que vê sair o ex-administrador escudando-se covardemente em sua mãe como refém, um rapaz que ordena abrir fogo, um rapaz que escuta o grito lancinante da mãe pedindo clemência, um rapaz que manda deter a execução, um rapaz que exige a confissão sobre a verdadeira morte do pai, uma mãe que se desvencilha dos braços que a aprisionam e confessa toda a verdade, uma mãe que conta como o amante tramou uma cilada para que o pai aparecesse como assassino do fiel capataz, uma mãe que confessa que seu marido era inocente, um rapaz que ordena a execução da mãe depois de ordenar a do ex-administrador, um rapaz que perde a razão e ao ver a mãe agonizante empunha a metralhadora para executar os soldados que acabam de crivá-la de balas, um rapaz que é imediatamente executado, um rapaz que sente as balas guerrilheiras arderem no ventre, um rapaz que consegue ver em meio ao pelotão de fuzilamento os olhos acusadores da camponesa, um rapaz que antes de morrer quer pedir perdão e não consegue emitir a voz, um rapaz que vê nos olhos da camponesa uma condenação eterna.

8

MINISTÉRIO DO INTERIOR DA REPÚBLICA ARGENTINA

Penitenciária da Cidade de Buenos Aires

Relatório para o Diretor do Setor III, lavrado pela Secretaria Privada

Sentenciado 3018, Luis Alberto Molina

Sentença do Juiz Criminal Dr. Justo José Dalpierre, expedida em 20 de julho de 1974, no Fórum da Cidade de Buenos Aires. Pena de oito anos de reclusão por delito de corrupção de menores. Recolhido ao Pavilhão B, cela 34, no dia 28 de julho de 1974, com os sentenciados amorais Benito Jaramillo, Mario Carlos Bianchi e David Margulies. Transferido em 4 de abril de 1975 para o Pavilhão D, cela 7, com o preso político Valentín Arregui Paz. Boa conduta.

Detido 16 115, Valentín Arregui Paz

Detenção efetuada em 16 de outubro de 1972 na Estrada 5, altura de Barrancas, pouco depois de a Polícia Federal ter surpreendido um grupo de ativistas que promovia distúrbios nas duas fábricas de automóveis situadas junto àquela estrada, onde os operários se encontravam em greve. Posto à disposição do Poder Executivo da Nação e à espera de julgamento. Recolhido ao Pavilhão A, cela 10, com o preso político Bernardo Giacinti no dia 4 de novembro de 1974. Participou da greve de fome em protesto pela morte do preso político Juan Vicente Aparicio durante interrogatórios policiais. Castigado com dez dias de solitária a partir de 25 de março de 1975. Transferido em 4 de abril de 1975 para o Pavilhão D, cela 7, com o sentenciado por corrupção de menores Luis Alberto Molina. Comportamento reprovável por rebeldia, considerado o líder da citada greve de fome e outros movimentos de protesto por suposta falta de higiene no Pavilhão e violação de correspondência pessoal.

SUBOFICIAL: Tire a boina na presença do Diretor.

SENTENCIADO: Certo.

DIRETOR: Não precisa tremer, homem, ninguém vai lhe fazer mal.

SUBOFICIAL: O sentenciado foi revistado e não carrega consigo nenhum objeto com o qual possa atacar o Diretor.

DIRETOR: Obrigado, Suboficial. Faça-me o favor de deixar-me a sós com o sentenciado.

SUBOFICIAL: Ficarei montando guarda no corredor, senhor Diretor. Com licença, senhor Diretor.

DIRETOR: Está bem, Suboficial, agora saia, por favor... Está magro, Molina, o que houve?

SENTENCIADO: Nada, senhor. Andei mal do intestino, mas já estou bem.

DIRETOR: Não precisa tremer assim... Não há nada a temer, fizemos como se tivesse visita hoje. Arregui não poderá desconfiar de nada.

SENTENCIADO: Não, ele não desconfia de nada.

DIRETOR: Ontem seu protetor jantou na minha casa e trouxe boas notícias, por isso quis que hoje viesse ao meu gabinete, apesar de ainda ser muito cedo. Ou o senhor já sabe de alguma coisa?

SENTENCIADO: Não, senhor, ainda não sei de nada. É preciso ter muito cuidado com essas coisas... Que foi que o sr. Parisi disse?

DIRETOR: Ótimas notícias, Molina. Ele disse que sua mãe está bem melhor desde que se falou na possibilidade de indulto... Parece outra pessoa.

SENTENCIADO: Verdade?...

DIRETOR: Claro, homem, era de esperar, não é?... Mas não chore, vamos, que é isso? Devia ficar contente, homem...

SENTENCIADO: É de alegria, senhor...

DIRETOR: Vamos, vamos... Não tem um lenço?

SENTENCIADO: Não, senhor, não precisa, enxugo com a manga.

DIRETOR: Pegue o meu...

SENTENCIADO: Não, tudo bem, já passou, desculpe.

DIRETOR: Sabe que eu e Parisi somos como irmãos, e, desde que ele intercedeu em seu favor, estamos tentando ajeitar as coisas. Mas, Molina... esperamos que faça a sua parte. Já está puxando o fio da meada, ou não?

SENTENCIADO: Acho que sim...

DIRETOR: Ajudou debilitarmos o Arregui pelo lado físico?

SENTENCIADO: O primeiro prato que veio preparado, eu é que tive que comer.

DIRETOR: Por quê? Fez muito mal...

SENTENCIADO: Não, é que ele não gosta de polenta, e como nos levaram um prato mais bem servido que o outro... ele insistiu para eu comer o maior, e seria suspeito eu recusar. O senhor disse que a comida preparada iria no prato de latão mais novo, mas erraram em enchê-lo demais. E eu tive que comer.

DIRETOR: Ah, muito bem, Molina. Meus parabéns. Desculpe o nosso erro.

SENTENCIADO: Deve ser por isso que o senhor me achou mais magro, passei dois dias desarranjado.

DIRETOR: E o Arregui, como vai seu moral? Conseguimos derrubá-lo um pouco? Qual a sua opinião?

SENTENCIADO: Sim, mas acho que seria bom deixar que ele se recupere.

DIRETOR: Bom, não sei se será o caso. Deixe isso por nossa conta, Molina, que aqui contamos com os técnicos necessários.

SENTENCIADO: Mas é que, se ele piorar, não vai poder ficar na cela, e na enfermaria já não posso fazer nada.

DIRETOR: Está subestimando a capacidade dos nossos técnicos, Molina. Eles saberão quando parar e quando continuar. Tome tento, companheiro.*

SENTENCIADO: Desculpe, senhor, eu só quero cooperar, mais nada.

DIRETOR: Certo. Agora um detalhe, não dê a ele a mais remota ideia do seu indulto, e ao voltar para a cela oculte qualquer euforia. O que dirá da visita que recebeu?

SENTENCIADO: Não sei. Sugira o senhor, por favor.

DIRETOR: Diga que era sua mãe, que tal?

* Em *Três ensaios sobre a teoria da sexualidade*, Freud aponta que a repressão, em termos gerais, resulta da imposição de dominação de um indivíduo sobre outros, sendo esse primeiro indivíduo não outro senão o pai. A partir dessa dominação, constitui-se a forma patriarcal da sociedade, baseada na inferioridade da mulher e na forte repressão da sexualidade. De resto, Freud associa sua tese da autoridade patriarcal ao auge da religião, especialmente ao triunfo do monoteísmo no Ocidente. Por outro lado, Freud preocupa-se especialmente com a repressão sexual, pois considera os impulsos naturais do ser humano muito mais complexos do que a sociedade patriarcal admite: dada a capacidade indiferenciada dos bebês para obter prazer sexual de todas as partes de seu corpo, Freud os qualifica como "perversos polimorfos". Por partir desse conceito, Freud acredita também na natureza essencialmente bissexual do nosso impulso sexual original.

Na mesma linha de pensamento, no que tange à repressão primeira, Otto Rank considera o desenvolvimento que se inicia com a dominação paterna e culmina num poderoso sistema estatal administrado pelo homem como um prolongamento daquela repressão primeira, cujo objetivo é a crescente exclusão da mulher. Por seu turno, Dennis Altman, em *Homossexual: opressão e libertação*, falando especificamente da repressão sexual, estabelece uma relação com a necessidade, nos primórdios da humanidade, de produzir uma grande quantidade de filhos para fins econômicos e de defesa.

SENTENCIADO: Não, impossível, isso não.

DIRETOR: E por que não?

SENTENCIADO: Porque minha mãe vem sempre com um pacote de comida.

DIRETOR: É preciso inventar alguma coisa para justificar sua euforia, homem. É fundamental. Já sei, mandaremos buscar alimentos e os empacotamos. O que acha da ideia?

SENTENCIADO: Boa, senhor.

DIRETOR: Assim reparamos um pouco seu sacrifício com o prato de polenta. Pobre Molina!

A propósito do mesmo assunto, em *O sexo na história*, o antropólogo britânico Rattray Taylor aponta que a partir do século IV a.C. verifica-se no mundo clássico uma crescente repressão da sexualidade e um desenvolvimento do sentimento de culpa, fatores que facilitaram o triunfo do conceito hebreu, mais repressivo do sexo, sobre o conceito grego. Segundo os gregos, a natureza sexual de todo ser humano continha tanto elementos homossexuais quanto heterossexuais.

Voltando a Altman, este, em sua obra já citada, argumenta que as sociedades ocidentais se especializaram na repressão da sexualidade, legitimada pela tradição religiosa judaico-cristã. Essa repressão se exprime de três modos inter-relacionados: associando o sexo com 1) o pecado e seu consequente sentimento de culpa; 2) a instituição familiar e a procriação como única justificativa; 3) rejeição de tudo o que não seja sexualidade genital e heterossexual. Mais adiante acrescenta que os "libertários" tradicionais da repressão sexual lutam por mudar os dois primeiros pontos, mas se esquecem do terceiro. Um exemplo seria Wilhelm Reich, com seu livro *A função do orgasmo*, quando afirma que a libertação sexual reside no orgasmo perfeito, o qual só pode ser alcançado por meio do acoplamento genital heterossexual de indivíduos pertencentes à mesma geração. E é sob a influência de Reich que outros pesquisadores teriam desenvolvido sua hostilidade à homossexualidade e aos anticoncepcionais, já que dificultariam a conquista do orgasmo perfeito e, portanto, seriam contrários à total "liberdade" sexual.

Sobre a libertação sexual, Herbert Marcuse, em *Eros e civilização*, esclarece que ela implica mais que a simples ausência de opressão; a libertação

SENTENCIADO: Minha mãe compra tudo no supermercado que fica a poucas quadras do presídio, para não vir carregada no ônibus.

DIRETOR: Mas para nós é mais fácil comprar tudo aqui na despensa. Faremos o pacote aqui.

SENTENCIADO: Não, seria suspeito. Não, por favor, é melhor irem até o supermercado dali, da avenida.

DIRETOR: Deixe eu ver, só um momento... Alô, alô... Gutiérrez, por favor, venha aqui um momento... no meu gabinete.

SENTENCIADO: Mamãe sempre me traz a compra embrulhada em papel pardo, com papelão por dentro. Preparam no supermercado para ela trazer.

DIRETOR: Certo... Sim, pode entrar. Olhe, Gutiérrez, é preciso providenciar uma lista de alimentos que vou lhe dar e

---

requer uma nova moralidade e uma revisão da noção de "natureza humana". E acrescenta que toda teoria real de libertação sexual deveria levar em conta as necessidades essencialmente polimorfas do ser humano. Segundo Marcuse, desafiando uma sociedade que emprega a sexualidade como um meio para um fim útil, as perversões sustentam a sexualidade como um fim em si mesmo; portanto, colocam-se fora da órbita do férreo princípio de "performance" — termo técnico talvez traduzível por "rendimento" —, ou seja, um dos princípios repressores básicos para a organização do capitalismo, e assim questionam involuntariamente os próprios fundamentos deste último.

Comentando esse ponto do raciocínio marcusiano, Altman acrescenta que, quando a homossexualidade se torna exclusiva e estabelece suas próprias normas econômicas, deixando de apontar criticamente as formas convencionais dos heterossexuais para, ao contrário, tentar uma cópia deles, torna-se uma forma de repressão tão grande quanto a heterossexualidade exclusiva. E mais adiante, comentando outro freudiano radical como Marcuse, Norman O. Brown, e o próprio Marcuse, Altman deduz que, em última instância, aquilo que concebemos como "natureza humana" é apenas o que dela resultou depois de séculos de repressão, raciocínio que implica — e nisso Marcuse e Brown concordam — a mutabilidade essencial da natureza humana.

embrulhá-los de certo modo. O sentenciado lhe dará a lista, e tudo tem que estar pronto em... digamos, meia hora, peça um vale e mande um suboficial comprar a lista que o detento vai lhe dar. Molina, pode ditar o que acha que sua mãe podia trazer.

SENTENCIADO: Para o senhor?

DIRETOR: Sim, para mim! E rápido que tenho muito o que fazer.

SENTENCIADO: ... Doce de leite, em pote grande... É melhor dois potes. Pêssego em calda, dois frangos assados, que não estejam frios, claro. Um pacote grande de açúcar. Dois pacotes de chá, um de chá preto e outro de camomila. Leite em pó, leite condensado, sabão em pedra, meia barra, não, uma barra inteira de sabão Radical e quatro sabonetes Palmolive... que mais?... ah, sim, um vidro grande de peixe em escabeche e... deixe-me pensar um pouquinho, porque me deu um branco...

Parte 2

9

— Olha o que eu trouxe!!!

— Não acredito!... Tua mãe veio...

— Veio!!!

— Mas que bom... Ela melhorou, então.

— Sim, um pouco... E olha aqui o que ela me trouxe. Desculpa, *nos* trouxe.

— Obrigado, mas é pra você, não vem com essa, não.

— Cala a boca, empesteado. Hoje começa uma vida nova aqui, com os lençóis quase secos, olha só... E tudo isso para comer. Olha, dois frangos assados, dois, que me diz? E os frangos são pra você, isso não pode te fazer mal, vai ver como logo você fica bom.

— Isso, nunca.

— Faz por mim, prefiro não comer frango a ter que suportar teus fedores, porcão imundo... Mas sério, fora de brincadeira, você tem que parar de comer essa merda de comida daqui, e aí vai ver como logo sara. Pelo menos faz a experiência por dois dias.

— Você acha?

— Claro, pô. E quando ficar bom de tudo... fecha os olhos, Valentín, vamos ver se você adivinha. Pode dizer.

— Sei lá... não sei...

— Não abre os olhos. Espera que vou dar pra você apalpar e ver se adivinha. Vai... pode apalpar.

— Dois potes... E bem pesadinhos. Desisto.

— Abre os olhos.

— Doce de leite!

— Mas isso vai ter que esperar, só depois que você se sentir bem, e aí sim vamos comer nós dois. E arrisquei a deixar os lençóis lá secando... e não roubaram. Que me diz? Já estão quase secos, hoje à noite dormimos os dois com lençol.

— Genial.

— Bom, espera um pouquinho que vou ajeitar um pouco aqui... fazer um chá de camomila, que estou com os nervos em pandarecos, e você come uma coxa de frango, ou melhor, ainda não, que são cinco horas... Melhor você tomar um chazinho comigo, só com uns biscoitos que eu tenho aqui, são os mais digestivos, Express, que me davam quando eu era criança e ficava doente. Na época ainda não existiam as Criollitas.

— Por favor, você não pode já me dar unzinho?

— Tudo bem, só um, e com doce e tudo, mas de laranja! Felizmente me trouxeram tudo do mais digestivo, assim você pode se atracar com tudo, menos com o doce de leite, por enquanto. Agora vou acender o fogareiro e pronto, vamos lamber os beiços.

— E a coxa de frango, você já não pode me dar uma?

— Não, calma, um pouco de medida, né? Melhor deixar pra mais tarde, assim, quando trouxerem o jantar, você não cai em tentação, que, por mais nojento que fosse, você comeu todos estes dias.

— Mas é que você não imagina o vazio no estômago que me dá, e eu morro de fome.

— Escuta, vamos nos entender. Eu quero que você coma o frango, ou melhor, *os* frangos, os dois, com a condição de que não prove a comida do presídio, que é a que te faz mal, combinado?

— Certo. Mas e você, vai ficar na vontade?

— Não, a comida fria não me atrai. Sério.

. . . .
. . . .

— É, caiu bem. E foi uma boa ideia o chá de camomila mais cedo.

— Acalmou os nervos, né? Pra mim também.

— E o frango foi genial, Molina. E pensar que ainda temos pra mais dois dias.

— Bom, agora dorme, assim completa o tratamento.

— Estou sem sono. Mas pode dormir, não se preocupe.

— Não fica pensando besteira, que aí a comida vai te fazer mal.

— Você está com sono?

— Mais ou menos.

— Porque, pra completar o programa, ainda faltaria uma coisa.

— Ei, supõe-se que o depravado aqui sou eu, não você.

— Para com isso. Faltaria um filme, é isso que falta...

— Ah...

— Você não se lembra de algum na linha do da mulher-pantera? Foi desse que eu mais gostei.

— Bom, assim fantástico tem muitos.

— É mesmo? Quais são, me fala.

— Bom... *Drácula*, *O lobisomem*...

— Que mais?

— *A volta da mulher-zumbi*...

— Esse! Esse eu nunca vi.

— Ai... deixa eu ver, como é que começava?...

— É gringo?

— É. Mas faz um século que assisti.

— Começa, então.

— Deixa eu me concentrar um momento.

— E quando é que vou poder provar o doce de leite?

— Espera pelo menos até amanhã, antes não.

— Mas e agora, nem uma colheradinha?

— Não. E é melhor eu te contar o filme... Como era?... Ah, sim. Lembrei. Começa com uma moça de Nova York que embarca num navio pra uma ilha do Caribe onde o noivo a espera pra se casarem. Parece uma boa moça, cheia de ilusões, e ela conta tudo pro capitão do navio, que é um pão, e ele olha pra água negra do mar, porque é de noite, e depois olha pra ela como quem pensa "essa aí não sabe o que a espera", mas não diz nada, até a hora de atracar na ilha, e se ouvem os tambores dos nativos, e ela está como que extasiada, e o capitão então lhe diz pra não se deixar enganar por aqueles tambores, que às vezes o que eles transmitem são sentenças de morte. *parada cardíaca, uma velha doente, um coração que se enche da água negra do mar e se afoga — patrulha policial, esconderijo, gases lacrimogêneos, a porta se abre, canos de metralhadoras, sangue negro de asfixia subindo às bocas* Continua, por que parou?

— Bom, a moça se encontra com o marido, com quem se casou por procuração, e aí ficamos sabendo que eles se conheceram em Nova York há poucos dias. Ele é viúvo e também americano. Bom, a chegada na ilha, quando o navio atraca, é linda, porque o noivo a espera com toda uma comitiva de charretes enfeitadas com flores e puxadas por burrinhos, e em algumas charretes vão os músicos, que tocam umas melodias suaves com aqueles instrumentos que são que nem umas mesas feitas de tabuinhas que eles vão batendo com pauzinhos, ai, sei lá, mas é uma música que mexe com meu coração, porque aquelas notas soam tão bonitas, como bolhinhas de sabão que vão estourando uma após outra. E felizmente não se ouvem mais os tambores, que eram bem agourentos. E chegam na casa, que fica afastada do povoado, no campo, entre palmeiras, e é uma ilha lindíssima com morrinhos baixos, e é aí que ficam os bananais. E o rapaz é muito agradável, mas dá pra ver que ele tem como que um drama por dentro, sorri um pouco além da conta, como uma pessoa fraca de caráter. E logo aparece um detalhe que dá uma pista de que tem algo errado, porque a primeira coisa que ele faz é apresentar a moça ao mordomo, que é um cinquentão, mas francês, e o mordomo pede para o rapaz assinar já naquele momento uns papéis, do embarque de uma carga de bananas naquele mesmo navio que trouxe a moça, e o rapaz diz que mais tarde, mas o mordomo insiste, e o rapaz o olha com ódio, e quando vai assinar os papéis dá pra ver que está com a mão trêmula, quase sem firmeza pra escrever. Ainda é dia, e toda a comitiva que chegou nas charretes com flores está no jardim esperando o casal para brindar, e todos trazem sucos de frutas, e aí aparecem uns representantes dos peões negros dos canaviais com um barrilzinho de rum de presente pro patrão, mas quando o mordomo os vê fica furioso e, com um machado que tem ali à mão, dá umas machadadas no barril, e o rum todo se espalha pelo chão.

— Por favor, não me fala de comida nem de bebida.

— E você não seja tão impressionável, seu frouxo. Bom, aí a moça olha pro rapaz como que perguntando por que a histeria daquele mordomo tão antipático, mas nisso o rapaz faz sinais pro mordomo indicando que ele agiu corretamente, e sem perder mais tempo levanta o copo de suco e brinda por todos os ilhéus ali presentes, na manhã seguinte finalmente já estarão casados porque vão assinar uns papéis no registro civil da ilha. Mas a moça tem que passar essa primeira noite sozinha na casa, porque o rapaz vai pra longe, pros bananais mais afastados, uma plantação que fica muito, muito longe, e no caminho aproveita pra cumprimentar os peões e evitar o diz que diz. Nessa noite tem uma lua maravilhosa, o jardim da casa, que é lindíssimo, com aquelas plantas tropicais tão fabulosas, está mais fantástico que nunca, e a moça veste uma camisola branca de cetim e por cima um négligé também branco mas transparente, e está tentada a dar uma volta pela casa, e vê o salão, e depois a sala de jantar, e por duas vezes vê um porta-retrato com a foto do rapaz de um lado e do outro nada, porque tiraram a foto, que devia ser da primeira mulher, da morta. Aí ela continua percorrendo a casa e entra num dormitório que dá pra ver que era de uma mulher, pois sobre a mesa de cabeceira e a cômoda tem uns centrinhos de renda, e a moça revira as gavetas pra ver se acha alguma fotografia, e não encontra nada, mas toda a roupa da primeira mulher está pendurada no armário, todas peças finíssimas, importadas. E de repente a moça ouve algo se mexendo, vê uma sombra passar pela janela. Fica assustadíssima e sai pro jardim, que está muito iluminado pelo luar, e vê que de um tanque salta uma rãzinha, e pensa que era isso o barulho, e que a sombra era das palmeiras balançadas pela brisa. E avança mais pelo jardim, pois dentro de casa ela sente muito calor, e nisso volta a ouvir um barulho, mas agora parecendo passos, e se vira pra olhar, mas nesse momento umas nuvens encobrem a lua, e o jardim escurece. E ao mesmo tempo, muito, muito ao longe... os tambores. E se ouvem também, agora sim bem claros, uns passos se aproximando, mas muito, muito lentamente. A moça treme de medo e vê uma sombra entrar na casa, pela porta que ela mesma deixou aberta. Aí a coitada não sabe do que tem mais medo, se de ficar lá fora, no jardim escuríssimo, ou de entrar em casa. Aí resolve se aproximar e espiar por alguma janela, pra ver quem é que entrou, e espia por uma janela mas não vê nada, e corre até outra, que é justamente a do quarto da mulher morta. E como está muito escuro só consegue enxergar uma sombra deslizando pelo quarto, uma silhueta alta, que avança com uma mão estendida e acaricia algumas coisas que tem ali, e bem perto da janela está a cômoda com as rendas e ali em cima uma escova muito bonita com cabo de prata trabalhada, e um espelho com o cabo igual, e como está muito perto da janela a moça consegue ver que é uma mão muito magra e pálida de morta a que acaricia aquelas coisas, e a moça fica como que petrificada de medo, sem coragem de se mexer, *a morta que caminha, a sonâmbula traidora, fala dormindo e conta tudo, o doente contagioso a escuta, não a toca de nojo, é branca sua carne de morta* mas vê que a sombra sai do quarto em direção a quem sabe que outra parte da casa, e dali a pouco volta a ouvir passos ali naquele pátio, e a moça se encolhe entre as trepadeiras que sobem por aqueles muros, tentando ficar bem pequenininha pra se esconder, quando a nuvem se afasta e deixa a lua a descoberto e o pátio se ilumina, e bem ali na sua frente a moça vê uma figura muito alta que quase a mata de terror, um rosto pálido de morta, com o cabelo loiro desgrenhado e comprido até a cintura, envolta num roupão preto. A moça tenta gritar por socorro mas a voz não sai, e vai recuando devagarinho, porque as pernas estão bambas, fraquejando. A mulher que está na frente dela a olha fixo, e ao mesmo tempo é como se não a enxergasse, tem um olhar perdido, como de louca, mas estende os braços pra tocar a moça, e avança muito devagar, como se estivesse muito fraca, e a moça vai recuando, e sem notar que atrás tem uma fileira de árvores muito cerradas ela mesma se encurrala, e quando se vira e percebe que não tem escapatória solta um grito tremendo, mas a outra continua avançando devagarinho, com os braços estendidos. De tanto pavor, a moça cai desmaiada. Nisso alguém faz aquela mulher tão estranha parar. É que chegou aquela negra tão simpática, ou me esqueci de contar? *uma enfermeira preta, velha, boa, enfermeira do dia, à noite deixa uma enfermeira branca, nova, sozinha com o doente grave e a expõe ao contágio*

— Não, você não falou nela.

— Bom, essa preta é como uma governanta, mas muito bondosa. Uma gordona, com o cabelo já todo branco, e desde que a moça chegou sempre olhou pra ela com bons olhos. E quando a moça acorda do desmaio, a preta já a levou para a cama e a convence de que aquilo foi um pesadelo. A moça não sabe se acredita ou não, mas, como acha a preta tão bondosa, se acalma, e a preta traz um chá pra ela dormir, de camomila ou outra erva, não me lembro. No dia seguinte é o casamento, portanto eles têm que ir até a prefeitura pra cumprimentar o prefeito e assinar a papelada, e pra isso a moça está se vestindo, com um tailleurzinho bem simples, mas com um penteado lindo de morrer que a preta está fazendo nela, uma espécie de trança no alto, como é que eu vou te explicar? Bom, naquele tempo se usava o penteado alto em certas ocasiões, era muito chique.

— Não estou me sentindo bem... me deu tontura de novo.

— Tem certeza?

— Sim, só um aceno, mas a sensação é a mesma.

— Essa comida não pode ter feito mal.

— Está doido? Quem disse que estou botando a culpa na tua comida?

— Que nervoso...

— Mas não é tua comida, é meu organismo, tem algo errado com ele.

— Não pensa, que é pior.*

* Como uma variante do conceito de repressão, Freud introduziu o termo "sublimação", entendido como a operação mental por meio da qual se canalizam os impulsos libidinosos inconvenientes. Os canais da sublimação seriam qualquer atividade — artística, esportiva, profissional — que permitisse o emprego dessa energia sexual excessiva segundo os cânones da nossa sociedade. Freud estabelece uma diferença fundamental entre repressão e sublimação ao considerar que esta última pode ser saudável, uma vez que é indispensável para a manutenção de uma comunidade civilizada.

Essa posição foi questionada por Norman O. Brown, autor de *Vida contra morte*, que, ao contrário, propõe um regresso àquela "perversão polimorfa" dos bebês descoberta por Freud, o que implica a eliminação total da repressão. Um dos argumentos de Freud em defesa de uma repressão parcial era a necessidade de conter os impulsos destrutivos do homem, mas tanto Brown como Marcuse refutam esse argumento sustentando que os impulsos violentos — preexistentes — não existem como tais quando a libido encontra um meio para realizar seus impulsos, isto é, sua satisfação.

— Não estava conseguindo me concentrar no que você contava.

— É sério, por favor, pensa em outra coisa, porque a comida era bem saudável. Você ainda deve estar um pouco sugestionado.

— Conta mais um pouco, por favor, pra ver se passa. É que, além do mais, eu estava me sentindo muito fraco e de repente me entupi de comida. Não sei mesmo o que é...

— É isso, ainda está muito fraco. Eu vi seu esganamento na hora de comer, rápido e engolindo quase sem mastigar.

— Desde que acordei só penso nisso, acho que foi o que me fez mal. Quando consigo estudar, isso nunca me acontece. Mas não consigo tirar da cabeça.

— O quê?

Por outro lado, a maior crítica a Brown parte do pressuposto de que uma sociedade sem barragens de contenção, leia-se repressão, não é capaz de organizar nenhuma forma de atividade permanente. É aí que Marcuse intervém com seu conceito de *surplus repression*, expressão que designa a parte da repressão sexual criada para conservar o poder da classe dominante mas que não é imprescindível para manter uma sociedade organizada capaz de satisfazer as necessidades humanas de todos os seus membros. Portanto, o principal avanço que Marcuse representa em relação a Freud consistiria no fato de este tolerar certo tipo de repressão, por preservar a sociedade contemporânea, enquanto Marcuse considera fundamental a transformação da sociedade pautada numa evolução que leve em conta os impulsos sexuais originais.

Essa seria a base da acusação levantada pelos representantes das novas tendências psiquiátricas contra os psicanalistas ortodoxos freudianos, acusação segundo a qual estes últimos teriam procurado — com uma impunidade que se abalou notavelmente no final da década de 1960 — que seus pacientes assumissem qualquer conflito pessoal para facilitar sua adaptação à sociedade repressiva em que viviam, não para perceberem a necessidade de mudar essa sociedade.

Em *O homem unidimensional*, Marcuse afirma que originariamente o instinto sexual não tinha limitações temporais e espaciais de sujeito e objeto, já que a sexualidade é por natureza "perversão polimorfa". Indo mais longe

— Que não posso responder pra minha companheira... mas pra Marta, posso, sim. Talvez me fizesse bem escrever pra ela, mas não sei o que dizer. Porque não é certo eu lhe escrever. Pra quê?

— Continuo contando?

— Sim, por favor.

— Bom, onde paramos?

— Estavam vestindo a moça.

— Ah, sim, e fazendo um penteado nela...

— Sei, um penteado alto, mas e eu com isso? Para de dar detalhes que na realidade não têm importância. *carranca mascarrada, um murro seco, é de vidro a carranca, se faz em pedaços, o punho não se machuca, o punho é de homem*

---

ainda, Marcuse dá como exemplo de *surplus repression* não apenas nossa exclusiva fixação na cópula genital, mas também fenômenos como a repressão do olfato e do paladar na vida sexual.

Dennis Altman, por sua vez, comentando favoravelmente, em seu livro já citado, essas afirmações de Marcuse, acrescenta que a libertação deveria não apenas eliminar a contenção sexual, mas propiciar a possibilidade prática de realizar esses desejos. Sustenta, ainda, que só recentemente percebemos que a maior parte daquilo que se considerava normal e instintivo, sobretudo na estruturação familiar e nas relações sexuais, é na verdade aprendido, razão pela qual seria preciso desaprender muito daquilo que até agora se considerou natural, inclusive atitudes competitivas e agressivas fora do campo da sexualidade. Na mesma linha, a teórica da libertação feminina Kate Millett afirma, em seu livro *Política sexual*, que o propósito da revolução sexual deveria ser a liberdade sem hipocrisia, não corrompida pelas bases econômicas exploradoras das alianças sexuais tradicionais, ou seja, o matrimônio.

Marcuse defende ainda não apenas o livre fluir da libido, mas também sua transformação: ou seja, a passagem de uma sexualidade circunscrita à supremacia genital a uma total erotização da personalidade. Refere-se, portanto, mais que a uma explosão da libido, a uma expansão que alcance outros campos das atividades humanas, privadas e sociais, por exemplo, as laborais. Acrescenta que toda a força da moralidade civil foi mobilizada contra a utilização do corpo como simples objeto, meio e instrumento de prazer, já que

— *a sonâmbula traidora e a enfermeira branca, o doente contagioso as olha fixo no escuro* Como assim não têm importância? Cala a boca e deixa comigo, eu sei o que estou dizendo. Pra começo de conversa, o penteado alto — ouve bem — tem muita importância, sim, porque as mulheres só usam, ou usavam naquele tempo, quando queriam realmente dar a impressão de que era um momento importante pra elas, um encontro importante, porque o penteado alto, que deixa a nuca a descoberto com todo o cabelo pra cima, dava uma nobreza ao rosto da mulher. E com todas essas madeixas pro alto, a preta faz uma trança, e prende um enfeite de flores do lugar, e quando a moça sai na caleche, apesar de serem tempos modernos, vão naquela charretinha divina puxada por dois burrinhos, e todo

---

essa coisificação foi considerada tabu e relegada a desprezível privilégio de prostitutas, degenerados e pervertidos.

Longe dessa posição, J. C. Unwin, autor de *Sexo e cultura*, depois de estudar as regras maritais de oitenta sociedades não civilizadas, parece corroborar a suposição muito generalizada de que a liberdade sexual leva à decadência social, já que, segundo a psicanálise ortodoxa, se o indivíduo não sucumbir à neurose, a continência sexual imposta pode ajudá-lo a canalizar as energias por vias socialmente úteis. Unwin concluiu em seu exaustivo estudo que o estabelecimento das primeiras bases de uma sociedade organizada, seu posterior desenvolvimento e sua apropriação de terrenos vizinhos, ou seja, as características históricas de toda sociedade pujante, só ocorrem a partir do momento em que se implanta a repressão sexual. As sociedades nas quais se permitem relações sexuais livres — pré-nupciais, extraconjugais e homossexuais —, ao contrário, permaneceriam em um subdesenvolvimento quase animal. Ao mesmo tempo, contudo, Unwin entende que as sociedades estritamente monogâmicas e altamente repressivas não conseguem sobreviver por muito tempo, e se o conseguem parcialmente, é mediante a sujeição moral e material da mulher. Portanto, Unwin afirma que entre a angústia suicida que provoca minimizar as necessidades sexuais e o extremo oposto da desordem social por incontinência sexual, deveria encontrar-se uma via razoável que constituísse a solução do grave problema. Ou seja, a eliminação da *surplus repression* de que fala Marcuse.

o povo sorri, e ela se vê como a caminho da felicidade... Está passando?

— Acho que sim. Continua, por favor.

— Vão ela e a preta, e na porta daquela espécie de prefeitura, estilo colonial, o noivo está esperando por ela. E depois, já de noite, aparecem no escuro, ela deitada numa rede, e vemos um primeiro plano muito bonito das duas cabeças se unindo, porque ele se abaixa para beijar a esposa, iluminados pelo luar que meio que se infiltra entre as folhas de palmeira. Ah, mas estava me esquecendo de uma coisa importante. Bom, a expressão dos dois é de apaixonados, de profunda felicidade. Mas o que me esqueci de dizer é que, enquanto a preta estava penteando a moça...

— Lá vem você de novo com o penteado alto?

— Gente, que nervoso! Se você não fizer a sua parte, não vai se acalmar...

— Desculpa, continua.

— Bom, a moça faz umas perguntas para a preta. Como, por exemplo, onde seu noivo foi passar a noite. A preta tenta disfarçar a inquietação e diz que foi cumprimentar os trabalhadores dos bananais, na plantação mais distante de todas, onde a maioria dos peões acredita... no vodu. A moça sabe que é uma religião negra e diz que gostaria muito de ver algo, alguma cerimônia, porque devem ser muito bonitas, com muito colorido e música, mas a preta faz uma careta de susto e lhe diz que não, que deve ficar longe de tudo aquilo, porque é uma religião às vezes muito sanguinária, e que não se aproxime de lá de jeito nenhum. Porque... E aí a preta fica calada. E a outra pergunta o que foi, e a preta diz que existe uma lenda, que não deve ser verdadeira mas que, mesmo assim, ela teme, e é a dos zumbis. Zumbi? Que é isso?, pergunta a moça, e a preta faz sinais pra ela não pronunciar essa palavra em voz alta, só bem baixinho. E explica que são os mortos que os feiticeiros fazem reviver antes do cadáver esfriar, porque eles mesmos os mataram com um veneno que preparam, e o morto-vivo já não tem vontade própria e obedece a todas as ordens que recebem, e os feiticeiros os usam pra fazer o que eles bem entendem, e os põem pra trabalhar, e os pobres mortos-vivos, que são os zumbis, não têm outra vontade senão a do feiticeiro. E diz a preta que lá nos bananais, muitos anos atrás, uns pobres peões se rebelaram contra os donos porque pagavam pouco, e os donos combinaram com o principal feiticeiro da ilha que matasse todos os rebeldes e os transformasse em zumbis, e foi assim que os puseram pra trabalhar na colheita da banana depois de mortos, mas tudo de noite, pros outros não notarem, e os zumbis trabalham e trabalham, sem falar, porque os zumbis não falam, não pensam, mas sofrem, sim, porque no meio da trabalheira, quando o luar os ilumina, dá pra ver suas lágrimas rolando, mas não se queixam, porque os zumbis não falam, já não têm vontade própria e só podem obedecer e sofrer. Então de repente a moça pergunta, lembrando de tudo o que ela acredita ter sonhado na noite anterior, se existem mulheres zumbis. Então a preta desconversa e diz que não, porque as mulheres não têm força pro trabalho mais duro do campo e por isso ela acha que não existem mulheres zumbis. E a moça pergunta se o noivo não tem medo dessas coisas, e a preta diz que não, mas que mesmo assim é bom ele pedir a bênção dos próprios feiticeiros, pra ficar bem com os peões. E aquela conversa terminou aí, e voltando ao ponto onde eu parei, depois aparece o casal junto na noite de núpcias, os dois muito felizes, pela primeira vez o rapaz tem uma sensação de paz no olhar, e só se ouve o cri-cri dos bichinhos nos jardins e a água das fontes. E depois já se vê que estão dormindo na cama, mas algo os acorda e conseguem distinguir, cada vez mais forte, o tam-tam que vem de longe. Ela treme, um calafrio percorre seu corpo. Está se sentindo melhor? *ronda noturna de enfermeiras, temperatura e pulso normais, touca branca, meias brancas, boa-noite ao paciente*

— Um pouco... mas mal consigo acompanhar o filme. *a noite longa, a noite fria, pensamentos longos, pensamentos frios, cacos de vidro afiados*

— Então não conto mais. *a enfermeira rigorosa, a touca bem alta e engomada, o sorriso leve e não isento de sarcasmo*

— Não faz isso. Se você me distrair, melhoro. Continua, por favor. *a noite longa, a noite gelada, as paredes verdes de umidade, as paredes atacadas de gangrena, o punho ferido*

— Bom, então... como é que continuava? Ouvem-se os tambores muito ao longe, e o rapaz também muda de expressão, e já não tem paz, não consegue dormir e se levanta. A moça não diz nada nem se mexe, pra se fazer de discreta, finge que está dormindo, mas fica de orelha em pé e ouve o rangido de uma portinha do aparador se abrindo, e depois mais nada. Ela não tem coragem de se levantar e ir olhar, mas ele demora muito pra voltar. Aí ela se levanta e o encontra largado numa poltrona, totalmente bêbado. E olha pros móveis e repara numa gavetinha aberta, onde mal cabe uma garrafa, uma garrafa de conhaque vazia, e o rapaz tem ao lado outra garrafa, pela metade. Aí a moça se pergunta de onde será que ele a tirou, porque não tem bebidas na casa, e percebe que embaixo da garrafa tem uns guardados, naquela gaveta, e são cartas e fotos. E a duras penas ela carrega o rapaz até o quarto e se deita ao lado dele, para reconfortá-lo, dizendo que o ama e que ele já não está sozinho, e ele a olha com gratidão, e ferra no sono. Aí ela também tenta dormir, mas já não consegue, tão contente que estava antes, mas ver o marido tão bêbado a deixou preocupada. E entende que o mordomo tinha razão quando quebrou o barril de rum. Aí ela veste o roupão e vai até a gavetinha para revistar as fotos, porque está curiosíssima em ver uma foto da primeira mulher dele. Mas ao chegar encontra a gaveta trancada à chave. Quem será que a fechou? Ela olha ao redor e está tudo mergulhado na maior escuridão e no maior silêncio, só perturbado pelos tambores, que ainda se escutam. Aí ela vai fechar as janelas para não ouvir mais, e justo nesse momento param de tocar, como se a tivessem enxergado a quilômetros de distância. Bom, aí, na manhã seguinte, é como se ele não lembrasse de nada, e acorda a mulher com o café na cama, muito sorridente, e diz que vai levá-la para conhecer a ilha. Ela se sente contagiada pela felicidade dele, e aí os dois passeiam pelo trópico num belo carro conversível, com uma música de fundo alegre, um calipso, e vão percorrendo umas praias divinas, e aí vem uma cena muito sexy, porque ela tem vontade de tomar banho de mar, porque já passaram por uns palmeirais lindíssimos, e umas rochas que dão pro mar, e uns jardins naturais de flores gigantescas, e o sol está forte, mas ela esqueceu de levar um maiô, e ele diz para ela tomar banho sem nada, e param, e a moça tira a roupa atrás de umas pedras e aparece ao longe correndo nua pro mar. E depois já vemos os dois deitados na praia, embaixo das palmeiras, ela com uma espécie de pareô feito com a camisa dele, e ele de calça, mais nada, e descalço, e não se sabe de onde vêm, sabe como é o cinema, né?, mas chegam as palavras da canção que diz que é preciso ganhar o amor, e que atrás de um caminho escuro, cheio de ameaças, o amor espera por todos aqueles que lutam até o fim pra conquistá-lo. E nota-se que a moça e o rapaz estão de novo encantados, que esqueceram tudo. E já vão voltando ao entardecer, mas quando sobem uma ladeira do caminho aparece ao fundo, não muito longe, uma casa colonial muito antiga, iluminada pelo sol que já está vermelho-fogo, mas muito bonita e com muito mistério, porque está como que invadida pelas plantas, que praticamente cobrem a casa. E a moça diz que outro dia quer ir conhecer aquela casa, e pergunta por que está como que abandonada. Aí o rapaz fica muito nervoso e fala com maus modos que nunca,

nunca se aproxime dessa casa, e não dá mais explicações, e outro dia lhe dirá por quê. *a enfermeira da noite não tem experiência, a enfermeira da noite é sonâmbula, está dormindo ou acordada? o plantão da noite é longo, está sozinha e não sabe a quem pedir ajuda* Como você está calado, não faz comentários...

— É que não estou bem. Mas continua você, que me faz bem pensar em outra coisa.

— Espera que eu perdi o fio.

— Não sei como você consegue lembrar de cabeça todos esses detalhes. *o cérebro oco, o crânio de vidro, cheio de gravuras de santos e putas, alguém atira o pobre cérebro de vidro contra a parede imunda, o cérebro de vidro se quebra, todas as gravuras caem no chão*

— Apesar do passeio tão lindo que acabam de fazer, a moça está outra vez preocupada, porque o viu de novo nervoso por causa da questão daquela casa, que parece abandonada. E quando chegam na mansão, o rapaz vai tomar uma chuveirada, e nisso ela cai na tentação de procurar as chaves na roupa dele e revistar aquela gaveta da noite anterior. Ela vasculha as calças, encontra o chaveiro e corre até a gaveta: no chaveiro tem uma única chave pequena, ela a experimenta, e é essa. Abre. Tem uma garrafa de conhaque cheia, quem a colocou ali? Porque desde a noite anterior ela não saiu nem por um minuto de perto do marido, e não pode ter sido ele quem colocou a garrafa, pois ela teria visto. E embaixo da garrafa tem cartas, são cartas de amor, umas assinadas por ele e outras pela primeira mulher, e mais embaixo tem fotos, fotos dele e de outra mulher, seria a primeira esposa? Ela tem a impressão de reconhecer a moça, de tê-la visto antes, tem mesmo certeza de já ter visto aquele rosto em algum lugar, mas onde? Pela foto parece muito interessante, uma mulher muito, muito alta, de longos cabelos loiros. A moça continua olhando as fotos até que acha uma só do rosto, um retrato bem grande, os olhos bem claros, o olhar um pouco perdido... e a moça então se lembra! É aquela mulher que a perseguiu no pesadelo, a mulher com cara de louca, vestida de preto até os pés... E a moça de repente percebe que o barulho do chuveiro parou e que o marido pode pegar ela em flagrante mexendo nas suas coisas! Aí ela tenta ajeitar tudo rapidinho, coloca a garrafa em cima das cartas e das fotos, fecha e vai pro quarto, e percebe que ele está lá, enrolado numa toalha de banho imensa, muito sorridente! Ela não sabe o que fazer, e se oferece para enxugar suas costas, não sabe como chamar a atenção dele, distraí-lo, *a pobre enfermeira não dá sorte, deixam pra ela o doente mais grave e não sabe o que fazer pra essa noite ele não morrer ou matá-la, mais forte que nunca o risco do contágio* porque ele já vai começar a se vestir, mas o pavor é que ela está com o chaveiro na mão e ele vai notar. E ela lhe enxuga as costas com uma das mãos e olha para as calças dele, que estão largadas numa cadeira, e não sabe como fazer para colocar as chaves de volta no bolso. Aí ela tem uma ideia e diz que gostaria de penteá-lo. E ele diz que sim, e que o pente ficou no banheiro, que pode ir pegá-lo, e ela diz que não é digno de um cavalheiro pedir isso pra ela, e aí ele vai pegar o pente, e enquanto isso ela aproveita para colocar as chaves no bolso, justo na horinha, e quando ele volta, ela o penteia e acaricia seu dorso nu. E é só então que a coitada respira aliviada. E se passam alguns dias, e a moça percebe que o rapaz se levanta no meio da noite porque não consegue dormir, e ela finge que está dormindo, porque tem medo de tocar no assunto com ele, e se levanta de madrugada pra carregá-lo de volta para a cama, porque ele acaba sempre totalmente bêbado largado na poltrona. E ela olha para a garrafa, e é sempre diferente, cheia, e quem será que a coloca ali na gaveta? A moça não se atreve a perguntar nada, porque toda tarde, ao voltar dos bananais, ele está muito contente por encontrá-la à sua espera, fazendo algum bordado, mas de noite sempre voltam a soar os tambores, e aí é que ele parece obcecado por alguma coisa, e só consegue pegar no sono se embebedando. Aí, claro, a moça vai ficando cada vez mais preocupada e, numa hora que o rapaz está fora, tenta falar disso com o mordomo, extrair dele algum segredo, saber por que o marido às vezes fica tão nervoso, mas o mordomo diz com um suspiro de resignação que tem muitos problemas com os peões etc. etc., e no fim das contas não diz nada. Bom, o caso é que a moça, certa vez que o rapaz lhe diz que vai passar o dia todo com o mordomo no bananal mais distante e que só vai voltar no dia seguinte, ela resolve ir sozinha a pé até aquela casa abandonada, porque tem certeza de que lá vai saber alguma coisa. E depois do chá, por volta das cinco horas, quando o sol já não é tão forte, o rapaz e o mordomo saem de viagem, e pouco depois a moça sai também. E vai procurando o caminho da casa abandonada, e se perde, e vai ficando tarde, já é quase noite quando consegue chegar àquele morrinho de onde se avistava aquela casa, e não sabe se volta ou não, mas a curiosidade é mais forte, e segue até a casa. E vê que dentro se acende uma luz, e isso a anima. Mas, ao chegar na casa, que está realmente meio coberta por plantas selvagens, a moça não ouve nada, mas vê pelas janelas uma vela sobre uma mesa, e armando-se de coragem, abre a porta e olha lá dentro, e vê que num canto tem um altar de vodu, com mais velas acesas, e entra mais pra ver o que tem no altar, e se aproxima, e no altar vê uma boneca de cabelo preto com um alfinete espetado no meio do peito, e a boneca está envolta num pano que forma um vestido igual ao que ela mesma usou no dia do casamento! E aí quase que ela desmaia de susto e se vira para fugir pela mesma porta por onde entrou... e o que é que ela vê na porta?... um preto altíssimo, de olhos desorbitados, vestindo apenas uma calça toda puída, e com o olhar totalmente de louco, que a encara e lhe barra a saída. Aí a única coisa que a pobre moça consegue fazer é soltar um grito de pavor, mas o preto, que é o que lá chamam de zumbi, um morto-vivo, vai avançando na direção dela, com os braços estendidos, igual à mulher daquela noite no jardim. E a moça dá outro grito, e corre pra outro quarto e tranca a porta atrás dela, um quarto quase às escuras, com uma janela quase coberta de mato por onde só entra um pouquinho de luz, do crepúsculo, e o quarto tem uma cama, que a moça começa a enxergar aos poucos, quando sua vista se acostuma ao escuro. E se sacode toda, quase sufocada pelo choro e pelo medo, quando percebe que na cama... algo está se mexendo... e é... aquela mulher, pálida, desgrenhada, com o cabelo até a cintura, envolta naquele mesmo trapo preto, que se levanta e a encara, e se aproxima!, no quarto sem saída, trancada... A moça está prestes a morrer de medo, e já nem consegue mais gritar, quando se ouve da janela uma voz mandando a mulher zumbi voltar atrás e se deitar... é a preta boa. E diz à moça para não se assustar, e que ela vai entrar e protegê-la. A moça abre a porta, a preta a abraça e a acalma; atrás, no vão da porta de saída, está o preto gigante, mas ele obedece a tudo o que a preta velha fala, e ela lhe diz que deve tomar conta da moça e não atacá-la. O preto zumbi obedece, a outra zumbi também, a mulher toda desgrenhada, porque a preta manda que volte a se deitar, e a mulher se deita. Aí a preta segura com carinho a moça pelos ombros e diz que vai acompanhá-la de volta pra casa, numa charretinha de burros, e no caminho conta a história toda, porque a moça já percebeu que a morta-viva de cabelo loiro até a cintura... é a primeira mulher do marido. E a preta começa a narrar. *a enfermeira treme, o doente olha para ela, está pedindo morfina? está pedindo carícias? ou quer que o contágio seja fulminante e mortal?*

— o crânio de vidro, também o corpo todo de vidro, fácil de quebrar um boneco de vidro, cacos de vidro afiados e frios na noite fria, na noite úmida, gangrena nas mãos cortadas pelo soco Você me desculpa se eu te disser uma coisa?

— *o paciente se levanta e caminha de noite descalço, pega friagem, piora* Que foi? Fala.

— *o crânio de vidro cheio de gravuras de santos e putas, gravuras velhas e amareladas, rostos mortos desenhados em gravuras de papel velho, dentro do meu peito as gravuras mortas, gravuras de vidro, afiadas, cortam, infectam de gangrena o peito, pulmões, coração* Estou muito deprimido, mal consigo acompanhar o que você está me contando. Melhor a gente continuar amanhã, certo? E assim falamos de outras coisas.

— Perfeito. E do que você quer falar?

— Estou numa fossa... você nem imagina. E tão confuso... bom, estava... agora vejo um pouco mais claro, é aquilo que te falei da minha companheira, temo muito por ela, porque está em perigo... mas de quem eu quero notícias, quem eu tenho vontade de ver não é ela. E vontade de tocar, não é ela que eu tenho vontade, e de abraçar, porque me dói, chega a me doer o corpo de tanta vontade... de sentir a Marta perto, porque acho que só ela podia me reviver, porque estou me sentindo morto, juro. Tenho a impressão de que só ela poderia me trazer de volta à vida.

— Fala, estou escutando.

— Você vai rir do que eu vou te pedir.

— Não, por quê?

— Se não te incomodar, acende a vela... Gostaria de ditar uma carta pra ela, bom, você já sabe por quê. Me dá tontura quando fixo os olhos.

— Mas o que será que você tem? Vai ver que está com alguma coisa além da diarreia, digo.

— Não, é fraqueza mesmo, e quero me aliviar de algum jeito, porque não aguento mais. De tarde até tentei escrever, mas as letras dançavam.

— Claro, só espera eu achar os fósforos.

— Você é muito bom comigo.

— Pronto. Rascunhamos a carta num papel qualquer, ou prefere de outro jeito?

— Isso, melhor fazer um rascunho, porque nem sei direito o que dizer. Pega minha caneta.

— Espera que vou apontar o lápis.

— Não, pega minha caneta, vai logo.

— Tá bom, não precisa se irritar.

— Desculpa, é que estou muito negativo.

— Bom, pode ditar.

— Querida... Marta: você vai estranhar... receber esta carta. Estou me sentindo... sozinho, preciso de você, quero falar com você, quero... estar perto de você, quero... que você me diga... uma palavra de apoio. Estou na minha cela, quem sabe onde você estará a esta hora... e como estará, e no que estará pensando, e que necessidades terá... Mas vou escrever esta carta, mesmo que não a envie, quem sabe o que vai acontecer... mas deixa eu falar com você... porque tenho medo... de que logo algo estoure dentro de mim... se não desabafar um pouco. Se pudéssemos nos falar, você me entenderia...

— "... você me entenderia..."

— Desculpa, Molina, como ficou a parte em que eu digo que não vou enviar a carta? Lê pra mim, por favor.

— "Mas vou escrever esta carta, mesmo que não a envie."

— Acrescenta por favor: "... Mas vou mandar, sim".

— "Mas vou mandar, sim." Continua. Estávamos em "Se pudéssemos nos falar, você me entenderia".

— ... porque neste momento eu não poderia procurar meus companheiros e falar disso com eles, me daria vergonha ser tão fraco... Marta, sinto que tenho o direito de viver mais um pouco e de que alguém me derrame um pouco de... mel... nas feridas...

— Pronto... continua.

— ... por dentro estou todo ferido, e só você vai me compreender... porque você também foi criada numa casa limpa e confortável para desfrutar a vida, e eu, assim como você, não me conformo em ser um mártir, Marta, tenho raiva de ser mártir, não sou um bom mártir, e neste momento me pergunto se não me enganei em tudo... Já fui torturado, e não confessei nada... claro que me ajudou não saber o nome verdadeiro dos meus companheiros, e só dei seus nomes de guerra, porque pra eles não adiantavam em nada, mas tenho dentro de mim outro torturador... e esse não para de me torturar há dias... É que estou pedindo justiça, olha que absurdo o que vou te dizer, estou pedindo que exista uma justiça superior, que intervenha a providência... porque não mereço apodrecer pra sempre nesta cela, ou já sei, agora vejo mais claro, Marta... tenho medo porque estou doente... e tenho medo... um medo terrível de morrer... e que tudo fique nisso, que minha vida se reduza a este pouquinho, porque acho que eu não mereço, que sempre agi com generosidade, que nunca explorei ninguém... e que lutei, desde que tive um pouco de discernimento... contra a exploração dos meus semelhantes... E eu, que sempre desanquei as religiões, porque confundem as pessoas e não deixam que lutem pela igualdade... estou ansioso de que exista uma justiça... divina. Estou pedindo que exista um Deus... escreve com maiúscula, Molina, por favor...

— Sim, continua.

— Onde paramos?

— "Estou pedindo que exista um Deus."

— ... um Deus que me veja e me ajude, porque quero um dia sair para a rua, e que seja logo, e não morrer. E às vezes me passa pela cabeça que nunca, nunca mais vou tocar uma mulher, e não consigo me conformar... e quando penso nas mulheres... só vejo você na imaginação, e seria quase um alívio acreditar que neste momento, daqui até eu terminar esta carta, você vai pensar em mim... e vai passar a mão por esse corpo que recordo tão bem...

— Espera, não tão depressa.

— ... por esse corpo que recordo tão bem, e vai pensar que é minha mão... e que grande consolo seria... meu amor, se isso pudesse acontecer... porque seria como se eu mesmo te tocasse, porque ficou algo meu dentro de você, não é? assim como também ficou dentro do meu nariz o teu perfuminho... e na ponta dos dedos também tenho a sensação da tua pele... como decorada, entende? Só que não se trata de entender... mas de acreditar, e às vezes estou convencido de que carrego algo teu... e que não o perdi, e às vezes não, sinto que nesta cela só estou eu e mais ninguém...

— Sim... "e mais ninguém...", continua.

— ... e que nada deixa marcas, e que a sorte de ter sido feliz ao teu lado, de ter passado aquelas noites, e tardes, e manhãs de puro prazer de nada adianta agora, ao contrário, tudo isso se volta contra mim... porque me bate uma saudade louca de você, e a única coisa que eu sinto é a tortura da solidão, e no nariz só tenho o fedor nojento desta cela, e o meu próprio fedor... pois não posso tomar banho porque estou doente, muito fraco, e a água gelada poderia me dar uma pneumonia, e na ponta dos dedos o que eu sinto é o frio do medo da morte, e até nos ossos já sinto esse frio... Como é terrível perder a esperança, e é isso que me aconteceu... o torturador que está dentro de mim diz que tudo se acabou, que esta agonia é minha última experiência sobre a terra... e estou falando como um cristão, como se depois tivesse outra vida, que não existe, né?...

— Desculpa te interromper...

— Que foi?

— Quando você acabar de ditar, lembra que quero te dizer uma coisa.

— Que coisa?

— Bom, que daria pra fazer uma coisa...

— O quê? Fala.

— Porque, se você tomar um banho gelado, vai morrer, por causa da fraqueza.

— Mas o que daria pra fazer? Fala logo, caralho!

— É que eu podia ajudar você a se limpar. Olha só, a gente esquenta água na panela, e como tem duas toalhas, a gente ensaboa uma delas e você passa na frente e eu passo nas costas, e com a outra toalha úmida você tira o sabão.

— E aí meu corpo para de coçar?

— Claro, a gente vai bem aos pouquinhos, assim você não se resfria, primeiro o pescoço e as orelhas, depois as axilas, o peito, depois as costas, e assim com tudo.

— Você me ajudaria, mesmo?

— Mas claro, homem.

— Quando?

— Agora mesmo, se você quiser, já ponho a água pra esquentar.

— E depois eu poderia dormir tranquilo, sem coceira?

— Tranquilo e sem coceira. A água esquenta em pouco tempo.

— Mas o querosene é teu, e vai gastar.

— Não faz mal. Enquanto isso, a gente termina a carta.

— Me dá ela aqui.

— Pra quê?

— Dá logo, Molina, estou falando.

— Toma…

— …

— Que é que você está fazendo?

— Isso.

— Rasgando, por quê?

— Não se fala mais no assunto.

— Como quiser.

— É errado se entregar ao desespero…

— Mas é certo desabafar. Você mesmo me disse isso.

— Mas no meu caso me faz mal. Eu tenho que segurar as pontas…

— ...

— Escuta, você é muito bom comigo, te agradeço de todo coração, mesmo. E um dia, quando eu puder, vou demonstrar minha gratidão, garanto... Tudo isso de água você vai gastar?

— Sim, precisa... E deixa de ser bobo, não tem nada pra agradecer.

— Quanta água.

— ...

— Molina...

— Hum?

— Dá uma olhada nas sombras que o fogareiro projeta.

— Eu sempre olho. Você nunca olhou?

— Não, não tinha notado.

— Pois é, eu sempre me distraio olhando as sombras quando o fogareiro está aceso.

10

— Bom dia...

— Bom dia!

— Que horas são?

— Dez e dez. Sabe, às vezes eu chamo minha mãe, coitada, de dez e dez, porque ela anda com os pés virados pra fora.

— Não acredito que já é tão tarde.

— É, Valentín, quando abriram pra trazer o mate, você se virou na cama e continuou dormindo.

— Que é que você estava falando da tua mãe?

— Isso que é sono, hein? Nada, então você dormiu bem?

— Dormi, sim, estou me sentindo bem melhor.

— Sem tontura?

— Sem... E dormi feito uma pedra. Assim sentado na cama juro que não sinto nada, nenhuma tontura.

— Genial... Por que não experimenta caminhar para ver o que acontece?

— Não, porque você vai rir.

— Do quê?

— Está me acontecendo uma coisa.

— O quê?

— Uma coisa que acontece com um homem saudável, só isso. Quando acorda de manhã e tem excesso de energia.

— Está duro? Que genial...

— Olha pro outro lado, fico sem jeito...

— Tudo bem, eu fecho os olhos.

— Foi graças à tua comida, senão nunca teria me recuperado.

— E aí? Deu tontura?

— Não... nada, estou com as pernas bambas, mas nada de tontura.

— Que genial...

— Já pode olhar. Vou me deitar mais um pouco.

— Vou esquentar água pra um chá.

— Não, esquenta o mate, e pronto.

— Está doido? Joguei fora quando fui no banheiro. Se você quer ficar bom, só pode tomar coisas boas.

— Não, olha, me dá vergonha gastar teu chá, e tudo o mais. Isso não pode continuar assim, agora já estou bem.

— Você cala a boca.

— Não, é sério...

— Sério coisa nenhuma. Agora minha mãe começa a me trazer coisas de novo, então não tem problema.

— Mas eu me sinto em falta.

— A gente também precisa saber receber, né? E sem tanta história.

— Tá bom, obrigado.

— Aproveita pra ir no banheiro, se quiser, enquanto faço o chá. Mas fica na cama, que eu peço para abrirem. Assim não pega friagem.

— Obrigado.

— E quando você voltar, se quiser, continuo o filme dos zumbis. Não está curioso pra saber como continua?

— Estou, mas é melhor eu tentar estudar um pouco, quero ver se consigo retomar a leitura, já que estou bem.

— Acha mesmo? Não será muito esforço?

— Vamos ver.

— Você é fanático, mesmo.

. . . .

— Por que está bufando?

— Não tem jeito, Molina, as letras dançam.
— Eu avisei.
— Bom, mas não custava nada tentar.
— Está tonto?
— Não, é só pra ler, não consigo fixar a vista.
— Sabe o que é? Um pouco de fraqueza pela manhã, por só tomar esse chá, a culpa é sua por não querer comer o presunto e o pão que temos agora.
— Você acha?
— Tenho certeza, vai ver como depois de almoçar você dá uma cochilada e depois consegue estudar.
— Estou com uma preguiça que você nem imagina. Muita vontade de me deitar de novo.
— Não, dizem que é preciso tentar se fortalecer de pé ou pelo menos sentado, porque a cama enfraquece a gente.
— Continua o filme, vai.
— Sabe o quê?... Já vou pôr as batatas pra cozinhar, porque demora um tempão.
— Que é que você vai fazer?
— Temos presunto, aí eu abro a latinha de azeite e comemos batata cozida, com um pouquinho de azeite e sal, e o presunto: mais saudável, impossível.
— O filme estava na parte em que a preta ia contar pra moça toda a história da zumbi, da morta-viva.
— Está gostando, né? Confessa.
— Estou, sim, é divertido.
— Ui, que marrento. É mais que divertido, é incrível... Fala a verdade.
— Conta logo, anda.
— Bom, espera que isto aqui não está querendo acender, pronto... Bom, deu. Como é que era? Ah, sim, a preta leva a moça de volta pra casa e vai contando a história toda. Acontece que o rapaz era bem feliz com a primeira mulher, mas vivia

atormentado por um segredo inconfessável, é que quando era criança tinha testemunhado um crime horrível. Acontece que seu pai era um homem inescrupuloso, ruim a mais não poder, que tinha ido àquela ilha para enricar e tratava muito mal os peões das plantações. E os peões estavam planejando uma rebelião, e o pai fez um acordo com o feiticeiro do lugar, que tinha seus altares e suas coisas na plantação mais distante de todas, e uma noite o feiticeiro chamou todos os líderes dos peões rebeldes para, segundo ele, dar-lhes a bênção. Mas era uma cilada, porque os massacraram, as flechas estavam com as pontas embebidas num veneno preparado pelo feiticeiro. E aí carregaram todos os corpos para a floresta, porque algumas horas depois aqueles mortos abriram os olhos, eram mortos-vivos. E o feiticeiro os mandou ficar de pé, e os mortos foram se levantando aos poucos, todos com os olhos arregalados, e você viu como são os olhos dos pretos, bem grandes como ovos estrelados, mas aqueles tinham o olhar como que perdido, os olhos quase sem pupila, quase totalmente branco, e o feiticeiro os mandou pegar os facões e se enfileirarem para caminhar até o bananal, e quando chegaram lá deu a ordem para trabalharem, cortarem pencas de banana a noite toda, e os pobres mortos-vivos obedeceram e cortaram a noite toda, e o pai do rapaz estava satisfeitíssimo e fizeram uns ranchinhos pra eles, como umas cabanas com pedaços de bambu seco, para que durante o dia pudessem esconder os mortos-vivos, lá todos jogados no chão como um monte de lixo, e toda noite os mandavam sair pra trabalhar, cortar pencas, e assim o pai do rapaz foi multiplicando sua fortuna. E o rapaz presenciara tudo aquilo, mas era ainda muito pequeno. Até que cresceu e se casou com uma moça loira e alta que tinha conhecido na universidade, nos Estados Unidos, e a trouxe para a ilha, assim como anos mais tarde faria com a moça, a outra com quem ele se casou, a morena, a mocinha. Bom, mas no início ele é feliz com a primeira mulher, e quando o velho morre o rapaz sente que tem que acabar com o feiticeiro, e o chama à casa-grande, mas enquanto isso ele vai até os bananais distantes, onde estão os zumbis, e na ausência do feiticeiro, e ajudado pela gente que lhe é fiel, vai e cerca as choupanas dos zumbis, e crava estacas nas portas, joga gasolina e toca fogo com todos os zumbis dentro, reduz todos eles a cinzas e assim acaba com o tormento daqueles pobres pretos mortos-vivos. Mas aí o feiticeiro, que está na casa-grande à espera dele, com a primeira mulher do rapaz, recebe a informação do que está acontecendo, transmitida pelo tam-tam da floresta, que é como um sistema de telégrafo, e aí o feiticeiro diz à mulher que vai esperar o rapaz no caminho e matá-lo, aí a pobre loira alta fica desesperada, promete qualquer coisa, dinheiro, joias, contanto que ele vá embora e deixe o rapaz em paz. Aí o feiticeiro diz que tem algo em troca do qual ele perdoaria a vida do rapaz, e olha pra ela de cima a baixo, como se a comesse com os olhos. E mostra uma adaga envenenada e a coloca sobre a mesa, dizendo que, se ela o denunciar, ele mata o rapaz com essa adaga. E aí chega o rapaz e da janela vê os dois juntos, ela já meio despida, e sua primeira mulher lhe diz então que vai deixá-lo e ir embora com o feiticeiro, e o rapaz fica cego de fúria, vê a adaga e a crava na mulher, num acesso de loucura. Aí o feiticeiro lhe diz que ninguém viu, que ele é a única testemunha do assassinato, e que, se ele prometer deixá-lo continuar com seus ritos e suas bruxarias, mentirá à polícia dizendo que os dois viram alguém matando a mulher, um energúmeno qualquer da floresta, qualquer um, que tentou entrar pra roubar. Bom, essa é a história que a preta boa conta para a mocinha, que fica totalmente aterrorizada, mas, claro, pelo menos escapou de ser morta lá na casa abandonada entre os dois zumbis, quer dizer, o preto gigante e a loira desgrenhada. *as enfermeiras do plantão diurno, brincadeiras e sorrisos com pacientes bons que obedecem a tudo e comem e dormem, mas, se saram, vão embora para sempre*

— *córtex cerebral de cachorro, burro, cavalo, de macaco, de homem primitivo, de garota de bairro que entra no cinema para não ir à igreja* E foi assim que a primeira mulher virou zumbi.

— Isso mesmo. E agora vem o momento que mais me impressionou, porque a moça e a preta boa voltam pra casa, por enquanto a salvo, mas...

— Como era a pinta do feiticeiro? Você não contou.

— Ah, é que não me lembrei de contar que ele nunca aparece, porque, quando a preta boa conta a história pra mocinha, surge uma espécie de espiral de fumaça que significa o tempo recuando e passa tudo aquilo que ela vai contando, mas com a voz da preta de fundo, uma voz grossa mas muito doce, e trêmula.

— E como é que a preta sabe tudo isso?

— Bom, a moça faz a mesma pergunta, como é que a senhora sabe tanto? E a preta, de cabeça baixa, diz que o feiticeiro era seu marido. Mas nunca aparece o rosto do feiticeiro.

— *córtex cerebral do carrasco culto, rolam as cabeças de operárias, de zumbis, o olhar frio do carrasco culto sobre um pobre córtex inocente de garota de bairro, de viado de bairro* O que você ia dizendo que mais te impressionou?

— Ah, sim, quando a mocinha e a preta velha vão chegando na casa-grande, volta a aparecer a outra casa, aquela abandonada, e o preto zumbi como sentinela na porta, e uma sombra que avança pelo mato, que se aproxima do preto zumbi, da porta. E o preto zumbi se afasta e deixa a sombra passar. E a sombra daquele que entra na casa continua até o quarto onde está deitada a pobre loira. E a coitada está imóvel, deitada, com os olhos desmesuradamente abertos, sem olhar pra ninguém, e uma mão branca, que não é a do rapaz porque não treme, começa a despi-la. E a pobre mulher está lá sem nenhuma chance de se defender nem de fazer nada. *a enfermeira mais jovem e bonita, sozinha num pavilhão grande com o doente jovem, se ele a agarrar a pobre estagiária não terá escapatória*

— Continua. *pobre cabeça que rola do viado de bairro, já não tem remédio, já é impossível recolocá-la no seu corpo, quando já está morta só resta fechar os olhos abertos dessa cabeça, e acariciar sua testa estreita, beijar sua testa? a testa estreita que cobre os miolos de garota de bairro, quem deu ordem de guilhotiná-la? o carrasco culto obedece a uma ordem que não sabe de onde vem*

— Aí, quando a mocinha volta à casa-grande, vê que o rapaz já está lá, preocupadíssimo. Quando a vê, ele a abraça, aliviado, mas depois volta a ficar com raiva e a proíbe de sair sem sua permissão. E se sentam pra jantar. Obviamente, na mesa não tem álcool, nem uma só gota de vinho. E salta aos olhos que o rapaz está muito nervoso, e tenta disfarçar, e ela lhe pergunta pelas colheitas, e ele responde que vão bem, mas aí ele tem uma explosão, joga o guardanapo longe, deixa a mesa e vai pro escritório, onde está a gaveta, e se tranca à chave, começa a beber feito um desesperado. Ela o chama antes de se deitar, porque vê luz nas frestas da porta, mas ele diz pra ela ir embora com voz de bêbado terminal. A moça vai pro quarto e se troca, veste a camisola, não, veste uma saída de banho pra entrar no chuveiro, porque o calor está insuportável, e entra no chuveiro, e sem perceber deixou as portas abertas, e de repente ouve na sala passos firmes de homem. Corre molhada até a porta do quarto pra se trancar. Fica colada à porta e ouve alguém abrir com chave a porta do escritório e entrar onde está o marido. Ela tranca bem o quarto, fecha bem as janelas. Bom, acaba pegando no sono, mas na manhã seguinte, ao acordar, ele já não está em lugar nenhum. Ela veste o roupão feito louca e pergunta a um criado onde está o marido, e ele responde que saiu sem dizer pra onde, mas que tomou o rumo do bananal mais distante. A moça se lembra de que lá fica o esconderijo do feiticeiro. Chama o mordomo e lhe pede ajuda, é a única pessoa em quem ela confia. O mordomo diz que sua esperança era a chegada dela, da moça, que assim o rapaz ficaria contente, mas agora vê que de nada adiantou. Aí a moça pergunta se nenhum médico da ilha examinou o rapaz, e o mordomo diz que sim, mas que ele não segue as prescrições. E que só restaria tentar um último recurso, e olha a moça nos olhos. Ela logo entende que o mordomo está sugerindo ir procurar o feiticeiro da ilha, e responde que isso jamais. Mas o mordomo explica que, num caso assim, é preciso apenas que alguém sugestione o rapaz pra fortalecer sua vontade, que ele sugere isso como uma medida extrema, e que a decisão depende dela. Diz ainda que ao sair de manhã o rapaz o insultou, e que não vai mais tolerar essa situação, que na verdade o rapaz é um monstro, que a primeira mulher morreu de tanto sofrimento que ele lhe causou, e que ela deve abandoná-lo e procurar um homem bom que a mereça, e a moça acha muito estranho o olhar do mordomo, que crava os olhos nos olhos dela. E o sujeito continua dizendo que uma mulher linda como ela não merece ser tratada assim. A moça, toda confusa, sai à procura do rapaz, pois na verdade teme que possa ter acontecido algo de ruim com ele e esteja precisando da sua ajuda. Mas a preta se nega terminantemente a acompanhá-la, diz que o perigo é muito grande, sobretudo para a moça, que é branca. Bom, a moça então não tem outro remédio senão pedir que o mordomo a acompanhe, apesar de achar que ele estava muito estranho naquela conversa. O mordomo aceita, prepara o carro de cavalos mais rápidos, carrega uma espingarda e partem. A preta boa, que está no jardim colhendo as flores frescas da manhã, vê os dois se afastando, treme dos pés à cabeça e grita como uma louca, tentando que a moça a escute, implorando que não vá, mas a moça já não escuta porque a arrebentação das ondas do mar faz um estrondo de trovão. A mocinha pede pro mordomo não correr tanto, os cavalos parecem prestes a derrapar, mas ele a ignora.

Diz apenas que dali a pouco ela vai descobrir como o marido é miserável. Continuam a viagem em silêncio, a moça morta de medo a cada curva do caminho, porque o carro às vezes fica sobre uma roda só, e os cavalos obedecem ao mordomo de um jeito estranhíssimo. Chegam a um lugar onde a mata é mais cerrada, e o mordomo diz que precisa perguntar algo a alguém ali numa choupana, e desce. E aí se passa algum tempo, e nada de ele voltar. A moça começa a ter medo de ficar sozinha, e a coisa piora quando os tambores começam a soar muito perto. A moça desce do carro e vai até a choupana, teme que o mordomo tenha sido atacado. E o chama, mas ninguém responde. Chega à choupana, e está deserta, é um lugar onde faz muitos anos que não tem ninguém, porque está totalmente invadido pelo mato. A moça ouve então uns cantos de feitiçaria e, como sente mais medo ainda de estar lá sozinha, se dirige pro lugar de onde vêm as vozes. E outra hora eu continuo.

— Não me apronta essa cachorrada!

— Cachorrada coisa nenhuma. Estou é com fome e tenho que preparar algo pro almoço se não quiser voltar a se envenenar com a comida daqui. As batatas estão quase no ponto.

— Se não faltar muito pro final, termina agora.

— Não, ainda falta bastante.

. . . .

. . . .

— Bom dia…

— E aí? Dormiu bem?

— Sim, ótimo.

— Apesar de ficar lendo até tão tarde. Como a vela é minha, da próxima vez, apago.

— É que parecia mentira eu conseguir ler de novo.

— Sim, mas era melhor ler de tarde, você podia ler e festejar, mas de tarde. Depois que apagaram a luz, você exagerou e continuou lendo mais umas duas horas com a velinha.

— Bom, já estou crescidinho, né? Deixa que da minha vida eu cuido.

— Não podíamos ter continuado de noite com os zumbis? Você bem que estava gostando, não vai me dizer que não.

— Que horas são?

— Oito e quinze.

— E por que o guarda não veio?

— Veio, e você não acordou, dormindo como uma pedra.

— Que coisa... esse sono que nunca acaba... Mas cadê as canecas? Você está me enrolando, continuam onde você deixou ontem...

— Claro que estou te enrolando, falei pro guarda não trazer mais mate de manhã.

— Olha, você pode decidir o que quiser pra você, mas eu quero que me tragam o mate, mesmo que seja mijo.

— Você não sabe de nada. Se tomar as coisas da cadeia, vai voltar a ficar doente, então relaxa, enquanto eu tiver comida, também vai ter pra você. E hoje tenho visita do advogado, e mamãe deve vir com ele trazendo outro pacotão.

— Falando sério, cara, não gosto que mandem na minha vida.

— Hoje o advogado vai me trazer notícias importantes. Eu sinceramente não acredito nas apelações e tal, mas, se me arranjarem um bom pistolão, como prometeram, aí sim tenho esperanças.

— Tomara.

— Olha, se eu sair... vai saber quem vão te mandar como companheiro de cela.

— Você já comeu, Molina?

— Não, porque não queria fazer barulho, pra não te acordar.

— Então vou esquentar água pros dois.

— Não! Você fica na cama, que ainda está se recuperando. Deixa que eu preparo. E a água já está pra ferver.

— É o último dia que eu permito isso.

— Me conta o que você leu de noite.

— O que você está preparando?

— Surpresa. Me conta o que você leu de noite.

— Nada. Coisas de política.

— Ai, que má vontade pra conversar…

— A que horas vem o teu advogado?

— Disse que às onze… E agora… abrimos o embrulhinho secreto… que estava escondido… com uma coisa muito gostosa… pra acompanhar o chá… bolo inglês!

— Não, obrigado, não quero.

— Como assim, não quer?… A água já está fervendo. Pede pra ir no banheiro e volta rapidinho, que a água está pronta.

— Para de dizer o que tenho que fazer, por favor…

— Mas, pô, deixa eu te mimar um pouco…

— Chega!… Caralho!!!

— Ficou doido… qual o problema?

— Cala a boca!!!

— O bolo…

— …

— Olha o que você fez…

— …

— Se a gente ficar sem fogareiro, fodeu. E o pratinho…

— …

— E o chá…

— Desculpa.

— …

— Perdi o controle. Sério, desculpa.

— …

— O fogareiro não quebrou. Mas derramou todo o querosene.

— …

— Ainda bem que a fornalha não quebrou.

— …

— Molina, desculpa o estouro.

— ...

— Posso pôr querosene da tua garrafa?

— Pode...

— E desculpa, estou pedindo no duro.

— Não tem o que desculpar.

— Claro que tem, enquanto eu estava doente, se não fosse você, quem sabe o que seria de mim.

— Não tem nada pra agradecer.

— Tenho, sim. E muito.

— Esquece. Não foi nada.

— Claro que foi, e estou morrendo de vergonha.

— ...

— Sou uma besta.

— ...

— Olha, Molina, agora chamo o guarda e aproveito pra encher o garrafão porque estamos ficando sem água. E olha pra mim, por favor, levanta a cabeça.

— ...

— Vou pegar água. Diz que me desculpa...

— ...

— Desculpa, Molina.

— ...*

* Uma pesquisa citada pelo sociólogo J. L. Simmons, no livro *Deviants*, mostrou que os homossexuais são objeto de rejeição consideravelmente maior que os alcoólatras, jogadores compulsivos, ex-presidiários e ex-doentes mentais.

Em *Man, Morals and Society*, J. C. Flugel afirma a esse respeito que as pessoas que durante a infância se identificaram a fundo com imagens paternas ou maternas de comportamento muito severo, ao crescer, abraçarão causas conservadoras e terão fascínio por regimes autoritários. Quanto mais autoritário o líder, mais confiança merecerá delas e se sentirão patriotas e muito leais ao lutar pela manutenção das tradições e das diferenças de classe, assim como dos sistemas educacionais de disciplina rígida e das instituições religiosas, enquanto condenarão sem piedade os anormais sexuais.

Por outro lado, aqueles que na infância rejeitaram de algum modo — em nível inconsciente, emotivo ou racional — as regras de conduta dos pais apoiarão as causas radicais, repudiarão as diferenças de classe e compreenderão aqueles que têm inclinações pouco convencionais, por exemplo, os homossexuais.

Freud, por seu turno, em sua "Carta para a mãe de um homossexual", diz que a homossexualidade, embora não seja uma vantagem, tampouco deve ser considerada motivo de vergonha, já que não é um vício nem uma degradação, nem sequer uma doença; é apenas uma variante das junções sexuais resultante de uma determinada interrupção do desenvolvimento sexual. De fato, Freud opina que a superação da etapa de "perversão polimorfa" da criança — na qual estão incluídos impulsos bissexuais —, devido a pressões socioculturais, é um sinal de maturidade.

Sobre esse ponto discordam algumas escolas atuais da psicanálise, as quais vislumbram na repressão da "perversão polimorfa" uma das principais razões de deformação do caráter, sobretudo a hipertrofia da agressividade. Quanto à homossexualidade mesma, Marcuse aponta que a função social do homossexual é análoga à do filósofo crítico, pois sua mera presença funciona como um constante indicador da parte reprimida da sociedade.

A respeito da repressão da perversão polimorfa no Ocidente, Dennis Altman, em seu livro já citado, diz que os dois principais componentes dessa repressão são, por um lado, a eliminação do erótico de todas as atividades humanas que não são estritamente sexuais e, por outro, a negação da inerente bissexualidade do ser humano: a sociedade assume, sem se deter em reflexão alguma, que a heterossexualidade é a sexualidade normal. Altman observa que a repressão da bissexualidade se realiza por meio da implantação forçada de conceitos histórico-culturais prestigiosos de "masculinidade" e "feminilidade", os quais conseguem sufocar os impulsos de nosso inconsciente e aflorar na consciência como única forma de conduta, ao mesmo tempo que conseguem manter a supremacia masculina ao longo dos séculos. Em outras palavras, papéis sexuais claramente delineados, que vão sendo aprendidos desde a infância. De resto, continua Altman, ser macho ou fêmea é algo que se estabelece, acima de tudo, através do outro: o homem sente que sua masculinidade depende de sua capacidade de conquistar mulheres, enquanto a mulher sente que sua realização só pode ser alcançada ligando-se a um homem. Por outro lado, Altman e a escola marcusiana condenam o estereótipo do homem forte que se oferece ao sexo masculino como o modelo de emulação mais desejável, já que o citado estereótipo sugere tacitamente a afirmação da masculinidade por meio da violência, o que explica a constante vigência da síndrome agressiva no mundo. Por último, Altman aponta a falta de alguma forma de identidade para o bissexual na sociedade atual e as pressões que sofre de ambos os lados, já que a bissexualidade ameaça tanto as formas aburguesadas de vida homossexual exclusiva como os heterossexuais, e essa característica explicaria o motivo pelo qual a bissexualidade é raramente assumida. Quanto ao conveniente, mas apenas ideal — até poucos anos atrás — paralelismo entre as lutas de libertação de classes e as de libertação sexual, Altman lembra que, apesar dos esforços de Lênin em favor da liberdade sexual na URSS, por exemplo, a rejeição da legislação anti-homossexual, essas leis foram reintroduzidas em 1934 por Stálin, e o preconceito contra a homossexualidade como uma "degeneração burguesa" se consolidou em quase todos os partidos comunistas do mundo.

Em outros termos, Theodore Roszak comenta, em sua obra *O nascimento de uma contracultura*, o movimento de libertação sexual. Afirma ali que a mulher que mais desesperadamente necessita de libertação é a mulher que todo homem leva trancafiada nos calabouços de sua própria psique. Roszak aponta que seria essa e não outra a próxima forma de repressão que é preciso eliminar, e o mesmo vale para o homem manietado que existe dentro de toda mulher. E Roszak não duvida de que tudo isso significaria a mais cataclísmica reinterpretação da vida sexual na história da humanidade, pois implicaria a reformulação de tudo o que diz respeito aos papéis sexuais e ao conceito de normalidade sexual vigente na atualidade.

II

DIRETOR: Está bem, Suboficial, deixe-nos a sós.

SUBOFICIAL: Às suas ordens, senhor Diretor.

DIRETOR: Tudo bem, Molina? Como vai?

SENTENCIADO: Bem, senhor, obrigado…

DIRETOR: Quais as novidades?

SENTENCIADO: Não muitas, acho.

DIRETOR: Sei…

SENTENCIADO: Mas vejo que, aos poucos, ele vai pegando mais confiança, isso sim…

DIRETOR: Sei…

SENTENCIADO: Sim, senhor, isso com certeza…

DIRETOR: O problema, Molina, é que estou sendo muito pressionando. E vou lhe contar mais, Molina, para que se ponha no meu lugar. De onde estão me pressionando é da Presidência. Lá que estão ansiosos por notícias. E me pressionam dizendo que devemos voltar a interrogar Arregui, e forte. Se é que me entende.

SENTENCIADO: Sim, senhor… Mas espere alguns dias, não o interrogue, diga-lhes que ele está muito fraco, o que é verdade. Porque vai ser pior se ele não passar do interrogatório, diga isso.

DIRETOR: Eu digo, mas não se convencem.

SENTENCIADO: Me dê mais uma semana, que com certeza consigo alguma informação.

DIRETOR: Todas as informações, Molina, todas as informações possíveis.

SENTENCIADO: Acabo de ter uma ideia.

DIRETOR: Qual?

SENTENCIADO: Não sei o que o senhor vai achar...

DIRETOR: Fale...

SENTENCIADO: Arregui é durão, mas também tem seu lado sentimental.

DIRETOR: Sim.

SENTENCIADO: Então... por exemplo, se ele ficar sabendo, por exemplo, se um guarda chega e diz que dali a uma semana vão me transferir de cela, porque entrei na categoria especial, pela questão do indulto, ou mais devagarinho ainda, pela questão de que meu advogado já entrou com a apelação, então, se ele achar que vão me transferir de cela, vai amolecer mais. Porque eu acho que ele está um pouco apegado a mim, e aí vai pegar a falar mais...

DIRETOR: Acha mesmo?

SENTENCIADO: Acho que vale a pena tentar.

DIRETOR: O que sempre me pareceu um erro foi o senhor ter falado com ele sobre a possibilidade do indulto. Com isso, ele talvez tenha ligado os pontos.

SENTENCIADO: Não, acho que não.

DIRETOR: Por quê?

SENTENCIADO: Bom, me deu a impressão...

DIRETOR: Não, diga por quê. Deve ter suas razões...

SENTENCIADO: É que... com isso, eu também me protegi um pouco.

DIRETOR: Em que sentido?

SENTENCIADO: No sentido de que, quando eu sair, ele não desconfie e jogue seus companheiros contra mim, em represália.

DIRETOR: O senhor sabe muito bem que ele não tem contato algum com os companheiros.

SENTENCIADO: Isso é o que nós pensamos.

DIRETOR: Ele não tem como escrever a quem quer que seja sem que vejamos a carta. Então, do que tem medo, Molina? Está agindo fora do combinado.

SENTENCIADO: Garanto que é melhor ele achar que eu vou sair em liberdade... porque...

DIRETOR: Porque o quê?

SENTENCIADO: Nada...

DIRETOR: Por favor, Molina. Fale.

SENTENCIADO: Sei lá...

DIRETOR: Fale, Molina, fale às claras. Se não falar comigo às claras, não vamos nos entender.

SENTENCIADO: Bom, nada, juro, senhor. É só um palpite que, se ele achar que vou sair, vai ter mais necessidade de desabafar comigo. Os presos são assim, senhor. Quando um companheiro vai embora... se sentem mais desamparados que nunca.

DIRETOR: Certo, Molina, nos vemos daqui a uma semana.

SENTENCIADO: Obrigado, senhor.

DIRETOR: Mas da próxima vez já falaremos em outros termos, receio.

SENTENCIADO: Sim, claro.

DIRETOR: Muito bem, Molina...

SENTENCIADO: Senhor, mais uma vez vou ter que abusar... da sua paciência.

DIRETOR: Que foi?

SENTENCIADO: Seria bom eu voltar para a cela com um pacote, e já fiz a lista, se o senhor estiver de acordo. Desculpe a letra, mas a preparei enquanto esperava lá fora.

DIRETOR: O senhor acha que isso ajuda?

SENTENCIADO: Tenho certeza que nada ajudaria mais, de verdade, certeza certeza.

DIRETOR: Deixe eu ver.

Lista de coisas para pacote de Molina, por favor tudo num só pacote, como minha mãe traz:

Dois frangos assados
Quatro maçãs assadas
Uma porção maionese de batata
300 gramas presunto cru
300 gramas presunto gordo
Quatro pãezinhos roseta
Um pacote chá e um pote pó de café
Um pacote pão de fôrma, de centeio
Dois potes grandes doce de leite
Um frasco geleia de laranja
Um litro de leite e um queijinho holandês
Um pacotinho pequeno sal
Quatro pedaços grandes, diferentes, fruta glaceada
Dois bolos ingleses
Um pacote manteiga
Um vidro maionese e guardanapinhos de papel

. . . .

. . . .

— Este aqui é o pacote de presunto cru, e este o de presunto gordo. Eu vou fazer um sandubinha pra aproveitar o pão fresco. Você faz o que quiser.

— Obrigado.

— Pra mim só vou fazer este pãozinho partido ao meio, com um pouquinho de manteiga e dentro umas fatias de presunto. E um pouco de maionese de batata. E depois a maçã assada. E chá.

— Que bom.

— Se você quiser cortar um dos frangos pra aproveitar enquanto está quentinho, fica à vontade. Sem cerimônia.

— Obrigado, Molina.

— É melhor assim, né? Cada um prepara o que quiser, assim eu não te encho mais.

— Como você preferir.

— Pus mais água pra esquentar, caso você queira alguma coisa. Faz o que quiser, chá ou café.

— Obrigado.

— …

— Quanta coisa gostosa, Molina.

— E também tem fruta glaceada. Só peço que você deixe pra mim o pedaço de abóbora, que é o que eu mais gosto. Tem um pedacinho de abacaxi cristalizado e um figo grandão, mais isto aqui, vermelho, o que será?

— Deve ser melancia, ou não, quem sabe, sei lá.

— Quando a gente experimentar, vai descobrir.

— Molina, ainda estou com vergonha…

— Vergonha do quê?

— De hoje de manhã, da minha explosão estúpida.

— Seu bobo…

— Quem não sabe receber… é um mesquinho. É porque também não gosta de dar nada.

— Você acha?

— Sim, fiquei pensando, e é isso. Se eu ficava nervoso por você ser… generoso comigo… é porque não queria me ver obrigado a retribuir.

— Você acha?

— Acho, sim. É isso.

— Bom, olha… eu também fiquei pensando e me lembrei das coisas que você disse, Valentín, e compreendi perfeitamente… por que você ficou daquele jeito.

— Que foi que eu disse?

— Que vocês, quando estão numa luta dessas, não devem… bom, se apegar, a ninguém. Quer dizer, se apegar é um pouco demais, ou, bom, é isso, se apegar como amigo.

— É uma interpretação muito generosa da tua parte.

— Viu como às vezes eu entendo o que você diz?…

— Certo, mas neste caso estamos só nós dois aqui trancados, e não tem luta nenhuma, nenhuma batalha a ganhar de ninguém, está me acompanhando?

— Estou, continua.

— Então, será que estamos tão pressionados... pelo mundo lá fora que não podemos agir de modo civilizado? Será possível que... o inimigo lá fora tenha tanto poder?

— Agora sim que me perdi...

— Digo que tudo o que está errado no mundo, e que eu quero mudar, será possível que tudo isso não me deixe agir... humanamente, nem por um instante?

— O que você vai tomar? Porque a água está fervendo.

— Põe chá pros dois, por favor.

— Tá bom.

— Não sei se você me entende... mas aqui estamos, nós dois, sozinhos, e nossa relação, como é que eu vou dizer?, pode ser moldada como quisermos, nossa relação não é pressionada por ninguém.

— Certo, estou ouvindo.

— De certo modo, somos perfeitamente livres para agir como quisermos um em relação ao outro, entende? É como se estivéssemos numa ilha deserta. Uma ilha onde talvez fiquemos por vários anos só nós dois. Porque fora da cela estão nossos opressores, mas aqui dentro não. Aqui ninguém oprime ninguém. Só é perturbador, pra minha mente... cansada, ou condicionada, ou deformada... que alguém queira me tratar bem sem pedir nada em troca.

— Bom... não sei...

— Como assim, não sabe?

— Não sei explicar.

— Não vem com essa, Molina. Vai, tenta se concentrar, que as ideias ficam claras.

— Bom, não pensa em nada esquisito, mas é que, se eu te trato bem, é porque quero conquistar a tua amizade, e por que não dizer… teu carinho. Assim como eu trato bem a minha mãe porque é uma pessoa boa que nunca fez mal a ninguém, porque a amo, porque ela é boa e quero que ela me ame… E você também é uma pessoa muito boa, muito desinteressada, que arriscou a vida por um ideal muito nobre… E não olha pro lado. Te dá vergonha?

— Me dá, sim, um pouco… Mas vou te olhar de frente, pronto, viu?

— E por isso… eu te respeito, e tenho afeto por você, e quero que você também tenha afeto por mim… Porque, olha, o carinho da minha mãe é a única coisa boa que tive na vida, porque ela me aceita como eu sou, me ama assim mesmo, como sou. E isso é um presente do céu, é só isso que me ajuda a viver, só isso.

— Posso cortar um pão?

— Pode…

— Mas você… não teve bons amigos, que também foram importantes?

— Sim, mas, olha, meus amigos sempre foram… superviados, como eu, e entre nós, como é que eu vou te dizer?, não confiamos muito uns nos outros, porque sabemos que somos muito… medrosos, frouxos. E o que estamos esperando sempre é… a amizade, ou o que for, de alguém mais sério, de um homem, claro. E isso nunca acontece, porque um homem… quer uma mulher.

— E todos os homossexuais são assim?

— Não, tem uns que se apaixonam entre eles. Eu e minhas amigas somos mulheres. Não gostamos dessas brincadeirinhas, são coisas de homossexuais. Nós somos mulheres normais que nos deitamos com homens.

— Quer açúcar?

— Sim, obrigado.

— Como é bom o pão fresco, é uma das coisas mais gostosas que tem.

— Sim, é bom mesmo… Preciso te contar uma coisa.
— Claro, como não? O final dos zumbis.
— É, isso também. Mas tem outra coisa…
— Que foi?
— O advogado me falou que as coisas vão se encaminhando.
— Sou uma besta, devia ter perguntado. Que mais ele falou?
— Que parece que tudo se encaminha, e que quando uma apelação é levada em conta, quer dizer, quando entra em consideração, não quando é aceita, bom, o sentenciado é transferido pra outra ala do presídio. E que daqui a uma semana vão me tirar desta cela.
— Sério?…
— É, parece que sim.
— Mas como é que ele sabe?
— Falaram no gabinete do Diretor, onde ele apresenta os papéis dos trâmites.
— Que bom… Você deve estar contente…
— Não quero pensar muito nisso. Não quero criar ilusões… Pega um pouco de maionese.
— Acha que eu posso?
— Sim, está gostosa.
— Não sei, meu estômago se fechou com a notícia.
— Olha, faz de conta que não te falei nada, porque ainda não tem nada certo. Eu vou fazer de conta que não me falaram nada.
— Não, a coisa promete, temos é que ficar contentes.
— Melhor não…
— Eu fico muito contente por você, mesmo você saindo e… bom, que se há de fazer?…
— Come uma maçã assada, que é muito saudável.
— Não, melhor a gente deixar pra mais tarde, ou eu deixo. Come você, se quiser.

— Não, também não estou com muita fome. Sabe de uma coisa?... Se eu acabar os zumbis, talvez a gente fique com mais fome, aí podemos deixar a comida pra um pouco mais tarde.

— Tá bom.

— É divertido o filme, né?

— Sim, distrai bastante.

— No início não me lembrava direito, mas agora está voltando.

— Sei... mas espera um pouco. É sério, Molina... não sei o que me deu, de repente... minha cabeça está uma bagunça.

— Por quê? Está sentindo alguma dor? É na barriga?

— Não, é a cabeça bagunçada.

— Bagunçada com o quê?

— Não sei, deve ser porque talvez você vá embora, não sei bem.

— Ah...

— Deixa eu me deitar um pouco pra descansar.

— Tá bom.

— Até logo.

— Até logo.*

* A qualificação de perversão polimorfa que Freud dá à libido infantil — atinente à indiscriminação do bebê para obter prazer do seu corpo e do corpo dos outros — é também aceita por estudiosos de gerações mais recentes, como Norman O. Brown e Herbert Marcuse. A diferença deles com Freud, já apontada, resume-se ao fato de Freud considerar positivo que a libido seja em parte sublimada e canalizada por vias exclusivamente heterossexuais, e definidamente genitais, enquanto os pensadores mais recentes consideram e até apoiam um regresso à perversão polimorfa e à erotização para além da sexualidade meramente genital.

Seja como for, a civilização ocidental, afirma Fenichel, impõe à menina e ao menino os modelos da mãe ou do pai, respectivamente, como únicas identidades sexuais possíveis. A probabilidade de orientação homossexual, segundo Fenichel, é tanto maior quanto mais a criança se identificar com o progenitor de sexo oposto em vez do comum. A menina que não acha satisfatório o modelo proposto pela mãe e o menino que não acha satisfatório o modelo proposto pelo pai estariam, portanto, expostos à homossexualidade.

. . . .

— Molina... que horas são?

— Passa das sete. Já ouvi que andam por aí entregando o jantar.

— Não consigo fazer nada... E eu devia aproveitar a hora de luz que ainda resta, até apagarem.

— Ahã.

— Mas não estou com a cabeça no lugar.

— Então descansa.

— Você ainda não terminou o filme.

— Foi você que não quis.

Cabe aqui citar os recentes trabalhos da doutora dinamarquesa Anneli Taube, como *Sexualidade e revolução*, no qual argumenta que a rejeição que um menino muito sensível pode experimentar em relação a um pai opressor — símbolo da atitude masculina autoritária e violenta — é de natureza consciente. O menino, no momento que decide não aderir ao mundo proposto por esse pai — a prática com armas, os esportes violentamente competitivos, o menosprezo da sensibilidade como atributo feminino etc. —, está tomando uma determinação livre, e mais, revolucionária, ao recusar o papel do mais forte, do explorador. Mas esse menino, ao contrário, não poderá entender que a civilização ocidental não lhe oferecerá, nesses primeiros anos perigosamente decisivos — sobretudo dos três aos cinco —, um modelo de comportamento alternativo ao mundo do pai que não seja o da mãe. O mundo da mãe — a ternura, a tolerância, as artes — será para ele muito mais atraente, sobretudo pela ausência de agressividade; mas o mundo da mãe, e é nesse ponto que a intuição do menino falharia, é também o da submissão, já que ela forma um casal com um homem autoritário, que só concebe a união conjugal como subordinação da mulher ao homem. No caso da menina que decide não aderir ao mundo da mãe, a atitude resulta, ao contrário, de sua recusa a assumir o papel da submissa, que intui ser humilhante e antinatural, sem imaginar que, descartado esse papel, a civilização ocidental não lhe oferecerá outro que não seja o de opressor. Mas o ato de rebeldia dessa menina ou desse menino seria uma demonstração de coragem e dignidade indiscutíveis.

— É que me dá dó desperdiçar quando não consigo saborear direito.

— Nem bater papo você quis.

— Quando não sei o que digo, não gosto de falar. Não quero soltar alguma bobagem, entende?...

— Então descansa.

— E se você me contar o final do filme?

— Agora?

— É.

— Como quiser.

— Estudei um pouco, e nem sei o que estudei.

— E eu já nem sei onde paramos. Onde estávamos, mesmo?

A dra. Taube se pergunta, por outro lado, por que esse desenlace não é mais corrente ainda, sendo o matrimônio ocidental, em geral, um expoente de exploração. Aqui ela introduz dois elementos que funcionam como amortecedores: o primeiro se verificaria quando em uma família a esposa é — por falta de educação, inteligência etc. — realmente inferior ao marido, o que faria parecer mais justificável a autoridade inconteste do homem; o segundo elemento seria constituído pelo desenvolvimento tardio da inteligência e sensibilidade do menino ou da menina, o que não lhe permitiria compreender a situação. Nessa observação está implícito que se, ao contrário, em uma família o pai é muito primitivo e a mãe muito refinada, porém submissa, o menino muito sensível e precocemente inteligente escolherá, quase que forçosamente, o modelo materno. E respectivamente, a menina o rejeitará por arbitrário.

Respondendo à questão sobre o motivo pelo qual em um mesmo lar podem conviver filhos homossexuais e heterossexuais, a dra. Taube afirma que em toda célula social há uma tendência à divisão de papéis, e assim, portanto, um dos filhos assumiria o conflito dos pais e deixaria os irmãos dentro de um quadro já um tanto neutralizado.

Pois bem, a dra. Taube, depois de valorizar o motor primordial da homossexualidade, ressaltando sua característica de inconformismo revolucionário, observa que a ausência de outros modelos de comportamento — e nisso ela concorda com Altman e sua tese sobre a raridade da prática bissexual por falta de modelos de comportamento bissexual à vista — faz com que o futuro homossexual masculino, depois de rejeitar os defeitos do pai repressor,

— Do quê, Molina?

— Do filme.

— A moça está sozinha na selva e ouve os tambores.

— Ah, sim... A selva está sob o sol a pino, a mocinha resolve ir até o lugar onde estão tocando aqueles tambores tétricos. E vai avançando, e perde um sapato, e depois leva um tombo e rasga a blusa, e suja o rosto, e passa por umas plantas espinhentas que esfarrapam sua saia. E à medida que ela se aproxima do lugar onde estão os tambores, vai ficando mais e mais escuro, apesar de ser meio-dia, e a única luz vem das velas que mantêm acesas. É que ali os pretos têm um altar cheio de velas, só de velas, e ao pé um boneco de pano com

---

sinta-se angustiado pela necessidade de identificação com alguma forma de comportamento e "aprenda" a ser submisso como a mãe. O processo para a menina seria o mesmo: rejeita a exploração e por isso odeia ser submissa como a mãe, mas as pressões sociais a levam a, pouco a pouco, "aprender" outro papel, o do pai repressor.

Desde os cinco anos até a adolescência, esses meninos e meninas "diferentes" experimentam uma oscilação de sua bissexualidade original. Mas, por exemplo, a menina "masculinizada" por sua identificação com o pai, mesmo que sinta atração sexual por um garoto, não aceitará o papel de boneca passiva que um homem convencional lhe imporá; desconfortável, cultivará, como única forma de superar a angústia, um papel diferente, que só admitirá o jogo sexual com mulheres; quanto ao menino "feminizado" pela identificação com a mãe, mesmo que sinta atração sexual por uma garota, não aceitará o papel de atacante intrépido que uma fêmea convencional lhe imporá e, desconfortável, cultivará um papel diferente, que só admitirá o jogo sexual com homens.

Anneli Taube interpreta assim a atitude imitativa praticada há até pouco tempo por uma grande porcentagem de homossexuais, que imitam sobretudo os defeitos da heterossexualidade. Era uma característica dos homossexuais masculinos o espírito submisso, conservador, amante da paz a qualquer preço, sobretudo ao preço da perpetuação de sua própria marginalização, ao passo que era característico das mulheres homossexuais o espírito anárquico, violentamente inconformista, mas basicamente desorganizado. Contudo, ambas as atitudes não eram deliberadas, mas compulsivas, impostas

uma agulha espetada no coração. O boneco é igual ao rapaz. E todos os pretos e pretas ajoelhados em volta, rezando e, de quando em quando, soltando um grito de sofrimento muito, muito grande que cada um carrega no peito. Mas a moça olha à procura do feiticeiro, está com muito medo de vê-lo, mas ao mesmo tempo morrendo de curiosidade de saber como ele é. E os tambores soam cada vez com mais fúria, e os pretos soltam cada vez mais berros, e a mocinha naquela imundície, toda desgrenhada, a roupa nem se fala, fica ali à beira do círculo formado por todos que rezam. De repente os tambores param de tocar, as pessoas param de gemer, sopra um vento gelado na selva tropical e aparece o feiticeiro, com uma espécie de túnica branca até os pés, mas aberta no peito, um peito jovem coberto de pelo crespo, mas com rosto de homem velho... o mordomo. Com uma expressão de malvado, falso, dá sua bênção a todos os pretos e faz um sinal com a mão pros tocadores de tambor. E começa outro ritmo, já puramente diabólico, e ele encara a moça com um desejo já sem disfarce, e faz com a mão uns passes de mágica, e a olha fixo pra hipnotizá-la.

---

por uma lenta lavagem cerebral na qual, durante a infância e a adolescência, intervinham os modelos burgueses de comportamento heterossexual e, posteriormente, ao assumir a homossexualidade, os modelos "burgueses" de homossexualidade.

Seja preconceito contra os homossexuais ou uma observação justa, essa ideia acarretou sua marginalização em movimentos de libertação de classes e, de modo geral, em toda ação política. É notória a desconfiança dos países socialistas em relação aos homossexuais. Muito disso começou a mudar — felizmente, acrescenta a dra. Taube — na década de 1960, com a irrupção do movimento de libertação feminina, pois o consequente questionamento dos papéis de "homem forte" e "mulher fraca" desprestigiou aos olhos dos marginalizados sexuais esses modelos tão inatingíveis como persistentemente imitados.

A posterior formação de frentes de libertação homossexual seria uma prova disso.

A moça olha pra outro lado pra não cair sob o poder dele, mas não resiste à atração e aos poucos vai virando a cabeça até ficar frente a frente com o feiticeiro. Aí ela logo fica hipnotizada e, enquanto os tambores batem num ritmo já totalmente sexual, começa a avançar passo a passo na direção do feiticeiro, e os pretos vão caindo todos em transe, estão ajoelhados e vão jogando a cabeça pra trás, quase até tocar o chão. E quando a mocinha já está ao alcance da mão do feiticeiro, bate uma ventania que apaga todas as velas, e aí é a escuridão completa em pleno meio-dia. O feiticeiro pega a moça pela cintura e depois vai subindo as mãos até o peito, e depois acaricia seu rosto e a leva pelo braço pra dentro da sua cabana. E aí... como era mesmo? Ai, desculpa, mas não lembro direito como continuava. Ah, sim, a preta boa, que viu a moça passar no carro com o mordomo, procura o rapaz e lhe diz que o feiticeiro está chamando por ele. Porque acontece que ela, a preta, tinha sido mulher do feiticeiro, ou seja, do mordomo. E quando a mocinha vê o rapaz chegar, o feitiço se quebra, porque a preta solta uns gritos. E a moça já estava quase entrando na cabana.

— Continua. *o pobre dá esmola ao rico, o rico pede esmola ao pobre e ri, zomba do pobre e o insulta por só ter uma moeda falsa pra lhe dar*

— A moça e o rapaz voltam para a casa-grande de jipe. Os dois sem abrir a boca. Claro, o rapaz já percebeu que a moça está sabendo de tudo. E chegam em casa. A moça, para mostrar que quer ajeitar tudo, manda preparar algo pra comer, como se nada tivesse acontecido, e no seu vaivém encontra o rapaz de novo agarrado à garrafa. Aí ela implora que não seja fraco, que não a abandone sozinha na luta para salvar o casamento, que os dois se amam e juntos vão superar todos os obstáculos. Mas ele a empurra brutalmente e a joga no chão. Enquanto isso o feiticeiro chega à casa abandonada, onde está a zumbi, e a encontra recebendo os cuidados da preta boa, sua ex-mulher, que agora já está velha e por isso ele a despreza. E o feiticeiro a manda sair dali, mas a preta lhe diz que não vai permitir que ele use a zumbi para fazer mais maldades. E saca um punhal pra cravar no feiticeiro. Mas ele consegue agarrar o pulso da mão com que a preta segura o punhal e o toma dela, e é ele que a mata com uma punhalada no coração. A zumbi continua imóvel, mas nos seus olhos se vê uma dor muito grande, embora não possa agir por vontade própria. O feiticeiro ordena que o siga e vai dizendo as mentiras mais horríveis, que o marido é um malvado e que foi ele quem mandou fazer dela uma zumbi e que agora está querendo repetir a mesma coisa com a segunda mulher, que a está maltratando, e que por isso ela, a zumbi, deve ir matar o rapaz com essa faca, pra pôr fim nas suas maldades. E dá pra ver nos olhos da zumbi que ela não acredita em nada que o feiticeiro diz, mas não pode fazer nada porque não é dona da própria vontade e não pode fazer nada além de obedecer às ordens do feiticeiro. E quando chegam à casa-grande entram bem devagarinho pelo jardim, que já está meio escuro ao entardecer. E pela janela a zumbi vê que o rapaz está bêbado e gritando horrores para a mocinha, que a agarra pelos ombros e a sacode e a joga pro lado. O feiticeiro coloca o punhal na mão da zumbi. O rapaz procura mais bebida, a garrafa está vazia, mas ele a sacode tentando tirar a última gota. A zumbi só pode obedecer. O mordomo a manda entrar e matar o rapaz. A zumbi avança. No fundo dos seus olhos dá pra ver que ela ainda ama o rapaz, que não quer matá-lo, mas a ordem é implacável. O rapaz não a vê. O mordomo entra chamando a mocinha de senhora, muito respeitoso. Ela se tranca no quarto, até que escuta o gemido mortal do marido ao ser apunhalado pela zumbi. Aí a moça sai correndo e o encontra agonizando, estirado no sofá onde estava dormindo meio bêbado, com o olhar mais trágico que se possa imaginar. E em seguida entra o mordomo e chama os criados, pra que sejam testemunhas do crime e ele possa lavar as mãos. Mas o rapaz agonizante diz para a zumbi que ele a amou muito e que tudo aquilo foi maldade do feiticeiro, que sempre quis se apossar da ilha, de todas as suas propriedades, e diz pra ela voltar para sua cabana e se fechar lá e tocar fogo na casa, que com isso não será mais um instrumento da perversidade de ninguém, e o céu já está preto, mas de vez em quando tudo é iluminado pelos relâmpagos da tempestade que já vai chegando, e o rapaz já quase sem forças conta pros criados, que a essa altura já entraram, que os pais de vários deles foram sacrificados pelo infame feiticeiro, que os transformou em zumbis. Aí todos olham pro feiticeiro com ódio, e o feiticeiro vai recuando e sai pro jardim, tentando fugir nessa noite de terrível tempestade, com ventania de furacão e relâmpagos que de repente iluminam tudo como se fosse dia, e o feiticeiro saca um revólver pra se defender, e aí os criados param, mas ali no jardim, quando o feiticeiro acha que já está a salvo e vai conseguir fugir, cai um raio ensurdecedor e o fulmina. Pouco depois, a chuva amaina. Ninguém viu que a zumbi tomou o rumo da casa velha. Ouve-se o apito de um navio que vai zarpar, a moça enfia suas coisas numa mala e corre até o navio, deixa tudo pros criados, só quer esquecer. Chega ao navio bem na hora que estão retirando a passarela. O capitão a vê do convés; felizmente, é o mesmo capitão bonitão que apareceu no início. O navio solta as amarras, as luzes da costa vão se afastando. A moça está em sua cabine, batem à porta. Ela abre, e é o capitão, que lhe pergunta se foi feliz na ilha. Ela responde que não, e ele então lhe explica que aqueles tambores que ouviram no dia da chegada sempre anunciam sofrimentos, e também a morte. Ela diz que aqueles tambores talvez nunca mais voltem a soar. Aí o capitão pede que fique um pouco em silêncio, porque tem a impressão de ouvir algo estranho. Os dois saem pro convés e escutam uma cantoria lindíssima, e aí veem centenas de nativos reunidos no cais pra cantar para a moça, despedindo-se dela com um canto de carinho e gratidão. A moça treme de emoção. O capitão passa o braço por suas costas pra confortá-la. E lá longe na ilha, longe da cidade, no meio do campo, pode-se ver uma imensa fogueira. A moça se abraça ao capitão para aplacar o tremor e os calafrios que lhe percorrem o corpo, pois ela sabe que lá dentro daquele fogo está ardendo a pobre zumbi. O capitão lhe diz que não tenha medo, que tudo aquilo ficou pra trás, e que a música do amor de todo aquele povo está lhe dando a despedida pra sempre, desejando-lhe um futuro cheio de felicidade. Acabou-se a história, quem quiser que conte outra. E aí, gostou? *o paciente mais grave do pavilhão já está fora de perigo, a enfermeira velará seu sono tranquilo a noite toda*

— Sim, muito. *o rico dorme tranquilo quando dá seu ouro ao pobre*

— Ahhh...

— Que suspiro!

— Que vida difícil...

— O que você tem, Molinita?

— Não sei, estou com medo de tudo, medo de me iludir com a soltura, medo que não me soltem... E meu maior medo é que nos separem e me mandem pra outra cela e eu apodreça lá, quem sabe com que vagabundo...

— É melhor não pensar em nada, afinal, nada depende de nós.

— Aí já não concordo, sabe, Valentín? Acho que talvez pensando a gente possa encontrar uma saída.

— Que saída?

— Pelo menos... que não nos separem.

— Olha... pra você não se martirizar, pensa no seguinte: que tudo o que você quer é sair daqui pra cuidar da tua mãe.

E mais nada. Não pensa em mais nada. Porque a saúde dela é a coisa mais importante pra você, certo?

— É, sim...

— Então se concentra nisso, e pronto.

— Não, não quero me concentrar nisso... não!

— Ei... que foi?

— Nada...

— Não fica assim, vai... tira a cara desse travesseiro...

— Não... me deixa...

— Mas o que foi? Você está me escondendo alguma coisa?

— Não, não estou escondendo... Mas...

— Mas o quê? Saindo daqui, você vai estar livre, vai conhecer gente, se quiser pode até entrar num grupo político.

— Ficou doido? Ninguém vai confiar num viado como eu.

— Posso te passar um contato...

— Não, por tudo o que você mais ama, nunca, mas nunca mesmo, me fala qualquer coisa dos teus companheiros.

— Mas por quê? Quem vai imaginar que você pode procurar um deles?

— Podem me interrogar, ou sei lá o quê, e se eu não souber de nada, não vou poder dizer nada.

— Seja como for, tem muitos grupos de ação política. E se você achar algum interessante, pode entrar, mesmo que seja um desses que só ficam na falação.

— Eu não entendo nada disso...

— Mas é verdade que você não tem amigos pra valer, bons amigos?

— Eu até tenho as minhas amigas, loucas como eu, pra passar o tempo, dar umas risadas. Mas quando ficamos dramáticas... fugimos umas das outras. Porque já te falei como é, uma se vê refletida na outra e sai correndo. Caímos na maior fossa, nem queira imaginar.

— Mas as coisas podem mudar quando você sair.

— Não vão mudar, não…

— Não chora, vai… não faz assim… Quantas vezes já te vi chorar?… Bom, eu também abri o berreiro uma vez. Mas chega, pô… Me dá… nervoso quando você chora.

— Mas é que não aguento mais… Sou tão… azarado…

— Já apagam a luz?

— Sim, claro, já são oito e meia. E é bom mesmo, assim você não vê minha cara.

— O tempo passou rápido com o filme, Molina.

— Hoje não vou conseguir dormir.

— Então me escuta um pouco, que posso te ajudar. Tudo é questão de conversar. Antes de mais nada, você tem que pensar em se agrupar, não ficar sozinho, isso sem dúvida vai te ajudar.

— Me agrupar com quem? Eu não entendo nada dessas coisas, e também não acredito muito.

— Então aguenta.

— Não falemos… mais…

— Vai… não faz assim… Molinita.

— Não… por favor, não toca em mim…

— Que é isso? Teu amigo não pode te dar uns tapinhas no ombro?

— Só piora…

— Por quê?… Fala, vai, já está na hora de confiarmos um no outro. Eu quero te ajudar, Molinita, de verdade. Me diz o que você tem.

— Eu quero morrer. É só isso que eu peço.

— Não fala assim. Pensa na tristeza que você daria pra tua mãe… e pros teus amigos, e pra mim.

— Você não ligaria a mínima…

— Como não? Mas que cara…

— Estou muito cansado, Valentín. Estou cansado de sofrer. Você não sabe, dói tudo por dentro.

— Onde é que dói?

— Dentro do peito, e na garganta... Por que será que a gente sente a tristeza sempre aí?

— É verdade.

— E agora você... me cortou o choro. Não consigo continuar chorando. E é pior, o nó na garganta aperta mais, é horrível.

— ...

— ...

— É verdade, Molina, é aí mesmo que a gente mais sente a tristeza.

— ...

— Está muito forte?... Está te apertando com muita força esse nó?

— Está, sim.

— ...

— ...

— É aqui que dói?

— É...

— Posso te acariciar?

— Pode...

— Aqui?

— Isso...

— Está te fazendo bem?

— Sim... está me fazendo bem.

— Pra mim também está fazendo bem.

— Sério?

— Sim... que descanso...

— Por que descanso, Valentín?

— Porque... não sei...

— Por quê?

— Deve ser porque assim eu paro de pensar em mim...

— Você me faz muito bem...

— Deve ser porque penso que você precisa de mim e que posso fazer algo por você...

— Pra tudo você busca uma explicação, Valentín… você é doido…

— Vai ver que é porque não gosto de ser atropelado pelas coisas… quero saber por que as coisas acontecem.

— Valentín… posso te tocar?

— Pode…

— Quero tocar… essa pinta… meio gordinha, que você tem em cima desta sobrancelha.

— …

— E posso te tocar assim?

— …

— E assim?

— …

— Não te dá nojo que eu te acaricie?

— Não…

— Você é muito bom…

— …

— É verdade, é muito bom pra mim…

— Não, você que é bom.

— Valentín… se quiser, pode fazer o que quiser comigo… porque eu quero, sim.

— …

— Se eu não te der nojo.

— Não fala isso. Melhor ficar calado.

— Vou chegar um pouco para a parede.

— …

— Não dá pra ver nada… nessa escuridão.

— …

— Devagar…

— …

— Não, assim dói muito.

— …

— Espera, não, assim é melhor, deixa eu levantar as pernas.

— ...

— Devagarinho, por favor, Valentín.

— ...

— Isso...

— ...

— Obrigada... obrigada...

— Obrigado a você também...

— A você... Assim te tenho de frente, mesmo que não possa te ver, nesta escuridão. Ai... ainda está doendo...

— ...

— Agora, sim, está ficando bom, Valentín... já parou de doer.

— Está se sentindo melhor?

— Sim...

— ...

— E você, Valentín? Fala...

— Não sei... não me pergunta... porque não sei de nada.

— Ai, que gostoso...

— Não fala... por um tempinho, Molinita.

— É que estou sentindo... umas coisas tão esquisitas...

— ...

— Agora sem querer levei a mão pra minha sobrancelha procurando a pinta.

— Que pinta?... Eu que tenho uma pinta, você não.

— Pois é, eu sei, mas levei a mão à sobrancelha pra tocar a pinta... que eu não tenho.

— ...

— Fica tão bonita em você, pena eu não poder ver...

— ...

— Está gostoso, Valentín?

— Quieto... fica quieto só um pouquinho.

— ...

— ...

— E sabe que mais eu senti, Valentín? Mas foi só por um minuto.

— O quê? Fala, mas fica assim, quietinho…

— Só por um minuto, parecia que eu não estava aqui… nem aqui, nem fora…

— …

— Parecia que eu não estava… que você estava sozinho.

— …

— Ou que eu não era eu. Que agora eu… era você.

12

— Bom dia...

— Bom dia... Valentín.

— Dormiu bem?

— Dormi...

— ...

— E você, Valentín?

— O quê?

— Se dormiu bem...

— Dormi, sim, obrigado...

— ...

— Já ouvi passar o mate agora há pouco, você não queria, né?

— Não... não me inspira confiança.

— ...

— O que você quer? Chá ou café?

— O que você vai tomar, Molinita?

— Chá. Mas, se você quer café, é o mesmo trabalho. Ou melhor, não é trabalho nenhum. O que você quiser.

— Muito obrigado. Me faz um café, por favor.

— Não quer ir ao banheiro antes, Valentín?

— Sim, por favor. Pede para abrirem a porta agora.

— Tá bom...

— ...

— ...

— Sabe por que eu quero café, Molinita?

— Não…

— Para ficar bem acordado e estudar. Não muito, umas duas horas, ou mais um pouco, mas bem aproveitadas. Até eu retomar o ritmo.

— Muito bem.

— … E depois um descanso antes de almoçar.

— …

— Molina… como você acordou?

— Bem…

— O mau humor passou?…

— Passou, mas estou meio atordoado… Não penso, não consigo pensar em nada.

— Isso é bom… de vez em quando.

— Mas estou bem… estou contente.

— …

— … Me dá até medo de falar, Valentín.

— Não fala… nem pensa.

— …

— Se você se sente bem, não pensa em nada, Molina. Qualquer coisa que pensar, vai te estragar a festa.

— E você?

— Eu também não quero pensar em nada, e vou estudar. Com isso me salvo.

— Se salva do quê?… De se arrepender do que aconteceu?

— Não, não me arrependo de nada. Estou cada vez mais convencido de que o sexo é a própria inocência.

— Posso te pedir uma coisa… bem a sério?

— …

— Que a gente não fale… de nada, não discuta nada, hoje. É só por hoje que eu peço.

— Como você quiser.

— Não vai me perguntar por quê?

— Por quê?

— Porque acho... que estou... bom, estou... muito... bem, e não quero que nada me tire essa sensação.

— Como você quiser.

— Valentín... acho que desde criança não me sinto tão contente. Desde que mamãe me comprava algum brinquedo, ou algo assim.

— Tive uma ideia, sabe? Pensa num filme bonito... e começa a me contar quando eu acabar de estudar, enquanto você prepara o almoço.

— Tá bom...

— ...

— E que filme você quer que eu te conte?

— Um que você goste muito, não escolhe pensando que é pra mim.

— E se você não gostar?

— Não, se você gostar, Molina, eu também vou gostar, mesmo que não goste.

— ...

— Não fica tão calado. Quero dizer que, se você gostar de alguma coisa, já fico feliz, porque eu me sinto em dívida com você, não, imagina, que é que estou dizendo?, porque você foi bom comigo, e sinto muita gratidão. E saber que alguma coisa pode te deixar contente... já me alivia.

— Mesmo?

— Mesmo, Molina. Mas sabe o que que eu queria? É uma bobagem...

— Fala...

— Que você me diga se lembra de algum brinquedo de que gostasse muito, do que você mais gostava... daqueles que tua mãe comprou.

— Uma boneca...

— Ui...

— Qual a graça?

— Ai, se não abrirem logo, vou molhar as calças...

— Mas por que tanta risada?

— Porque... ai, que eu morro... ai, me saí um ótimo psicólogo...

— Como assim?

— É que... eu queria ver se tinha alguma relação desse brinquedo... comigo.

— Bem feito...

— Tem certeza que não era um boneco?

— Tenho. Era uma boneca bem loirinha, de tranças, e que abria e fechava os olhos, vestida de tirolesa.

— Ai, que abram logo essa porta, porque não vou aguentar, ui...

— Acho que é a primeira vez que você ri desde que eu tive o azar de entrar na tua cela.

— Não é verdade.

— Juro, nunca te vi rir, nunquinha.

— Mas se eu ri tantas vezes... e de você.

— É, mas foi sempre com a luz apagada. Juro, nunca tinha visto você rir.

. . . .

— É no México, num porto, muito tropical. Nessa madrugada, os pescadores estão saindo em seus barcos, falta pouco pro dia raiar. Ouvem uma música ao longe. Olhando do mar, só veem uma casa luxuosa, toda iluminada, com grandes escadas que dão pra um jardim lindo, só de jasmins, depois tem um cerco de palmeiras, e depois a praia. Já restam poucos convidados nesse baile de máscaras e fantasia. A orquestra toca um ritmo muito cadenciado, com maracas e bongôs, mas lento, uma espécie de habanera. Há poucos casais dançando, e só um deles com a mascarilha ainda no rosto. Já está acabando o famoso Carnaval de Veracruz, e pra tristeza geral o sol que vai despontando nesse momento anuncia a Quarta-Feira de

Cinzas. O casal mascarado é perfeito, ela fantasiada de cigana, muito alta, cinturinha de pilão, morena, cabelo repartido ao meio e solto, longo até a cintura, e ele muito forte, também moreno, de costeletas e cabelo penteado pro lado, com topetinho e bigodão. Ela tem um narizinho muito pequeno, reto, um perfil delicado mas que ao mesmo tempo revela caráter. Tem uma fileira de moedas de ouro sobre a testa, uma blusa larga daquelas com decote de elástico, que podem ser baixadas de um ombro, ou dos dois ombros, daquelas blusas ciganas, sabe?

— Mais ou menos, mas não importa, continua.

— E depois a cintura bem justa. E a saia…

— Descreve o decote. Não pula isso.

Bom, é aquela época tão bonita em que se usava o decote bem baixo e dava para ver o rego dos seios, só que não estavam erguidos pelo sutiã como duas boias. Não, era pouco o que se via, mas se notava o conteúdo, ou melhor, se fazia imaginar.

— Mas, nesse caso, como é o conteúdo? Muito ou pouco?

— Muito, e a saia é enorme, feita de lenços, um monte de lenços amarrados na cintura, de todas as cores, de gaze, e ao dançar se entreviam suas pernas, só um pouquinho. E ele fantasiado de dominó, ou seja, com uma capa preta e mais nada, de terno e gravata por baixo. Ele diz que aquela é a última música que a orquestra vai tocar, que já é hora de tirarem a máscara. Ela diz que não, a noite deve acabar sem que ele saiba quem é ela, e sem que ela saiba quem é ele. Porque nunca mais voltarão a se ver, esse foi o encontro perfeito num baile de Carnaval, e mais nada. Ele insiste e tira a máscara, o cara é divino e lhe diz que passou a vida inteira esperando por ela e que agora não a deixará escapar. E então repara num anel solitário fabuloso que ela tem na mão e lhe pergunta se aquilo significa alguma coisa, algum compromisso sentimental. Ela responde que sim, e pede que a espere lá fora, no carro dele, enquanto ela vai ao toalete retocar a maquiagem. É o minuto fatal, porque ele sai e a espera, e espera, mas ela nunca mais aparece. Bom, aí a ação passa para a capital do México, e logo se vê que o mocinho trabalha como repórter de um grande jornal vespertino. Ah! Porque me esqueci de contar que, enquanto dançavam, ela lhe disse que aquela música era linda, mas pena não ter letra, e aí ele comentou que era meio poeta. Então lá está ele uma tarde na redação do jornal, que é o fuzuê de gente entrando e saindo, quando percebe que estão preparando uma matéria bem escandalosa, com muitas fotos, sobre uma atriz e cantora que encerrou a carreira há algum tempo e que vive protegida por um poderosíssimo homem de negócios, um magnata muito temido, meio mafioso, de quem não dão o nome. Mas ao ver as fotos o rapaz fica pensando, aquela mulher lindíssima, que começou a carreira em teatros de revista e depois se tornou uma estrela dramática de grande sucesso, mas por muito pouco tempo, porque logo se retirou, bom, aquela mulher lhe parece muito conhecida, e quando vê numa foto a mão dela segurando uma taça de champanhe com um solitário raríssimo na mão, já não tem mais dúvidas de quem seja. Como quem não quer nada, ele averigua o que há por trás daquilo, e lhe dizem que vai ser uma matéria muito sensacionalista, e que só faltam algumas fotos de quando ela aparecia nua em cena, que já estão pra conseguir. E estão com o endereço dela, porque andaram espionando sua casa, então ele aproveita e vai até lá. Ele a olha deslumbrado, ela vestida com um penhoar de tule preto. É um apartamento supermoderno, com lâmpadas embutidas que dão uma luz difusa mas que não se sabe de onde vem, e tudo é de cetim clarinho, as cortinas são de cetim, os sofás são de cetim e as banquetas também, sem pés, redondas. Ela se deita no divã para ouvi-lo. Ele lhe conta o que estão preparando no jornal e promete esconder todas as fotos e os textos, pra impedir que publiquem a matéria. Ela lhe agradece profundamente. Ele pergunta se ela é feliz naquela gaiola de ouro. Ela fica contrariada por ele dizer isso. E lhe conta a verdade, que, exausta da vida dura do teatro, onde chegara ao topo, ela se deixou convencer pela proposta de um homem que julgava ser bom. Aquele homem, riquíssimo, logo a levou para viajar, ver o mundo, mas ao voltar pro país ficou cada vez mais ciumento, até quase reduzi-la à uma prisioneira. Ela se cansou de não fazer nada e lhe pediu que a deixasse voltar a trabalhar, mas ele recusou. O rapaz lhe diz então que, por ela, ele seria capaz de qualquer coisa, que não teria medo do outro. Ela o olha fixo, do divã, e puxa um cigarro. Ele se aproxima para acendê-lo, e então a beija. Ela o abraça, por um momento se deixa levar pelo impulso e lhe diz que precisa dele... mas aí ele propõe que fujam juntos, que ela largue tudo, joias, peles, vestidos, magnata, e o acompanhe. Mas ela fica com medo. O rapaz lhe diz que não seja covarde, que juntos podem ir longe. Ela pede uns dias pra pensar. Ele insiste que é agora ou nunca. Ela o manda sair. Ele se recusa, diz que não sairá de lá sem ela, e a segura pelos braços e a sacode, como pra que perca o medo. Aí ela reage, mas contra ele, diz que todos os homens são iguais, que ela não é uma coisa, algo que se manipula como eles bem entendem, por capricho, e que deve deixá-la decidir por conta própria. Ele então diz que nunca mais quer voltar a vê-la e toma o rumo da porta. Ela, despeitada, diz pra ele esperar um momento e vai até o quarto, e volta com um monte de notas, e diz que são o pagamento pelo favor que ele lhe fez de destruir aquele artigo. Ele joga o dinheiro aos pés dela e sai. Mas já na rua se arrepende de ter sido tão impulsivo. Sem saber o que fazer, vai beber numa taverna, onde, no meio da fumaça, mal se enxerga um pianista cego que toca aquela mesma música tropical bem lenta, bem triste, que ele dançou com ela no Carnaval. O rapaz bebe, e bebe, e vai compondo versos pra aquela música, pensando nela, e canta, porque é um galã-cantor: "*Aunque vivas...*

prisionera, en tu soledad... tu alma me dirá... te quiero". Como é que continua, mesmo? Bom, tem um trechinho que eu não lembro, e depois diz: "*Me hacen daño tus ojos, me hacen daño tus manos, me hacen daño tus labios... que saben mentir... y a mi sombra pregunto, si esos labios que adoro, en un beso sagrado*", e mais o quê?, algo como "*volverán a mentir*". E depois continua, "*Flores negras... del destino, nos apartan sin piedad, pero el día vendrá en que seas... para mí no más, no más...*". Lembra desse bolero?

— Acho que não. Não sei... Continua.

— No dia seguinte, no jornal, o rapaz percebe que todos estão procurando o material pro artigo sobre ela, e não encontram. Claro, ele o escondeu na sua mesa, numa gaveta trancada à chave. E como não conseguem encontrar nada, o chefe dos repórteres manda esquecerem o assunto, porque será impossível reunir tudo aquilo de novo. O rapaz respira aliviado, e depois de hesitar um pouco... disca o número dela. E diz que pode ficar tranquila, pois desistiram de publicar a matéria. Ela agradece, ele pede perdão por tudo o que lhe disse na véspera e pede para vê-la, marca um encontro. Ela concorda. Ele pede licença pra sair do jornal, o chefe o libera, diz que já há alguns dias o acha abatido. Enquanto isso, ela está se preparando para sair, com um tailleur preto, de veludo, bem no estilo daquela época, lindo, bem cinturado, e sem blusa por baixo, e um broche de brilhantes na lapela, e um chapéu branco de tule, que é como uma nuvem branca atrás da cabeça. E o cabelo preso num coque. E já está pondo as luvas, brancas, combinando com o chapéu, quando pensa no perigo desse encontro, e o magnata entra justo nesse instante, quando ela está indecisa entre ir ou não ir. E o magnata, que é um homem maduro, grisalho, de uns cinquenta e tantos anos, um pouco gordo, mas bem apresentável como homem, lhe pergunta aonde ela vai. Ela diz que está indo fazer compras, ele se oferece pra acompanhá-la, ela diz que ele vai se entediar muito, porque vai escolher uns tecidos. O magnata faz cara de desconfiado, mas não a acusa de nada. Ela aproveita, então, para lhe dizer que ele não tem o direito de fazer cara feia, que ela consente em tudo o que ele quer, que desistiu de voltar aos palcos, de cantar no rádio, mas que já é o cúmulo ele achar ruim que ela saia pra fazer compras. Aí o magnata diz que vai embora e que ela pode ir às compras à vontade, mas, se ele chegar a descobrir que ela o engana... não se vingará dela, porque bem sabe que não pode viver sem ela, mas se vingará do homem que ousar se aproximar dela. O magnata sai, ela sai pouco depois, não sabe o que dizer ao motorista, porque as palavras do magnata ainda ecoam em seus ouvidos: "me vingarei do homem que ousar se aproximar de você". Enquanto isso, o rapaz espera por ela num bar luxuoso, e olha a hora, e já começa a desconfiar que ela não virá. Pede mais um uísque, duplo. Passa uma hora, passam duas horas, e ele já está completamente bêbado, mas disfarça, levanta e caminha em linha reta. Vai até a redação do jornal, senta à sua mesa e pede pro contínuo um café duplo. E trabalha, tentando esquecer tudo. No dia seguinte chega mais cedo que de costume, pra surpresa do chefe, que o parabeniza por ter ido ajudar, porque o dia está muito puxado. Ele mergulha no trabalho e acaba tudo também muito cedo, e quando entrega a matéria pro chefe, ele o parabeniza pela qualidade do que escreveu e diz que está liberado. O rapaz então sai e vai beber com um colega que o convida, ele de início recusa, mas o outro pede que o acompanhe... espera, não é isso, foi o próprio chefe que o convidou pra beber lá na sua sala mesmo, porque o rapaz resolveu o problema que o preocupava naquele dia, que era uma reportagem sobre um grande desfalque no governo, e quer comemorar o feito. Mas aí, depois do brinde, o rapaz já sai pra rua muito mal, afetado pela bebida, e quando vai ver já está na frente da casa dela. Não resiste, entra e toca a campainha do apartamento. A empregada pergunta o que ele quer. O rapaz pede para falar com a dona da casa, mas acontece que são justo cinco horas da tarde, e ela está tomando chá com o magnata, que acaba de lhe trazer uma joia maravilhosa, um colar de esmeraldas, para que lhe perdoe a cena do dia anterior. Ela manda a empregada dizer que não está, mas ele já entrou. Então ela tenta dar um jeito na situação contando pro magnata o que aconteceu com a matéria do jornal, e agradece ao rapaz, e diz pro magnata que ele não aceitou uma gratificação em dinheiro, ela realmente não sabe o que fazer pra dar um jeito naquilo, mas o rapaz, furioso ao ver que ela pega no braço do magnata, diz que tem nojo de tudo e que a única gratificação que pede é que o esqueçam pra sempre. Tanto ela como o magnata não pronunciam uma só palavra, o rapaz vai embora, mas deixa um papel em cima da mesa, com a letra da canção que escreveu para a mocinha. O magnata a encara, ela tem os olhos marejados, porque está apaixonada pelo rapaz e já não pode negar essa verdade, não pode negá-la a si mesma, que é o pior. O magnata a fita bem nos olhos e lhe pergunta o que ela sente por esse jornalista pé-rapado. Ela não consegue responder, tem um nó na garganta, mas quando percebe que o sujeito está prestes a explodir, bom, engole seco e diz que aquele jornalista pé-rapado não significa nada pra ela, mas que teve contato com ele por causa daquela confusão no jornal. E aí o magnata pergunta qual é o jornal e, ao saber que se trata daquele jornal que está numa investigação dos rolos da máfia, pede a ela o nome do rapaz, pra suborná-lo de algum modo. Mas a moça, apavorada pela ideia de que o que o magnata quer na verdade é se vingar do rapaz... se recusa a dizer seu nome. O magnata então lhe acerta uma bofetada que a joga no chão. E se retira. Ela fica largada sobre um tapete que parece de arminho, o cabelo retinto sobre o arminho branco, e parecem estrelas as lágrimas que cintilam... E ergue os olhos... e vê sobre uma das banquetas de cetim... um papel. Vai até lá e o pega, lê: "... *Aunque vivas prisionera, en tu soledad tu alma me dirá... te quiero. Flores negras del destino... nos apartan sin piedad, pero el día vendrá en que seas... para mí no más, no más...*", e leva aquele papel todo amarrotado ao coração, que talvez esteja tão amarrotado quanto aquele papel... ou mais.

— Continua.

— O rapaz, por seu lado, está destruído, não volta ao trabalho e anda de taberna em taberna. O pessoal do jornal procura por ele, mas não o encontra; telefona, e ele atende, mas, ao ouvir a voz do chefe, desliga. Passam-se os dias, até que na rua vê um jornal, o mesmo em que ele trabalha, anunciando pro dia seguinte uma sensacional reportagem sobre a intimidade de uma grande estrela afastada do meio artístico. Ele treme de raiva. Vai até o jornal, está tudo fechado porque já é tarde da noite, o vigia o deixa entrar sem desconfiar de nada, ele vai até sua mesa e vê que arrombaram suas gavetas para entregar a outro repórter a mesa que ele abandonou, e lá, claro, encontraram todo o material. Então vai até as oficinas, que ficam longe dali, e quando chega já é de manhã e percebe que o número daquela tarde já está nas rotativas. Desesperado, para as máquinas a marretadas, e toda a tiragem daquele número do jornal é destruída, porque as tintas se derramam e mancham. Um estrago de milhares e milhares de pesos, um ato de sabotagem. Ele desaparece da cidade, mas o expulsam do sindicato e nunca mais na vida poderá trabalhar como jornalista. De bebedeira em bebedeira, chega a uma praia à procura de suas lembranças: Veracruz. Num boteco rampeiro, em frente ao mar, bem na beira da praia, uma orquestra típica do lugar, com aquele instrumento que é uma mesa de tabuinhas...

— Xilofone.

— Você sabe de tudo, Valentín, como pode?

— Continua, vai, que estou interessado.

— Bom, com aquele instrumento tocam uma melodia muito triste. Ele, com uma faca, escreve sobre uma mesa, que está cheia de inscrições de corações, nomes e também grosserias, aí ele escreve a letra que fez para aquela canção e a canta. Diz assim: "*... cuando te hablen de amor, y de ilusiones... y te ofrezcan un sol y un cielo entero, si te acuerdas de mí... ¡no me menciones! porque vas a sentir... amor del bueno... Y si quieren saber de tu pasado, es preciso decir una mentira, di que vienes de allá, de un mundo raro...*", e a imagina, ou melhor, a vê no fundo daquele copo de aguardente, e ela vai se agigantando até ficar de tamanho natural e começar a passear por aquele boteco miserável, e olhando pra ele canta completando o verso: "*... que no sé qué es penar, que no entiendo de amor, y que nunca he llorado...*", e aí ele canta olhando pra ela, entre todos aqueles bêbados que nem sequer o ouvem ou o veem: "*... porque yo, donde voy, hablaré de tu amor, como un sueño dorado...*", e ela continua: "*... y olvidando el rencor, no dirás que mi adiós te volvió desgraciado...*", ele então acaricia a lembrança transparente dela, sentada ali ao lado dele na mesa, e continua cantando: "*... y si quieren saber de mi pasado, es preciso decir otra mentira, les diré que llegué de un mundo raro...*", e os dois, fitando um ao outro com lágrimas nos olhos, continuam em dueto bem baixinho, com um fio de voz que é como um murmúrio: "*... que no sé del dolor, que triunfé en el amor, y que nunca he llorado...*", e ele, ao enxugar as lágrimas, porque tem vergonha de ser homem e estar chorando, vê tudo mais claro, e ela não está a seu lado. E, desesperado, agarra o copo pra entornar até a última gota, e só vê a si mesmo refletido no fundo, todo desgrenhado, e atira o copo com toda a força contra a parede, e o copo se espatifa.

— Por que parou?

— ...

— Não fica assim...

— ...

— Caralho! Eu já disse que hoje a tristeza não entra aqui, e não vai entrar!

— Não me sacode assim…

— É que hoje vamos ganhar dos caras lá fora.

— Você me assustou.

— Não fica triste, nem se assusta… a única coisa que eu quero e cumprir minha promessa. E te fazer esquecer qualquer coisa ruim. Eu, hoje de manhã, te dei minha palavra que hoje você não ia pensar em nada triste. E vou cumprir, porque não me custa nada. É tão fácil te fazer esquecer as coisas tristes… e enquanto estiver ao meu alcance, pelo menos neste dia… não vou te deixar pensar em coisas tristes.

13

— Como será que está a noite lá fora?

— Quem sabe, Molina. Não está frio, e tem muita umidade. Então deve estar nublado, talvez com nuvens muito baixas, daquelas que refletem a luz da rua.

— É, deve estar uma noite assim.

— E as ruas devem estar molhadas, principalmente as de paralelepípedos, mesmo sem ter chovido, e no fundo um pouco de neblina.

— Valentín... a umidade me deixa nervoso, porque me dá coceira no corpo todo, mas hoje não.

— Eu também me sinto bem.

— Caiu bem a comida?

— Sim, a comida...

— Sobrou tão pouquinho.

— Culpa minha, Molina.

— Dos dois. Comemos mais que de costume.

— Quanto tempo faz que te trouxeram o pacote?

— Quatro dias. E pra amanhã sobra um pouco de queijo, um pouco de pão, maionese...

— E tem geleia de laranja. E meio bolo inglês. E doce de leite.

— E mais nada, Valentín.

— Não, ainda tem um pedaço de fruta glaceada. De abóbora, que você reservou.

— Me dá pena comer, fico guardando e nunca chega a hora. Mas amanhã a gente divide.

— Não, esse é teu.

— Não, amanhã vamos ter que comer a comida do presídio, e de sobremesa comemos a abóbora glaceada.

— Amanhã a gente discute.

— É, não quero pensar em nada agora, Valentín. Deixa eu ficar no mundo da lua.

— Está com sono?

— Não, mas estou bem, estou tranquilo... Não, estou mais que tranquilo... E não fica bravo se eu falar alguma besteira. Estou feliz.

— Assim que é bom.

— Sabe, Valentín? O que é gostoso quando a gente se sente feliz... é que parece ser pra sempre, que a gente nunca mais vai se sentir mal.

— Eu também me sinto bem, esta porcaria de catre está quentinho, e sei que vou dormir bem.

— Eu sinto um calorzinho no peito, Valentín, isso é o mais gostoso. E a cabeça leve, desanuviada, não, mentira, a cabeça parece cheia de um vaporzinho morno. Sinto no meu corpo inteiro. Não sei, talvez seja que ainda... te sinto... como se estivesse me tocando.

— ...

— Incomoda que eu fale dessas coisas?

— Não.

— É que quando você está aqui, já te falei, eu já não sou eu, e isso é um alívio. E depois, até eu pegar no sono, mesmo que você esteja na sua caminha, também não sou eu. É uma coisa estranha... como é que eu posso te explicar?

— Fala, vai.

— Calma, deixa eu me concentrar... E é que quando eu fico sozinho na cama, também já não sou você, sou outra pessoa, que não é homem nem mulher, mas que se sente...

— ... fora de perigo.

— Sim, é isso mesmo, como é que você sabe?

— Porque é o que eu também sinto.

— Por que será que a gente sente isso?

— Não sei.

— Valentín...

— Que foi?

— Quero te dizer uma coisa... mas não ri.

— Fala.

— Cada vez que você veio na minha cama... depois... eu queria... não acordar mais depois de pegar no sono. Claro que me dá pena de mamãe, que ficaria sozinha... mas, se fosse por mim, não queria acordar nunca mais. Mas não é uma coisa que me passa pela cabeça, e pronto, sério, eu só peço pra morrer.

— Mas antes tem que terminar o filme.

— Ih, falta muito, esta noite ainda não termino.

— Se nesses últimos dias você tivesse contado mais um pouco, hoje terminava. Por que você não quis contar mais?

— Não sei.

— Pensa que pode ser o último filme que você me conta.

— Vai ver que é por isso, vai saber.

— Me conta um pouco antes de dormir.

— Mas não até o final. Falta muito.

— Até você cansar.

— Tá bom. Onde estávamos?

— Com ele cantando no boteco, pra ela, que aparece no fundo do copo de aguardente.

— Isso, e eles cantam em dueto. Enquanto isso, ela... largou o magnata, sentiu vergonha de continuar levando aquela vida e resolveu voltar ao trabalho. Vai se apresentar num clube noturno como cantora, e já é o dia da estreia, ela está muito nervosa, nessa noite voltará a ter contato com o público, e de tarde tem ensaio geral. Está com um vestido longo, como todos os dela, sem alças, o busto muito justo, a cintura de pilão e depois a saia bem ampla, tudo de lantejoulas pretas. Mas o brilho das lantejoulas é só como um cintilar. O penteado muito simples, cabelo repartido ao meio e solto, comprido até os ombros. É acompanhada por um pianista, o cenário é apenas um cortinado de cetim branco preso por um laço igual, porque em todo lugar ela gosta sempre de sentir o contato do cetim, e de um lado uma coluna grega simulando mármore branco, o piano também branco, de cauda, mas o pianista de smoking preto. Aí na boate todo o pessoal está numa correria louca, arrumando as mesas, encerando o chão, pregando pregos, mas quando ela aparece e se escutam as primeiras notas do piano, bom, aí todo mundo fica quieto. E ela canta, ou não, ainda não, começam as notas do piano, e uma quase imperceptível cadência de maracas lá longe, e se vê que as mãos dela estão tremendo, seus olhos se enchem de ternura, passa o cigarro para um ponto escondido nas coxias, se posiciona ao lado da coluna grega e, com uma voz grave e muito melodiosa, começa a recitar a introdução, quase falada, pensando no rapaz: "... *todos dicen que la ausencia es causa de olvido... y yo te aseguro que no es la verdad... desde aquel último instante que pasé contigo, mi vida parece... llena de crueldad*", e aí a orquestra invisível ataca a pleno volume e ela solta toda a voz: "... *tú, te llevaste en tus labios, aquel beso sagrado... que yo había guardado ¿para ti?, sí, para ti... Tú, te llevaste en tus ojos, todo el mundo de antojos, que hallaste en los míos, para ti...*", e aí vem um interlúdio da orquestra, e ela dá uma pequena volta na pista e retoma a toda a voz: "... *¡Cómo pudiste dejarme, queriéndonos tanto!... cuando habías encontrado en mi pecho guardado tanto... tanto frenesí... Tú, aunque estemos muy lejos, llorarás como un niño, buscando un cariño como el que te di...*".

— Estou escutando, vai.

— E quando ela acaba de cantar, está totalmente absorta, ensimesmada, e rompem os aplausos de todos os trabalhadores que estão preparando a sala para a noite. E ela vai pro camarim muito contente, imaginando que ele vai ficar sabendo que ela voltou aos palcos e, portanto, não está mais com o magnata. Mas uma terrível surpresa a aguarda. O magnata comprou aquele clube noturno e mandou fechá-lo, antes mesmo da estreia. Pra completar, ela recebe uma ordem de apreensão das suas joias, porque o magnata combinou com o joalheiro pra ele alegar que não foram pagas, e assim tudo. Ela logo percebe que o magnata decidiu impedi-la de trabalhar e infernizar sua vida para assim, claro, forçá-la a voltar pra ele. Mas ela não entrega os pontos e, com seu agente, resolve continuar tentando seja como for, até conseguir um bom contrato. O mocinho, por seu lado, lá em Veracruz, percebe que suas economias estão no fim e precisa procurar emprego. Já não pode ser jornalista, porque está na lista suja do sindicato, e pra outros trabalhos, sem recomendação, com aquela cara de bêbado e aparência desleixada, também não o contratam. Por fim arranja um serviço como operário numa serraria e trabalha ali por alguns dias, mas suas forças vão se esgotando, seu organismo está minado pelo álcool, nunca tem apetite, a comida não desce. Um dia, na pausa pro almoço, um colega insiste pra ele comer alguma coisa, e ele prova um bocado. Mas não desce, ele só tem sede, muita sede. E nessa mesma tarde cai desmaiado. E precisa ser internado num hospital. No delírio da febre, ele chama por ela, e aí o colega vasculha todos os papéis dele procurando o endereço, e telefona para a capital, e, claro, ela já não mora naquele apartamento luxuoso, mas a governanta, que era uma mulher boa, passa o recado para a moça, que agora está morando numa pensão barata. Ela logo sai voando pra Veracruz, mas antes aparece a cena mais terrível, é que ela não tem dinheiro para a passagem, ela pede emprestado pro dono da pensão, que é um velho gordo, repulsivo, mas ele diz que não. Aí ela se insinua, e o gordo imundo diz logo que sim, que lhe empresta o dinheiro, mas em troca de... reticências. E aparece ele entrando no quarto dela, coisa que ela nunca tinha permitido àquele imundo. E lá está o rapaz no hospital, e entra o médico com uma freira, e olha aquela ficha onde anotam como vai o doente, e toma seu pulso, e examina o branco do olho, e lhe diz que já começou a reagir bastante bem, mas que precisa se cuidar muito, nunca mais beber álcool, comer muito bem e descansar. E ele pensa como... se está na miséria, quando vê uma figura incrível no vão da porta, ao longe, na outra ponta do pavilhão. Ela vai avançando, olhando cada um dos doentes para ver se encontra o rapaz, vai avançando devagarinho, e todos os internos a olham como se fosse uma aparição. Ela está muito simples, mas divina, toda de branco, um vestido bem despojado mas vaporoso, com o cabelo preso, e nem uma joia. Claro, porque já não tem mesmo, mas pro mocinho aquilo tem um significado especial, que ela rompeu com a vida de luxo que o magnata lhe dava. Quando ela o vê, não pode acreditar, porque ele está tão acabado, e seus olhos se enchem de lágrimas, e lá está o médico, justamente, dizendo que já lhe dará alta, e ele diz que não tem pra onde ir, mas ela diz que tem, sim, uma casa com jardim, bem pequenininha, muito modesta, mas sombreada por palmeiras e acariciada pela brisa salgada do mar. E saem juntos, ela alugou aquela casinha, quase no campo, onde terminam os subúrbios de Veracruz. Ele está um pouco tonto por causa da fraqueza, ela prepara a cama, e ele pede que, em vez disso, pendure uma rede no jardim, amarrada em duas das muitas palmeiras em volta da casinha. E ali se deita, e ficam de mãos dadas, olhos nos olhos, sem conseguir desviar a vista, ele diz que logo vai melhorar, só pela alegria de estar com ela, e que vai arranjar um bom emprego e não será uma carga pra ela, que responde dizendo pra ele não se preocupar com isso, que ela tem alguma poupança e que só permitirá que ele saia pra trabalhar quando estiver totalmente curado, e em silêncio se olham adorando-se, e chegam ecos distantes de cantos de pescadores, uma música de cordas, muito delicada, não se sabe se de violões ou de harpas. E ele, como num sussurro, vai pondo letra nessa melodia, mais do que cantar, vai falando pra ela, a um compasso muito lento, que vão marcando aqueles instrumentos que soam lá longe: "*... estás en mí... estoy en ti... por qué llorar... por qué sufrir... Callar mi dicha quisiera... que el mundo no lo supiera... mas grita dentro de mí... esta ansiedad de vivir... para querer... Estoy feliz... también lo estás... me quieres tú... te quiero más... Estoy tan enamorado, que ya olvidé lo pasado... y hoy me siento feliz... porque te he visto... llorar por mí...*".

— Não para.

— Passam-se os dias, e ele se sente muito melhor, mas preocupado porque ela não o deixa ir, nem sequer para acompanhá-la, até o hotel de luxo onde canta todas as noites. Aos poucos o ciúme começa a corroer seu coração. Ele já lhe perguntou por que os anúncios de suas apresentações não saem no jornal, e ela diz que é para não dar pistas ao magnata, e que o magnata pode mandar matá-lo se o encontrar no hotel, e o rapaz começa então a pensar que ela se encontra com o magnata. E um dia ele vai até aquele hotel de superluxo, que tem dentro uma boate com atrações internacionais. E ela não está anunciada em lugar nenhum, e ninguém a conhece nem nunca a viu, lembram dela, sim, como uma estrela do passado. Aí ele, desesperado, vai zanzar pela zona do porto, onde ficam as tabernas. E não pode acreditar no que vê: numa esquina, ao pé de um lampião, ela está fazendo ponto. Então era assim que ganhava dinheiro para sustentá-lo! Então ele se esconde pra que ela não o veja e volta pra casa arrasado. Quando ela aparece de madrugada, ele finge que está dormindo, coisa que nunca tinha feito. No dia seguinte, acorda cedo pra procurar trabalho, dando a ela um pretexto qualquer. E volta ao anoitecer sem ter arranjado nada, ela já preocupada. Ele finge que tudo está bem, e quando chega a hora de ela ir pra rua, supostamente pra cantar, ele lhe pede para que não saia, que a noite é cheia de perigos, que por favor fique com ele, que está com medo de não voltar a vê-la. Ela pede que se acalme, que sua saída é absolutamente necessária, porque é preciso pagar o aluguel. Além disso, o médico, sem que ele saiba, propôs um novo tratamento muito caro, e amanha mesmo eles têm que ir lá no seu consultório, os dois juntos. E sai... Ele então percebe o fardo que representa pra ela, a que ponto tem que se rebaixar pra salvar sua vida. O rapaz vê os barcos dos pescadores, que, com a noite, voltam ao seu ancoradouro, caminha até a beira do mar, brilha uma lua cheia divina, a lua se quebra em pedacinhos ao se refletir nas ondas mansas da noitinha tropical. Não tem vento, tudo é calma, menos no coração do rapaz. Os pescadores fazem como que um coro de boca fechada, entoam uma melodia muito triste, o rapaz canta, as palavras sendo ditadas por sua própria desesperança: "*... luna que te quiebras... sobre la tiniebla... de mi soledad... ¿adónde? ¿adónde vas?... dime si esta noche tú te vas de ronda... como ella se fue... ¿con quién? ¿con quién está?... Dile que la quiero, dile que me muero... de tanto esperar... que vuelva, que vuelva ya... que las rondas... no son buenas, que hacen daño... que dan penas... y se acaba por llorar...*". E de madrugada quando ela volta, ele já não está, deixou um bilhete dizendo que a ama loucamente, mas que não pode ser um fardo pra ela, e pede que não o procure, porque, se Deus quiser reuni-los novamente... eles se encontrarão mesmo que não se procurem... E ela vê no chão em volta muitas pontas de cigarro, e uma caixinha de fósforo esquecida, uma caixinha daquelas que dão nas tabernas do porto, e então percebe que ele a viu...

— E acaba aí?

— Não, ainda continua, mas vamos deixar o final pra outro dia.

— Você está com sono.

— Não.

— E então?

— Esse filme me deixa pra baixo, não sei por que comecei a contar.

— …

— Valentín, tenho um mau pressentimento.

— Qual?

— Que vão me trocar de cela, e mais nada, que não vão me soltar, e não vou te ver mais.

— …

— Estava tão contente… mas ao te contar esse filme me veio, de novo, essa inhaca na alma.

— Você faz mal em se adiantar aos fatos. Quem sabe o que pode acontecer?…

— Tenho medo que aconteça algo de mau.

— O quê, por exemplo?

— Olha, pra mim, sair é importante principalmente por causa da saúde de minha mãe. Mas me preocupa que você fique… sem ninguém pra cuidar de você.

— E em você mesmo, não pensa?

— Não.

— …

— …

— Molina, queria te perguntar uma coisa.

— O quê?

— É complicada. Bom… é o seguinte: você, fisicamente, é tão homem quanto eu…

— Hum…

— Isso mesmo, não tem nenhum tipo de inferioridade. Por que, então, não resolve ser… agir como homem? Nem digo com mulheres, se não te atraem. Mas com outro homem.

— Não, não consigo…

— Por quê?

— Porque não.

— É isso que não entendo bem... Nem todos os homossexuais são assim.

— É, tem de tudo. Mas eu não, eu... só tenho prazer desse jeito.

— Olha, não entendo nada disso, mas queria te explicar uma coisa, mesmo que seja aos trambolhões, não sei...

— Estou escutando.

— Quero dizer que, se você gosta de ser mulher... não sinta que isso te diminui.

— ...

— Não sei se você me entende. O que acha disso?

— ...

— Quero dizer que você não tem que pagar com nada, com favores, pedir perdão pelo fato de gostar disso. Não tem que se... submeter.

— Mas se um homem... é meu marido, ele tem que mandar pra se sentir bem. Isso é o natural, porque ele, assim... é o homem da casa.

— Não, o homem da casa e a mulher da casa devem estar em pé de igualdade. Do contrário, é exploração.

— Mas aí não tem graça.

— O quê?

— Bom, isso é muito íntimo, mas já que você quer saber... a graça é que quando um homem te abraça... você tenha um pouco de medo.

— Não, isso é errado. Quem será que te enfiou essa ideia na cabeça? Isso é muito errado.

— Mas eu sinto assim.

— Você não sente assim. Foi é engambelado por quem te encheu a cabeça com essas balelas. Para ser mulher, não é preciso ser... sei lá... mártir. Olha, se não fosse porque deve doer muito, eu pediria pra você meter em mim, pra provar que isso, ser macho, não dá direito a nada.

— Não vamos falar mais nisso, é uma conversa que não leva a nada.

— Ao contrário, quero discutir.

— Mas eu não quero.

— Por que não?

— Porque não, e chega. Estou pedindo, por favor.

14

DIRETOR: Sim, senhorita, quero falar com seu chefe, por favor. Obrigado. Tudo bem? Como vão as coisas por aí? Aqui, nenhuma novidade. Sim, por isso mesmo que estou telefonando. Daqui a poucos minutos volto a falar com ele. Não sei se o senhor está lembrado que dei ao Molina mais uma semana de prazo. Inclusive fizemos o Arregui pensar que vamos trocar o Molina de cela de um dia para o outro, por ser candidato à liberdade condicional. Exato, foi ideia do próprio Molina, sim. Caramba... Eu sei, o tempo está curto. Claro, se querem essa informação antes de lançar a contraofensiva, entendo, claro. Sim, vou falar com ele dentro de alguns minutos, foi por isso que antes liguei para o senhor. Digamos, se o Molina não tiver nada... absolutamente nada a declarar, se não houver o menor progresso, o que fazer com ele? O senhor acha... Daqui a quantos dias? Amanhã mesmo? Por que amanhã? Sim, claro, não há tempo a perder. Entendo, hoje não, assim o Arregui tem tempo de planejar alguma coisa. Perfeito, se ele mandar um recado, o próprio Molina nos levará até a célula. Difícil será ele não perceber que está sendo vigiado. Mas olhe... tem algo estranho no Molina, alguma coisa me diz, não sei como explicar, alguma coisa me diz que ele não está jogando limpo comigo... que está escondendo alguma coisa. O senhor acha que o Molina se bandeou para o lado deles? Sim, também pode ser por medo de represálias do pessoal do Arregui. Sim, também é possível que o Arregui o tenha aliciado, usando sabe Deus que métodos. E também por isso, pode ser. É difícil prever as reações de um sujeito como o Molina, afinal de contas, um amoral. Também existe outra possibilidade: que o Molina tente sair sem se comprometer com ninguém, nem conosco nem com o Arregui. Que o Molina esteja do lado do Molina, e só. Sim, vale a pena tentar. E tem também outra possibilidade. Sim, desculpe interromper...

É a seguinte: se o Molina não nos levar a nada... ou seja, se não nos fornecer nenhuma informação hoje, nem amanhã antes de sair para a rua... e também não nos levar a ninguém, do pessoal do Arregui, depois que estiver na rua... bom, aí ainda nos resta outra jogada. E é publicarmos no jornal, ou divulgarmos de outra forma, que o Molina, ou melhor, que um agente xis entregou à polícia informações sobre a célula que o Arregui integra, e que esse agente, o agente xis, agiu sub-repticiamente como sentenciado nesta penitenciária. O pessoal do Arregui, ao tomar conhecimento disso, vai procurá-lo para ajustar as contas, e aí podemos surpreendê-los. Enfim, com o Molina na rua, vão se abrir muitas possibilidades. Ah, fico satisfeito. Obrigado, obrigado. Sim, telefono assim que o Molina deixar minha sala. Perfeito, combinado.

Certo... Telefono logo mais... Foi um prazer. Até logo.

DIRETOR: Pode entrar, Molina.

SENTENCIADO: Bom dia, senhor.

DIRETOR: Está bem, Suboficial, pode nos deixar a sós.

SUBOFICIAL: Às suas ordens, senhor.

DIRETOR: Como vai, Molina?

SENTENCIADO: Bem, senhor.
DIRETOR: Que me conta de novo?
SENTENCIADO: Vamos levando, senhor...
DIRETOR: Fez algum progresso?
SENTENCIADO: Acho que nada, senhor... Era o que eu mais queria, como pode imaginar...
DIRETOR: Nada de nada...
SENTENCIADO: Nada.
DIRETOR: Olhe, Molina, já estava tudo encaminhado para liberá-lo, se nos trouxesse alguma informação. E digo mais, os papéis da sua liberdade condicional já estão prontos. Só falta eu assinar.
SENTENCIADO: Senhor...
DIRETOR: É uma pena.
SENTENCIADO: Fiz todo o possível, senhor.
DIRETOR: Mas não houve nem a menor insinuação de nada? A menor pista? Porque bastaria algum elemento... para que pudéssemos agir. E esse pequeno elemento já justificaria eu pôr a minha assinatura nos seus papéis.
SENTENCIADO: Imagine, senhor, que o que eu mais quero é sair daqui... Mas seria pior se eu inventasse alguma coisa. Realmente, o Arregui é um túmulo. Um sujeito fechado, com uma desconfiança total, sei lá, é impossível, é... não é humano.
DIRETOR: Olhe para mim de frente, Molina, vamos falar humanamente, já que o senhor e eu somos seres humanos... Pense na sua mãe, na alegria que daria a ela. E pense que nós o protegeremos, que nada de mau vai lhe acontecer uma vez que estiver na rua.
SENTENCIADO: Contanto que eu esteja na rua, nada me importa.
DIRETOR: Sério mesmo, Molina, não deve temer represálias de nenhuma espécie. Estará sob vigilância permanente, perfeitamente protegido.

SENTENCIADO: Isso eu sei, senhor Diretor. E agradeço muito que tenha pensado nisso, que eu posso precisar de proteção... Mas que é que eu posso fazer? Seria pior se eu inventasse algo que não é verdade.

DIRETOR: Bom... sinto muito, Molina... Sendo assim, não posso fazer nada para ajudá-lo.

SENTENCIADO: Então tudo aquilo dá em nada?... Sobre minha liberdade condicional, quero dizer. Não resta esperança de nada?

DIRETOR: Não, Molina. Se não nos fornecer nenhuma informação, estou impossibilitado de ajudá-lo.

SENTENCIADO: Nenhuma recomendação por bom comportamento? Nada?

DIRETOR: Nada, Molina.

SENTENCIADO: E a cela? Vão me deixar na mesma cela, pelo menos?

DIRETOR: Por quê? Não prefere ficar com pessoas... mais comunicativas que o Arregui? Deve ser muito triste a companhia de alguém que não conversa.

SENTENCIADO: É que... eu não perco a esperança de que ele um dia me conte alguma coisa.

DIRETOR: Não, acho que já fez bastante para nos ajudar, Molina. Vamos transferi-lo para outra cela.

SENTENCIADO: Por favor, senhor, pelo que o senhor mais ama...

DIRETOR: Mas o que foi?... Por acaso se apegou ao Arregui?

SENTENCIADO: Senhor... enquanto eu ficar com ele, vou ter alguma esperança de que ele me conte alguma coisa... e se ele me contar alguma coisa, haverá esperança de que me soltem...

DIRETOR: Não sei, Molina, vou pensar. Mas acho que não será conveniente.

SENTENCIADO: Senhor, sério, pelo que o senhor mais ama...

DIRETOR: Controle-se, Molina. E já não temos mais nada a conversar, pode ir.

SENTENCIADO: Obrigado, senhor. Por tudo o que puder fazer por mim, obrigado desde já...

DIRETOR: Pode sair.

SENTENCIADO: Obrigado...

DIRETOR: Até breve, Molina.

SUBOFICIAL: Chamou, senhor?

DIRETOR: Sim, pode acompanhar o sentenciado.

SUBOFICIAL: Muito bem, senhor.

DIRETOR: Mas antes quero dizer uma coisa ao sentenciado. Molina... amanhã esteja com suas coisas prontas para deixar a cela.

SENTENCIADO: Eu lhe imploro... Não me tire a única possi...

DIRETOR: Um momentinho, que não terminei de falar; tenha suas coisas prontas amanhã, porque vai sair em liberdade condicional.

SENTENCIADO: Senhor...

DIRETOR: Sim, amanhã, na primeira hora da manhã.

SENTENCIADO: Obrigado, senhor...

DIRETOR: E boa sorte, Molina.

SENTENCIADO: Obrigado, senhor. Obrigado...

DIRETOR: De nada, homem, passar bem...

SENTENCIADO: Mas é sério?

DIRETOR: Claro que é sério.

SENTENCIADO: Não posso acreditar...

DIRETOR: Acredite... e comporte-se na rua, que não lhe convém fazer besteiras com garotos, Molina.

SENTENCIADO: Já amanhã?

DIRETOR: Sim, amanhã na primeira hora.

SENTENCIADO: Obrigado.

DIRETOR: Bom, agora saia, que tenho muito que fazer.

SENTENCIADO: Obrigado, senhor.

DIRETOR: De nada.

SENTENCIADO: Ah!... uma coisa...

DIRETOR: Que foi?

SENTENCIADO: Mesmo eu saindo amanhã... se recebi uma visita, seja da minha casa, ou do advogado...

DIRETOR: Fale... ou prefere que o Suboficial saia?

SENTENCIADO: Não, quer dizer... se vieram me visitar, é porque não tinham certeza de que eu já sairia amanhã...

DIRETOR: O que quer dizer?... não entendo. Explique-se, que eu tenho mais o que fazer.

SENTENCIADO: Então, se vieram, deviam ter trazido um pacote... E para disfarçar com o Arregui...

DIRETOR: Não, isso já não tem importância. Diga que não trouxeram nada porque o advogado sabia que já seria posto em liberdade. Amanhã já comerá em casa, Molina.

SENTENCIADO: Não era por mim, senhor. Era pelo Arregui... para disfarçar.

DIRETOR: Não exageremos, Molina. Está bem assim.

SENTENCIADO: Desculpe, senhor.

DIRETOR: Passar bem.

SENTENCIADO: Muito obrigado. Por tudo...

. . . .

— Coitado do Valentín, olhou direto pras minhas mãos.

— Não percebi. Foi sem querer.

— Teus olhos correram sozinhos, coitado do meu fofo.

— Que linguajar... Mas e aí, como foi? Conta logo alguma coisa!

— Não me trouxeram nenhum pacote. Você vai ter que me desculpar.

— Você não tem culpa...

— Ai, Valentín...

— Que foi?

— Ai, você não sabe...
— Fala, pra que tanto mistério?
— Você não sabe...
— Fala... o que foi? Vai!
— Vou embora amanhã.
— Da cela?... que droga.
— Não. Vão me deixar sair, em liberdade.
— Não...
— Sim, me deram a liberdade provisória.
— Mas é uma maravilha...
— Não sei...
— Mas não é possível... é a coisa mais genial que podia acontecer!
— Mas e você?... Vai ficar sozinho.
— Não, não é possível tamanho golpe de sorte, Molinita! É genial, genial... Fala que é verdade, ou você está me gozando?
— Não, é sério.
— É genial.
— Muita bondade sua ficar tão contente por mim.
— Sim, fico contente por você, mas também por outra coisa... isso é fabuloso!
— Por quê? O que tem de tão fabuloso...
— Molina, você vai me servir para uma coisa fabulosa, e garanto que não vai correr nenhum risco.
— O que é?
— Olha... nos últimos dias tive a ideia de um plano de ação extraordinário e morri de raiva pensando que não podia transmitir nada pro meu pessoal. Quebrava a cabeça procurando uma solução... e você a trouxe de bandeja.
— Não, Valentín, ficou doido? Eu não sirvo pra isso.
— Escuta só um momentinho. Vai ser fácil. Você decora tudo, e pronto. Só isso já resolve.

— Não, você está doido. Podem me seguir, qualquer coisa assim, pra ver se não estou combinado com você.

— Nisso dá-se um jeito. Você pode deixar passar uns dias, duas semanas. E eu te digo como fazer pra saber se estão te seguindo ou não.

— Não, Valentín, eu vou sair em liberdade condicional. Qualquer coisa, me prendem de novo.

— Garanto que não haveria o menor risco.

— Valentín, eu te imploro. Não quero saber uma palavra de nada. Nem onde estão, nem quem são, nada.

— Você não gostaria que eu também saísse um dia?

— Daqui?

— Isso, livre.

— Como é que eu não iria gostar?...

— Então tem que me ajudar.

— É o que eu mais quero na vida. Mas, escuta, é pelo teu bem que eu te peço... não me dá nenhuma informação, não me conta nada dos teus companheiros. Porque eu não tenho jeito pra essas coisas e, se me pegarem, solto tudo.

— Eu é que sou responsável pelos meus companheiros, não você. Se eu te peço uma coisa, é porque sei que não tem risco. Tudo o que você tem que fazer é deixar passar alguns dias e ligar de um telefone público, não da tua casa. E marcar um encontro com alguém num lugar falso.

— Como assim num lugar falso?

— Sim, caso a linha telefônica dos meus companheiros esteja grampeada. Por isso você tem que dar um lugar em código, por exemplo, fala na confeitaria Río de Oro, e eles sabem que é outro lugar, porque a gente faz tudo assim por telefone, entende? Se mencionamos um lugar, na verdade nos referimos a outro. Por exemplo o cinema Monumental é a casa de um de nós, e o Hotel Plaza é uma esquina no bairro de Boedo.

— Tudo isso me dá medo, Valentín.

— Quando eu te explicar os detalhes, o medo vai passar. Você vai ver como é fácil passar uma mensagem.

— Mas, se o telefone estiver grampeado, eu que me comprometo, ou não?

— Falando de um telefone público, não, e mudando a voz, que é a coisa mais fácil do mundo, isso eu te ensino. Tem mil maneiras, com uma bala na boca, com um palito embaixo da língua... Olha, isso não é nada.

— Não, Valentín...

— Depois a gente volta a conversar.

— Não!

— Como quiser...

— ...

— Que foi?

— ...

— Não se joga aí... Olha pra mim, por favor.

— ...

— Não esconde a cara no travesseiro, por favor, estou pedindo.

— Valentín...

— Que foi?

— Me dá muita tristeza te deixar sozinho.

— Nada de tristeza. Fica contente porque você vai ver sua mãe e vai poder cuidar dela. Não era isso que você queria?

— ...

— Olha pra mim, vai.

— Não me toca.

— Tá bom, Molinita, tudo bem.

— ... Você não vai sentir saudade de mim?

— Claro que vou.

— Valentín, eu fiz uma promessa, não sei a quem, a Deus, mesmo não acreditando muito.

— Sei...

— E é porque o que eu mais queria na vida era poder sair pra cuidar da minha mãe. E sacrificava qualquer coisa por isso, eu ficava em segundo plano, acima de tudo pedi pra poder cuidar da minha mãe. E meu desejo se realizou.

— Fica contente, então. Você é muito generoso por pensar primeiro em outra pessoa, e não em você. Tem é que sentir orgulho de ser assim.

— Mas isso é justo, Valentín?

— O quê?

— Que eu fique sempre sem nada... Que na vida eu não tenha nada que seja meu de verdade.

— Bom, você tem sua mãe, essa é uma responsabilidade, e tem que assumi-la.

— Sim, é verdade.

— Então?

— Escuta. Minha mãe já teve sua vida, já viveu, já teve marido, um filho... Já está velha, sua vida já está quase se completando...

— Sim, mas ainda está viva.

— Sim, e eu também estou vivo... Mas e a minha vida, quando é que ela começa? Quando vai ser a minha vez de ter algo meu?

— Molinita, é preciso se conformar. Você tirou a sorte grande por te deixarem sair. Fica contente com isso. Lá fora você vai poder começar de novo.

— Eu quero ficar com você. Agora eu só quero ficar com você.

— ...

— Te dá vergonha que eu fale disso?

— Não... quer dizer, sim.

— Sim o quê?

— Isso, que me dá um pouco de vergonha.

— Valentín, se eu passar a mensagem, você acha que vai sair antes?

— Bom, vai ser um jeito de ajudar a nossa causa.

— Mas não é que vão te deixar sair logo. Você fala isso porque assim vão fazer a revolução mais rápido.

— Isso mesmo, Molinita.

— Não é que vão te deixar sair por outro motivo.

— Não, Molina.

— ...

— Não quebra a cabeça, não pensa nisso. Mais tarde a gente discute.

— Já não resta muito tempo pra discutir.

— Temos a noite toda.

— ...

— E você tem que terminar o filme, não esquece disso. Já faz vários dias que não quer me contar nada.

— É que esse filme me deixa muito triste.

— Tudo te deixa triste.

— Tem razão... Tudo menos uma coisa.

— Deixa de bobagem.

— É assim mesmo, uma desgraça, mas não tem jeito. Tudo me deixa triste, que me troquem de cela me deixa triste, que me deixem sair me deixa triste. Tudo menos uma coisa.

— Lá fora você vai passar bem, vai esquecer tudo o que sofreu no presídio, vai ver só.

— É que eu não quero esquecer.

— Bom... chega de bobagem! Não me enche mais o saco, por favor!!!

— Desculpa.

— ...

— Por favor, Valentín, diz que me desculpa.

— ...

— Eu te conto o filme, até o fim, se você quiser. E prometo que depois não te encho mais com as minhas coisas.

— ...

— Valentín...

— Que foi?

— Não vou passar a mensagem.

— Tudo bem.

— É que eu tenho medo de que antes de sair me interroguem sobre você.

— Como preferir.

— Valentín...

— Fala.

— Você está bravo comigo?

— Não.

— Quer que eu termine o filme?

— Não, porque você não está com vontade.

— Mas, se você quiser, eu termino.

— Não vale a pena, já imagino como acaba.

— Acaba bem, né?

— Não sei, Molina.

— Viu como não sabe? Vou terminar, então.

— Como quiser.

— Em que parte estávamos?

— Não lembro.

— Bom... Acho que paramos quando ele vê que ela virou prostituta pra lhe dar de comer, e que ela percebe. E quando ela volta pra casa de madrugada já não o encontra.

— Isso, aí mesmo.

— Bom. Enquanto isso, o magnata andou à procura dela, pois ficou sabendo que ela está afundando na miséria, e o cara se arrependeu do que fez. E nessa manhã chega um carro luxuoso na casinha em frente ao mar. E é o motorista do magnata, que mandou buscá-la. Ela se recusa, e pouco depois chega o próprio magnata. Pede perdão, diz que fez tudo por amor, pelo desespero de perdê-la. Ela conta o que aconteceu, chora desconsolada. Aí o magnata se sente superarrependido, e diz que, se ela foi capaz de tamanho sacrifício, é porque ama aquele homem e o amará para sempre. E lhe diz: "isto é teu", e lhe entrega um cofre com todas as joias, lhe dá um beijo na testa e vai embora. Ela então sai feito louca à procura do rapaz por toda parte, pois com a venda das joias vai levantar dinheiro de sobra pra ele fazer um tratamento com os melhores médicos e nas melhores clínicas. Mas não o encontra em lugar nenhum, até que começa a percorrer as prisões e os hospitais. E finalmente o encontra numa enfermaria de doentes graves. O organismo dele está destruído, primeiro pelo álcool, depois pela fome e pelo frio. O frio das noites dormindo largado na beira do mar, sem ter pra onde ir. Quando ele a vê, sorri e pede que se aproxime para abraçá-la. Ela se ajoelha ao pé da cama e se abraçam. Ele diz que na noite anterior teve medo de morrer, porque a doença se agravou muito, mas de manhã, ao se sentir fora de perigo, pensou que assim que melhorasse iria procurar por ela, porque tudo aquilo que os separou não tinha importância, e que, juntos, iam achar algum jeito de começar de novo. Aí a mocinha olha para a freira enfermeira que está ao pé da cama, como pedindo uma confirmação daquilo que ele diz, que vai ficar bom. Mas a freira faz que não com a cabeça, num movimento quase imperceptível. E ele continua falando, começa a dizer que lhe ofereceram novos empregos em jornais importantes, e que também lhe propuseram enviá-lo pro exterior como correspondente, que juntos vão pra longe de tudo e vão esquecer os sofrimentos. Só então a moça percebe que ele está delirando de febre, e é gravíssimo. Ele diz que compôs outra letra, mas ela tem que cantarolar, como canção, e ele sussurra as palavras aos poucos, e ela vai repetindo, e soa um fundo musical, que vem como que do mar, porque, no seu delírio, ele imagina que está com ela num abrigo de pescadores à luz dourada do entardecer. E ele diz, e ela repete: "... *Si tengo tristeza... me acuerdo de ti... Si tengo alegría, me acuerdo de ti. Si miro otros ojos, si beso otra boca, si aspiro un perfume... me acuerdo de ti…*", e ali do abrigo olham pro horizonte ao ver que um veleiro se aproxima, "*… Te llevo muy dentro, muy dentro de mí… Te llevo en el alma, me acuerdo de ti…*", e o veleiro encosta lá no pequeno atracadouro dos pescadores, e o capitão acena pra eles, chamando para que subam, porque o barco logo vai partir, aproveitando o vento favorável que os levará pra bem longe, num mar sereno, e as palavras continuam: "*… nunca pensé… que me crearas… tanta, tanta obsesión… nunca creí, que me robaras el corazón… Por eso mi vida… me acuerdo de ti… de cerca y de lejos, me acuerdo de ti… De noche y de día, como melodía, te llevo en el alma… me acuerdo de ti…*", e ele imagina que juntos, já no veleiro, olham abraçados pro infinito, não há nada além de mar e céu, porque o sol já se pôs no horizonte. E a moça diz que a canção é linda, mas ele não responde nada, está de olhos abertos, talvez a última coisa que viu na vida tenha sido os dois na borda do veleiro, abraçados pra sempre, rumo à felicidade.

— Que triste…

— Mas ainda não acabou. Ela então o abraça, e chora desesperada. E deixa todo o dinheiro das joias lá com as freiras do hospital, pro cuidado dos pobres, e caminha e caminha, como uma sonâmbula, e chega até a casinha onde viveram os poucos dias de felicidade, e começa a andar pela beira do mar, e já está entardecendo, e se ouvem os pescadores que cantam as canções dele, porque as escutaram e aprenderam, e ali vê jovens casais olhando o pôr do sol e se ouvem aquelas palavras que ele cantou no momento feliz do reencontro, que os pescadores cantam agora e os casais apaixonados escutam: "*… estás en mí… estoy en ti… por qué llorar… por qué sufrir… Callar mi dicha quisiera, que el mundo no lo supiera… mas grita dentro de mí, esta ansiedad de vivir…*", e um velho pescador pergunta por ele, e ela diz que foi embora, mas que não importa, porque sempre vai estar com eles, mesmo que seja apenas na lembrança de uma canção, e ela continua caminhando sozinha, com o olhar no sol que já está sumindo, e se ouve: "*… estoy feliz, también lo estás… me quieres tú… te quiero más… Estoy tan enamorada, que ya olvidé lo pasado… y hoy me siento feliz… porque te he visto… llorar… por mí…*". E como já é quase noite, mal se enxerga a silhueta dela, ao longe, que continua caminhando sem rumo, como uma alma penada. E de repente aparece em primeiro plano bem grande o rosto dela, com os olhos cheios de lágrimas, mas com um sorriso nos lábios… E acabou-se… a história.

— É.

— Que final mais enigmático, né?

— Não, achei bom, é a melhor coisa do filme.

— Por quê?

Quer dizer que, embora ela tenha ficado sem nada, está contente de ter tido ao menos uma relação verdadeira na vida, mesmo que tenha acabado.

— Mas não é maior o sofrimento de quem, depois de ter sido feliz, fica sem nada?

— Molina, tem uma coisa que se deve levar muito em conta. Na vida do homem, que pode ser curta ou pode ser longa, tudo é provisório. Nada é pra sempre.

— Sim, mas que dure um pouquinho, pelo menos.

— Mas deveríamos aceitar as coisas como elas se dão, e apreciar aquilo de bom que nos acontecer, mesmo que não dure. Porque nada é pra sempre.

— Certo, isso é fácil de dizer. Mas sentir é outra coisa.

— Mas por isso temos que raciocinar, e nos convencer.

— É, mas há razões do coração que a própria razão desconhece. E quem falou isso foi um filósofo francês muito dos melhores. Então te peguei. E acho que até lembro o nome dele: Pascal. Segura essa!

— Vou sentir a tua falta, Molinita…

— Dos filmes, no mínimo.

— Dos filmes, no mínimo…

— ...

— Sempre que eu vir uma fruta glaceada, vou me lembrar de você.

— ...

— E cada vez que eu vir um frango girando no espeto, numa vitrine de rotisseria.

— ...

— Porque uma hora também vai chegar a minha vez de me tirarem daqui.

— Vou te dar meu endereço.

— Tá bom.

— Valentín... se algo aconteceu entre nós, eu evitei tomar a iniciativa, porque não queria te pedir nada que não viesse de você. Espontaneamente, quero dizer.

— Sim.

— Bom, mas agora, de despedida, queria te pedir uma coisa...

— O quê?

— Uma coisa que você nunca fez, apesar de termos feito coisas muito piores.

— O quê?

— Um beijo.

— É verdade.

— Mas amanhã, antes de ir embora. Não se assusta, não estou pedindo pra já.

— Tá bom.

— ...

— ...

— Tenho uma curiosidade... você sentiria muito nojo de me dar um beijo?

— Hummm... Deve ter sido de medo que você virasse uma pantera, como aquela mulher do primeiro filme que você me contou.

— Não sou a mulher-pantera.

— É verdade, você não é a mulher-pantera.

— É muito triste ser mulher-pantera, ninguém pode beijar a coitada. Nem fazer nada.

— Você é a mulher-aranha, que prende os homens na sua teia.

— Que bonito! Disso eu gosto.

— ...

— Valentín, você e minha mãe são as duas pessoas que eu mais amei na vida.

— ...

— Você vai se lembrar de mim?

— Aprendi muito com você, Molinita...

— Está doido, se eu sou um burro...

— E quero que você saia contente, e tenha boas lembranças de mim, como eu tenho de você.

— E o que foi que você aprendeu comigo?

— É muito difícil de explicar. Mas você me fez pensar muito, isso eu garanto...

— Tuas mãos sempre estão quentes, Valentín.

— E as tuas, sempre frias.

— Prometo uma coisa, Valentín... que, sempre que eu me lembrar de você, vai ser com alegria, como você me ensinou.

— E me promete uma coisa... que você vai se fazer respeitar, que não vai permitir que ninguém te trate mal, nem te explore. Porque ninguém tem o direito de explorar ninguém. Desculpa eu repetir isso, porque eu já falei uma vez, e você não gostou.

— ...

— Molina, promete que não vai deixar ninguém te tratar como lixo.

— Prometo.

— ...

— Já está guardando os livros, tão cedo?

— ...

— Não vai esperar que apaguem a luz?

— …

— Não te dá frio tirar a roupa?

— …

— Como você é bonito…

— …

— Ah…

— Molinita…

— O quê?

— Nada… não estou te machucando?

— Não… Ai, isso, assim.

— Está doendo?

— É melhor como fizemos da outra vez, deixa eu levantar as pernas. Assim, por cima dos ombros.

— …

— Assim…

— Calado… calado um pouquinho.

— Sim…

— …

— …

— Valentín…

— Que foi?

— Nada… nada…

— …

— Valentín…

— …

— Valentín…

— Que foi?

— Não, nada, uma besteira que queria te dizer.

— O quê?

— Não, melhor não.

— …

— …

— Molina, o que é? Você queria me pedir o que me pediu hoje?

— O quê?

— O beijo.

— Não, era outra coisa.

— Você não quer que te beije agora?

— Quero, se não te der nojo.

— Não fala assim que me tira do sério.

— …

— …

— Obrigado.

— Obrigado a você.

. . . .

— Valentín…

— …

— Valentín, já está dormindo?

— Que foi?

— Valentín…

— Fala.

— Você tem que me dar todas as informações… pros teus companheiros.

— Como quiser.

— Tem que me dizer tudo o que tenho que fazer.

— Tá bom.

— Até decorar tudo direitinho…

— Certo… Era isso que você queria me dizer agora há pouco?

— Era…

— …

— Mas uma coisa, falando muito, mas muito sério… Valentín, tem certeza que não vão me interrogar na saída?

— Tenho.

— Então vou fazer tudo o que você disser.

— Você não sabe a alegria que me dá.

15

Relatório sobre Luis Alberto Molina, sentenciado 3018, posto em liberdade condicional em 9 do corrente mês, a cargo do serviço de vigilância CISL, em colaboração com o serviço de vigilância telefônica TISL.

Dia 9. Quarta-feira. O sentenciado foi posto em liberdade condicional às 8h30 e chegou à sua casa às 9h05 da manhã, de táxi, sozinho. Durante todo o dia não saiu de seu domicílio, rua Juramento 5020, olhou pela janela várias vezes, em várias direções, mas permaneceu vários minutos olhando fixo na direção noroeste. O apartamento está localizado num terceiro andar e não tem casas altas em frente.

Fez um telefonema às 10h16, perguntou por Lalo, e quando este atendeu conversaram por vários minutos, no feminino, chamando-se de vários nomes diferentes que intercambiaram entre si ao longo da conversa, por exemplo, Teresa, Ni, China, Perla, Caracola, Pepita, Carla e Tina. O supracitado Lalo antes de mais nada insistiu para que o sentenciado contasse suas "conquistas" no presídio. O sentenciado respondeu que as coisas que se contavam sobre as relações sexuais nos presídios eram mentira e que não tivera nenhuma "diversão". Combinaram de se encontrar no final de semana para ir ao cinema. Cada vez que se chamavam por um novo nome, riam.

Às 18h22 o sentenciado telefonou para uma senhora que chamou de tia Lola. Conversou longo tempo com ela, evidentemente uma irmã da mãe, falaram sobretudo da saúde da mãe do sentenciado e da impossibilidade de que essa senhora fosse cuidar dela, pois ela mesma também está doente.

Dia 10. Quinta-feira. O sentenciado saiu para a rua às 9h35, dirigiu-se a uma tinturaria localizada na esquina das ruas Pampa e Triunvirato, isto é, a duas quadras de sua casa. Deixou uma trouxa grande de roupa. Depois foi até o armazém a meia quadra dali, virando na rua Gamarra. No regresso para sua casa, parou para comprar cigarros num quiosque localizado na rua Ávalos, quase esquina com a Pampa. Dali voltou para casa.
Às 11h04 recebeu uma ligação de parentes que chamou de tio Arturo e tia María Esther, os quais lhe desejaram boa sorte. Em seguida telefonou uma pessoa de voz jovem, chamada Estela, presumivelmente sua prima, pois esta passou o telefone para a mãe, que o sentenciado chamou de Chicha ou tia Chicha. Ambas o parabenizaram por ter saído antes de cumprir a pena, por bom comportamento. Convidaram-no para almoçar no domingo seguinte, houve estranhas trocas de frases, mas que podem ser atribuídas à repetição de coisas que o sentenciado dizia quando criança para pedir mais comida. O sentenciado, respondendo à pergunta não muito clara sobre o que queriam comer, respondeu "calne de leão". Tudo parece ser simples palavreado infantil, mas recomendamos atenção. Às 17h, apesar do frio, o sentenciado abriu a janela e ali permaneceu por longo tempo observando — como no dia anterior — a noroeste. Às 18h46 recebeu um telefonema do mesmo Lalo da véspera, que o convidou para passear no carro de uma amiga, o sentenciado aceitou, com a condição de estar de volta às 21h, para jantar na companhia da mãe e de uma tia. Esta, chamada Cuca, mora no apartamento e sai às compras de manhã, à padaria e à leiteria, e às vezes também de tarde, ao supermercado localizado a seis quadras da

residência, na esquina da avenida Triunvirato com a rua Roosevelt. Minutos depois, o sentenciado desceu, esperou na porta e chegaram num Fiat dois elementos, não um homem e uma mulher conforme o anunciado. Um deles, com cerca de quarenta anos, abraçou o sentenciado assim que desceu do carro, beijou-o nas duas faces com visível emoção, enquanto o outro não desceu, permanecendo ao volante, dando a impressão de não conhecer o sentenciado, pelo modo como estreitaram as mãos. Elemento com cerca de cinquenta anos. O trajeto do carro foi reto até a avenida Cabildo, pela rua Pampa, seguiram pela Cabildo até Pacífico e continuaram pela Santa Fe, depois Retiro, Leandro Alem, praça de Mayo, avenida de Mayo, Congreso, Callao, Corrientes, Reconquista e várias ruas do bairro de San Telmo, parando o carro por breves momentos diante dos novos locais de café-concerto que nos últimos anos estão proliferando na região. Também diante de antiquários. Em várias ocasiões, o sentenciado virou-se com gesto de desconfiança, evidentemente notou que o seguiam. O carro continuou sem parar, de San Telmo até o domicílio do sentenciado.
Com referência à observação feita ontem por membros da TISL sobre a necessidade de estudar atentamente o possível código oculto nos nomes femininos usados pelo sentenciado nas conversas com o supracitado Lalo, registre-se que o tom é de brincadeira e extremamente desordenado. Em todo caso, prestar-se-á a devida atenção.

Dia 11. Sexta-feira. Às 11h45, ligação de elemento de voz rouca, que o sentenciado chamou de "padrinho", dada a tensão do tom pareceu por momentos uma conversa suspeita, a voz parecia disfarçada, mas o assunto foi o comportamento futuro do sentenciado. O "padrinho", que pareceu sê-lo de fato, recomendou ao sentenciado manter um bom comportamento na rua e sobretudo no emprego, lembrou-lhe que seu encarceramento se deveu às relações que mantivera com um menor na loja onde trabalhava como vitrinista. A conversa terminou muito friamente, quase com ofensas de parte a parte. Poucos minutos depois, telefonou o supracitado Lalo, como de costume ambos se chamaram por vários nomes femininos diferentes, desta vez de atrizes, presume-se, pois se apelidaram de Greta, Marlene, Marilyn, Merle, Gina, Redi (?). Não parecia tratar-se de um código, e sim de uma brincadeira corrente entre eles, repita-se. O tom foi animado, o amigo comunicou ao sentenciado que uns conhecidos estavam para inaugurar uma butique com várias vitrines e não chegaram a um acordo de valores com outro vitrinista por dificuldades no orçamento. Deu ao sentenciado um telefone e um endereço, 42-5874 e Berutti, 1805, respectivamente, e disse para ele ligar na próxima segunda-feira.

Às 15h o sentenciado saiu e caminhou até a avenida Cabildo, mais de vinte quadras, e entrou no Cine General Belgrano, havia muito pouca gente na sala, sentou-se sozinho, não falou com ninguém, antes de sair foi ao banheiro, onde não foi seguido para evitar suspeitas, dada a estreiteza do recinto, e saiu rapidamente. Voltou para casa a pé, por outra rua paralela e parando em várias esquinas, olhando com atenção para as casas e lojas. Entrou em casa faltando poucos minutos para as 19h.

Pouco depois telefonou para um lugar onde atenderam dizendo "restaurante" e depois um nome que foi impossível distinguir por causa de um fundo de vozes e ruídos de um balcão de bar ou restaurante. O sentenciado pediu para falar com Gabriel. Em seguida este tomou o aparelho, manifestou grande assombro e surpresa, mas foi em seguida muito afetuoso. Era de voz viril e possivelmente de um bairro pobre da capital. Ficaram de se telefonar no mesmo horário, caso o sentenciado não pudesse ir ao restaurante na hora de entrada do dito Gabriel, que deduzimos ser garçom do estabelecimento. Registramos ambiguidades em certas passagens da conversa, definitivamente será fundamental estabelecer a identidade de Gabriel. Logo em seguida o sentenciado foi até a janela sem abri-la, devido ao frio, decerto, mas afastou a cortina e permaneceu vários minutos olhando fixo mas como de costume não para a rua e sim mais para cima. Como das vezes anteriores, também nesse dia olhou para o noroeste, isto é, em direção à confluência das ruas Juramento e Bauness, ou seja — para dar uma orientação mais exata —, em direção ao bairro de Villa Devoto, onde está situado este Presídio.

Dia 12. Sábado. Saiu com a mãe e a tia, pegaram um táxi, chegaram ao Cine Gran Savoy da avenida Cabildo às 15h25. Permaneceram sentados juntos e não falaram com ninguém. Saíram às 17h40 e desta vez pegaram um ônibus na esquina da Monroe com a Cabildo. Desceram a uma quadra de casa, caminharam rindo. Pararam numa padaria e compraram petits-fours. Às 19h o sentenciado telefonou para o restaurante, desta vez foi possível ouvir claramente Restaurante Mallorquín, o suposto Gabriel veio ao telefone e o sentenciado disse não poder ir vê-lo porque tinha de fazer companhia à mãe. Gabriel disse que na segunda-feira trabalharia no turno do dia, mas que amanhã, domingo, o restaurante estaria fechado, como de costume. Pareceu um pouco contrariado com o adiamento. Como já consta em outro relatório, já se procedeu, mediante o serviço CISL dessa zona, à averiguação da identidade de Gabriel. Amanhã chegará o relatório a esta repartição, conforme o disposto.

Dia 13. Domingo. Já de posse do relatório. O gerente do Mallorquín, restaurante espanhol com quase cinquenta anos de atividade, localizado na rua Salta, 56, afirmou que de fato Gabriel Armando Solé trabalha ali há cinco anos como garçom, e não tem a menor dúvida quanto à honestidade da sua pessoa. Ignora-se que tenha ideias políticas extremistas, não frequenta as reuniões do sindicato e se desconhecem amizades dele que sejam ativas na política.
Uma única chamada à casa do sentenciado, às 10h43. A mesma tia Chicha que telefonou dias atrás insistiu com o palavreado infantil, mas desta vez ficou combinado que os esperam às 13h em sua casa e que não chegassem tarde pois cozinhara algo que primeiro nomeou de um modo confuso, mas que depois ficou claro serem canelones. Às 12h30 saíram sentenciado, mãe e tia, pegaram um táxi na esquina da avenida Triunvirato com a Pampa. Desceram no número 1998 da rua Dean Funes, uma casa térrea no bairro de Patricios. Recebeu-os uma senhora gorda, grisalha, com demonstrações de grande carinho ali mesmo na entrada. Saíram às 18h55, uma moça de idade indefinida os levou em seu Fiat 600 de volta para casa. Deve-se registrar que o motorista do táxi olhara várias vezes para trás durante o longo percurso de ida, notando que estava sendo seguido, e que também o sentenciado se virou várias vezes, mas não assim as duas senhoras. No caminho de volta a motorista do Fiat não se apercebeu de nada, ao que parece.

Dia 14. Segunda-feira. Às 10h05 o sentenciado ligou para o supracitado número da butique, devidamente interceptado desde sexta-feira 11, correspondente ao local da rua Berutti, ainda não revistado no aguardo de acontecimentos. Quem atendeu o telefone disse que de fato precisavam de seus serviços e pediu que comparecesse na próxima segunda-feira, 21, para negociarem o salário, queixou-se de que o empreiteiro havia exagerado no orçamento da reforma que terminaria dali a uma semana e que por isso não poderiam pagar o vitrinista como correspondia. Em seguida, o sentenciado telefonou para o garçom Solé no restaurante. Disse que não poderia ir ao centro pois tinha de ficar com a mãe. Solé mostrou-se displicente, não marcaram novo encontro, o sentenciado prometeu telefonar no meio da semana. Solé já está praticamente descartado como contato mas recomendamos manter a escuta no telefone do Mallorquín. Às 15h o sentenciado foi até a janela e permaneceu por algum tempo com o olhar fixo no noroeste como de costume. Às 16h18 saiu e foi até a banca, comprou duas revistas, pelas letras grandes conseguimos divisar que uma delas era a revista de modas *Claudia*. Nessa banca, aliás, não vendem revistas políticas.

. . . .

Dia 20. Domingo. Ligação de Lalo às 11h48, propôs sair de carro com Mecha Ortiz como no domingo anterior. Presume-se que seja o apelido de quem dirigia o Fiat no passeio anterior. Chamaram-se por nomes diferentes, mas não cremos que constituam código algum. Esses nomes foram Delia, Mirta, Silvia, Niní, Líber, Paulina etc., referidos quase com certeza a atrizes do cinema argentino de anos atrás. O sentenciado recusou o convite por ter compromisso com a mãe. Às 15h15 foi até a janela, desta vez aberta, supomos que por bater sol e quase não fazer frio, e ficou longo tempo olhando na direção habitual. Às 17h04 saiu com a mãe, pegaram um ônibus na esquina da rua Pampa com a avenida Triunvirato, desceram na avenida de Mayo com a rua Lima, caminharam duas quadras até o Teatro Avenida, compraram ingressos para o espetáculo de zarzuela, atravessaram para olhar vitrines enquanto chegava a hora do espetáculo,

18h15. No intervalo o sentenciado foi ao banheiro mas não falou com ninguém. Depois de ficar na plateia sem falar com ninguém, saíram às 20h40. Na confeitaria da avenida de Mayo esquina com a rua Santiago del Estero tomaram chocolate com churros, não falaram com ninguém. Pegaram o mesmo ônibus de volta, na esquina da avenida de Mayo com a Bernardo de Irigoyen.

Dia 21. Segunda-feira. O sentenciado saiu às 8h37, pegou ônibus até a avenida Cabildo, dali outro até Santa Fe e Callao, dali caminhou as cinco quadras até a loja da rua Berutti, 1805. Conversou com dois senhores, olharam os espaços destinados a vitrines, serviram-lhe café. Saiu e repetiu a mesma viagem em dois ônibus até sua casa. Às 11h30 telefonou para seu amigo Lalo, no Banco de Galicia, onde este trabalha, falaram com seriedade, certamente por estar o indivíduo em seu local de trabalho. O sentenciado apenas comunicou que combinara começar a trabalhar no dia seguinte, apesar de não terem acertado o salário. A outra ligação do dia foi da tia Lola, falou com a mãe do sentenciado, alegraram-se com a notícia do emprego.

Dia 22. Terça-feira. O sentenciado saiu de casa às 8h05 e chegou à butique pouco antes das 9h, correndo as duas últimas quadras. Às 12h30 saiu para almoçar, numa leiteria da rua Juncal entre a Ayacucho e a Río Bamba. Ali há telefone público, dali fez um telefonema. É preciso assinalar que discou o número três vezes e desligou imediatamente, depois falou durante uns três minutos. Isso é estranho, considerando que há telefone na loja onde o sentenciado trabalha e ali na leiteria teve que fazer fila para usar o telefone. Verificaram-se imediatamente os telefones da casa do sentenciado, do Restaurante Mallorquín e do banco onde seu amigo trabalha e apurou-se que a chamada não foi para nenhum deles. O sentenciado saiu do emprego às 19h e chegou em casa poucos minutos depois das 20h.

Dia 23. Quarta-feira. O sentenciado saiu de casa às 7h45 e chegou ao emprego às 8h51. Dali telefonou para o amigo Lalo na casa deste, às 10h, agradeceu a recomendação e depois passou o telefone para um dos donos, que falou com Lalo, a quem chamou sempre de Soraya, e a certa altura da conversa pôde-se saber o porquê do apelido, pois o indivíduo lhe disse "você se chama assim para sempre por ser uma mulher que não pode ter filhos", palavras textuais. O outro, Lalo, por seu turno, chamou-o de Reina Fabiola, pela mesma razão. Cabe assinalar que a maneira como constantemente trocam os nomes leva a pensar que é tudo não premeditado, uma brincadeira que não oculta código. Às 12h30 o sentenciado saiu, pegou um táxi e chegou à casa matriz do Banco Mercantil, dirigiu-se ao guichê de poupança, retirou uma quantia e de lá pegou um táxi para a rua Suipacha e entrou no escritório de um tabelião, onde foi impossível segui-lo por motivos óbvios. Saiu 18 minutos depois e pegou um táxi até a loja da rua Berutti. Ali desembrulhou um sanduíche que trouxera de casa de manhã e o comeu em pé enquanto media tecidos com um dos dois donos. Saiu às 19h20 e chegou em casa às 20h15 usando os meios de transporte habituais. Às 21h04 tornou a sair, pegou um ônibus até a esquina das avenidas Federico Lacroze e Álvarez Thomas, ali pegou outro até a avenida Córdoba com a Medrano. Dali caminhou até a rua Soler com a avenida Medrano. Parou perto da esquina, na Medrano, ali esperou por cerca de uma hora. Cabe apontar que essa esquina, estando a poucos metros da confluência com outra rua, a Costa Rica, permite a vigilância total por parte de quem se dirige ao encontro, de quatro ângulos diferentes, e por conseguinte se deduz que foi escolhida por alguém especialista em eludir a vigilância policial. O sentenciado esperou sem falar com ninguém, passaram vários carros mas nenhum deles parou. O sentenciado voltou para casa, ao que parece sem se aperceber da vigilância. A suposição do Conselho foi que marcou encontro com alguém que notou a vigilância.

Dia 24. Quinta-feira. Segundo relatório à parte, o sentenciado retirou do banco todas as suas economias, deixando a quantia mínima exigida para não fechar a conta. Tinha aquele dinheiro antes de ser preso. No tabelionato "José Luís Neri Castro" deixou um envelope lacrado em nome da mãe, nada além do dinheiro retirado, segundo declaração do titular do citado tabelionato. As atividades do sentenciado foram mínimas. Saiu de manhã para seu emprego, comeu ali mesmo um sanduíche com café, que tomam várias vezes por dia, feito ali mesmo na loja. Voltou diretamente para casa, às 20h10. Anotamos também, conforme ordem superior, que se resolveu não trazer a público por meio da imprensa a confissão imaginária de Arregui ao sentenciado Molina e a intervenção deste como agente de inteligência. A resolução foi tomada porque se considera possível e até iminente o contato do sentenciado com pessoas próximas de Arregui.

Dia 25. Sexta-feira. O sentenciado chegou a seu emprego de manhã, saiu às 12h30 e foi almoçar sozinho a poucas quadras dali, na pizzaria sita à avenida Las Heras, 2476. Antes ligou de um telefone público repetindo as três chamadas e desligando, como da vez anterior. Falou por poucos minutos. Comeu sozinho, ou melhor, mal provou a comida, que deixou quase intacta no prato. Voltou ao trabalho. Saiu às 18h40, pegou um ônibus na avenida Callao até a Congreso, onde pegou o metrô até a estação José María Moreno. Caminhou até a Riglos com a Formosa. Lá esperou por trinta minutos, o espaço de tempo determinado pela Diretoria para detê-lo caso antes não viesse ninguém a seu encontro, e proceder ao seu interrogatório. Os dois agentes da CISL, já em contato com a patrulha, procederam à detenção. O sentenciado exigiu que mostrassem suas credenciais. Nesse momento atiraram de um carro em movimento, caindo feridos o agente Joaquín Perrone, do CISL, e o sentenciado. A chegada da patrulha, poucos minutos depois, não pôde perseguir o veículo dos extremistas. Dos dois feridos, Molina expirou antes que a patrulha pudesse aplicar-lhe os primeiros socorros. O agente Perrone saiu ferido em uma coxa e com séria contusão devido à queda. A impressão de Vásquez e dos integrantes da patrulha, dado o desenrolar dos acontecimentos, foi de que os extremistas preferiram eliminar Molina para que não pudesse confessar. Por outro lado, a atividade prévia do sentenciado na movimentação de sua conta bancária indica que ele mesmo temia que algo pudesse lhe acontecer. E mais, se tinha conhecimento de estar sendo vigiado, seu plano, caso fosse surpreendido em atitude comprometedora pelas forças do CISL, pode ter sido um dos dois seguintes: ou pensava escapar com os extremistas, ou estava disposto a que estes o eliminassem.

O presente relatório foi redigido em original e três cópias, para serem distribuídas às repartições correspondentes.

16

— Qual é a ferida que dói mais?

— Ah... ah... ah...

— Não fale, Arregui... se a dor é tão forte.

— Po... por a... qui.

— Tem queimaduras de terceiro grau, que animais.

— Ah... ai, não... por favor...

— E quantos dias o deixaram sem comer?

— T... tr... três...

— Que monstros...

— ...

— Escute... não comente, prometa.

— ...

— Balance a cabeça dizendo se quer ou não. Porque o que fizeram com o senhor é uma brutalidade, e vai sofrer muito por uns tantos dias... Escute, vou aproveitar que não tem ninguém no pronto-socorro e vou lhe dar morfina, assim descansa um pouco. Se estiver de acordo, balance a cabeça. Mas nunca conte pra ninguém, porque me põem no olho da rua.

— ...

— Bom, num minuto vai passar.

— ...

— Pronto, uma picadinha de nada, e vai sentir um alívio.

— ...

— Conte até quarenta.

— *um, dois, três, quatro, cinco, seis, sete, oito, nove, dez, onze, doze, treze, catorze, quinze*

— Os golpes que lhe deram são inacreditáveis. E a queimadura na virilha... Vai levar semanas pra cicatrizar. Mas não conte nada, senão estou frito. Amanhã já vai doer menos.

— *... vinte e nove, trinta, trinta e um, trinta e dois, trinta e... três, trinta e... que número vem depois? já não se escuta nenhum passo, será possível que não estejam mais me seguindo? está tão escuro que, se não fosse pelo senhor que conhece o caminho e vai na frente, eu não avançaria, por medo de cair em algum buraco, e como é possível que eu tenha avançado tanto se estou exausto, sem comer? e se por vezes pego no sono, como é possível que eu caminhe sem cair? "não tenha medo, Valentín, o enfermeiro é boa gente e vai cuidar de você", Marta..., cadê você? quando chegou? não posso abrir os olhos porque estou dormindo, mas, por favor, chega mais perto, Marta... Não para de falar comigo, você não pode me tocar?, "não tenha medo, estou te ouvindo, mas tudo com uma condição, Valentín", qual?, "que você não me esconda nada do que pensa, porque aí, mesmo que eu queira te ouvir, já não vou poder", ninguém nos ouve?, "ninguém", Marta, estive muito mal..., "quero saber como você está agora", mas será que não tem mesmo alguém nos escutando, alguém esperando que eu delate meus companheiros?, "não", Marta querida, eu te ouço falar dentro de mim, "porque estou dentro de você", é verdade?, e vai ser sempre assim?, "não, isso só vai acontecer enquanto eu não tiver segredos pra você, assim como você não vai ter pra mim", então eu te conto tudo, porque esse enfermeiro tão bom está me levando por um túnel muito comprido até uma saída, "está muito escuro?", sim, ele disse que no fim tem uma luz, bem longe, mas não sei se é verdade porque estou dormindo e por mais que me esforce não consigo abrir os olhos, "no que você está pensando neste momento?", minhas pálpebras estão tão pesadas que não consigo abrir, estou com tanto sono, "eu escuto uma água correndo, e você?", a água que corre entre as pedras é* *sempre limpa, e se pudesse estender a mão até onde corre a água, molharia a ponta dos dedos e depois os cílios para desgrudá-los, mas tenho medo, Marta, "você tem medo de acordar e estar na cela", então não é verdade que alguém vai me ajudar a fugir? não me lembro, mas este calorzinho que estou começando a sentir nas mãos e no rosto parece aquele que o sol dá, "pode ser que esteja amanhecendo o dia", não sei se a água é limpa, arrisco beber um gole?, "seguindo o rumo da água sem dúvida se chega onde ela desemboca", é verdade, mas parece que é um deserto o que estou vendo, sem árvores, sem casas, somente as dunas que continuam e continuam até onde a vista alcança, "em vez de deserto, não será mar?", sim, é o mar, e tem uma faixa de praia muito quente, preciso correr para não queimar a sola dos pés, "que mais você está vendo?", nem de um lado da costa nem do outro se vê o veleiro de papelão pintado, "e o que se ouve?", nada, não se ouvem maracas, só o barulho das ondas e mais nada, às vezes são ondas maiores que quebram com força e chegam até perto de onde começam as palmeiras, Marta... acho que caiu uma flor na areia, "uma orquídea selvagem?", se as ondas chegarem vão carregá-la mar adentro, e como é possível que o vento a carregue logo no momento em que eu ia pegá-la?, e a carrega mar adentro, e não faz mal que ela desapareça embaixo da água porque eu sei mergulhar e mergulho de cabeça, e no mesmo lugar onde estou é que a flor deve ter caído... o que se vê agora é uma mulher, uma nativa, eu poderia alcançá-la, se ela não escapasse nadando tão rápido, e não a alcanço, Marta, e é impossível gritar debaixo d'água e dizer pra ela não ter medo, "debaixo d'água se escuta o que se pensa", ela olha pra mim sem medo, amarrou no peito uma camisa de homem, mas já estou muito cansado, não tenho mais oxigênio nos pulmões depois de nadar debaixo d'água, mas, Marta, a nativa me pega pela mão e me leva até a superfície, leva um dedo aos lábios como sinal pra eu não falar, os nós molhados amarrados com tanta força que ela só consegue desmanchá-los com a minha ajuda e enquanto desato os nós ela olha pra outro lado... eu não me lembrava que estou nu e estou roçando meu corpo nela, a nativa vermelha de vergonha se abraça a mim, minha mão está quente e a toca e a enxuga, toco seu rosto, o cabelo comprido até a cintura, as nádegas, o umbigo, os seios, os ombros, as costas, o ventre, as pernas, os pés, de novo o ventre, "posso pedir pra você pensar que ela sou eu?", pode, sim, "mas não diz nada a ela, não faz o menor reparo, deixa ela acreditar que sou eu, mesmo que falhe em algo", com um dedo nos lábios a nativa me faz um sinal pra eu não dizer nada, mas pra você, Marta, eu conto tudo, que sinto o mesmo que sentia com você, porque você está comigo, e que logo já me jorra de dentro um jato branco e quente, vou inundá-la, ai, Marta, que felicidade, eu te conto tudo pra você não ir embora, pra você ficar comigo em todos os momentos, ainda mais agora, neste instante, nem pense em ir embora justo neste instante! o mais bonito de todos, já vem, assim, não se mexe, calada é melhor, já vem, já vem, e depois, dali a pouco, também te conto que a nativa fecha os olhos porque está com sono, quer descansar, e se eu fechar os olhos quem sabe quando voltarei a abri-los, as pálpebras pesam demais, se a noite chegar não vou perceber porque estou de olhos fechados, "e não está com frio?, é noite e você está dormindo descoberto, a brisa do mar está fresca, não sentiu frio a noite toda?, você tem que me contar", não, não senti frio, minhas costas tocam este lençol tão liso e quente sobre o qual dormi todas as noites desde que cheguei à ilha, e não sei como explicar, meu amor, mas o lençol parece ser... na realidade uma pele muito suave e quente, de mulher, e não se vê mais nada neste lugar além dessa pele que chega até onde minha vista alcança, não se vê nada além da pele de mulher deitada, sou como um grãozinho de milho na palma da sua mão, ela está deitada no mar e levanta a mão e daqui de cima posso ver que esta ilha é uma mulher, "a nativa", o rosto eu não consigo ver, está lá longe, "e o mar?", como sempre, vou nadando debaixo d'água e não se vê o fundo de tão profundo que é, mas embaixo da água minha mãe ouve tudo o que penso e estamos conversando, quer que eu te conte o que ela me pergunta?, "quero", bom... ela pergunta se é verdade tudo aquilo que deu nos jornais, que meu companheiro de cela morreu num tiroteio, e se foi culpa minha, e se não tenho vergonha de ter lhe dado tanto azar, "o que você respondeu?", que foi culpa minha, e que estou muito triste, mas que não devo ficar triste porque é só ele quem sabe se estava triste ou contente de morrer assim, sacrificando-se por uma boa causa, isso só ele poderá ter sabido, e tomara, Marta, desejo mesmo de todo coração, tomara que ele tenha morrido contente, "por uma boa causa? hum... eu acho que ele se deixou matar porque assim morria como a heroína de um filme, e nada disso de uma boa causa", isso só ele pode saber, e até periga que nem ele mesmo saiba, mas eu não consigo dormir na cela porque ele me acostumou a escutar os filmes que me contava toda noite, como uma canção de ninar, e se um dia eu sair em liberdade não vou poder ligar pra ele e lhe oferecer um jantar, como ele tantas vezes me ofereceu, "e neste momento o que você mais gostaria de comer?", vou nadando com a cabeça fora d'água, assim não perco de vista a costa da ilha, e estou muito cansado ao chegar à areia, que já não queima porque agora o sol não está tão forte e antes que seja noite preciso procurar alguma fruta na floresta, você não sabe como é bonita essa mistura de palmeiras, de cipós, à noite tudo está prateado, porque o filme é em preto e branco, "e a música de fundo?", maracas muito suaves, e tambores, "não será um sinal de perigo?", não, é música que anuncia, quando jogam uma luz muito forte, o surgimento de uma mulher muito estranha, com um vestido longo que brilha, "de lamê prateado, que se ajusta à silhueta como uma luva?", sim, "e o rosto?", está coberto por uma máscara, também prateada, mas... coitadinha... não pode se mexer, lá no mais denso da floresta está presa, numa teia de aranha, ou não, a teia de aranha cresce do seu próprio corpo, os fios saem da cintura e das cadeiras, é parte do corpo dela, uns fios peludos como cordas que me dão muito nojo, se bem que talvez ao acariciá-los sejam suaves como quem sabe o quê, mas me dá aflição tocar neles, "ela não fala?", não, está chorando, ou não, está sorrindo mas uma lágrima escorre pela máscara, "uma lágrima que brilha como um diamante?", sim, e eu lhe pergunto por que está chorando, e num primeiro plano que ocupa a tela inteira no final do filme ela responde que é isso o que não se sabe, porque é um final enigmático, e eu respondo que assim está bem, que é a melhor parte do filme, pois significa que... e aí ela não me deixou continuar, disse que eu queria encontrar explicação pra tudo, e que na realidade eu falava de fome, mesmo que não ousasse reconhecer, e olhava pra mim, só que cada vez mais triste, e rolavam mais lágrimas, "mais diamantes", e eu não sabia o que fazer para tirar sua tristeza, "eu sei o que você fez, e não tenho ciúme, porque nunca mais a verá na vida", é que ela estava muito triste, não percebe?, "mas você gostou, e isso eu não deveria perdoar", só que nunca mais a verei na vida, "e é verdade que você está com muita fome?", sim, é verdade, e a mulher-aranha me indicou com o dedo uma trilha na floresta, e agora não sei por onde começar a comer tantas coisas que encontrei, "são muito saborosas?", são, sim, uma coxa de frango assado, biscoitos com grandes pedaços de queijo branco e rolinhos de presunto gordo, e um naco delicioso de fruta glaceada, de abóbora, e com uma colher como enfim todo o doce de leite que eu quiser, sem medo de que acabe porque tem muito, e está me dando muito sono, Marta, você não imagina a vontade que eu tenho de dormir depois de comer tudo o que encontrei graças à mulher-aranha, e depois de comer mais uma colherada de doce de leite e depois de dormir... "já quer acordar?", não, bem bem mais tarde, porque de tanto comer essas coisas gostosas me deu um sono muito pesado, e vou continuar conversando com você no sonho, será possível?, "sim, isto é um sonho e estamos conversando, então depois também continuaremos, não tenha medo, acho que ninguém conseguirá mais nos separar, porque já percebemos o mais difícil", o que é o mais difícil de perceber?, "que eu moro dentro do teu pensamento e portanto sempre vou te acompanhar, você nunca vai ficar sozinho", claro, isso é o que nunca devo esquecer, se nós dois pensamos igual, vamos ficar juntos, mesmo que eu não possa te ver, "é isso mesmo", então, quando eu acordar na ilha, você vem embora comigo, "mas você não quer ficar pra sempre num lugar tão bonito?", não, já está bom assim, chega de descanso, quando eu acabar de comer tudo isso e depois de dormir vou ficar forte de novo, pois meus companheiros me esperam pra começar a luta de sempre, "isso é a única coisa que eu não quero saber, o nome dos teus companheiros", Marta, ai, como eu te amo!, era a única coisa que não podia te dizer, mas tinha medo que você me perguntasse, e aí sim eu te perderia pra sempre, "não, meu Valentín querido, isso não vai acontecer, porque este sonho é curto, mas é feliz"*

FIM

Precisamos das histórias para continuar vivendo*

Patricio Pron

Gostamos que nos contem histórias, e o prazer que obtemos delas — e que tantas vezes se confunde com voracidade — é tão grande e nos parece tão importante que nunca nos perguntamos qual é o motivo disso. Uma compulsão, uma curiosidade, um número indeterminado de perguntas cuja resposta achamos que vamos encontrar na linha seguinte, na próxima página, no episódio posterior, nos levam, em primeiro lugar, a exigir que nos contem — e, com frequência, que nos repitam — nossa história favorita antes de irmos dormir, quando somos crianças; e depois, a esvaziar as prateleiras das livrarias, a vasculhar com avidez as estantes de conhecidos e amigos, a fazer as estatísticas das plataformas de conteúdo audiovisual dispararem, a visitar cinemas, ler jornais, ouvir podcasts, ir ao teatro, prolongar as conversas telefônicas nas quais alguém está nos contando algo. Um dos críticos literários mais importantes do século XX, o britânico Frank Kermode, explicou isso desta maneira: precisamos das histórias, de seus começos promissores e de seus pálidos finais, porque não sabemos como habitar o tempo; porque ele se apresenta a nós como uma vasta extensão incompreensível de minutos e segundos, de horas e anos, que não tem nenhum sentido, a não ser que sejamos capazes de encontrar nela o começo de algo,

* Tradução de Silvia Massimini Felix.

seu desenvolvimento, seu final previsível. Um trêmulo balanço entre algo que começa e algo que termina, diz Kermode, é tudo que, no início, pedimos às histórias; mas depois passamos a exigir mais delas: não apenas "isso aconteceu primeiro", "aconteceu mais tarde...", "o que aconteceu no fim foi...", mas também "o que isso significa", "quem sou eu", que trama desenham no avesso os pontos que tornaram possível o grande tecido que é o mundo, e qual é seu significado.

Que Molina sabe todas essas coisas é evidente, assim como também é claro que conhece outras que nunca vai nos revelar: conta histórias para "matar o tempo", para que o que resta até o cumprimento de sua pena — e até o fim do cativeiro de Valentín, se é que esse dia chegará — passe um pouco mais rápido; porém há mais: e se *O beijo da mulher-aranha* é, além de uma das histórias de amor mais singulares da literatura argentina, um de seus melhores romances, é porque Puig — o grande escritor do relato cifrado, aquele da ocultação sagaz da informação narrativa, o do realismo mais obstinado e da certeza de que a única realidade que existe é a do conflito entre o desejo e a convenção — comprova com ele que as histórias que contamos a nós mesmos são muito mais do que aquilo que vemos.

Vários anos atrás, quando li este livro pela primeira vez, muito longe do lugar onde estou agora, pensei que não era assim, e que o que ele vinha nos dizer era — simplesmente — que o folhetim, a psicanálise e a experiência política revolucionária foram eficazes para dar conta de suas diferenças, mas percebiam suas semelhanças em graus distintos; e que o que a escritora argentina Reina Roffé resumiu como "os filmes de série B, os romances água com açúcar, as canções populares e os novelões radiofônicos que conformaram o imaginário da classe média argentina nas décadas de 1930 e 1940" atravessava de igual maneira os mundos da homossexualidade e da política revolucionária — os mundos de Molina e de Valentín, para simplificar —, evidenciando que o confronto entre uma atitude estetizante diante do mundo — "alienada", na linguagem da época — e uma posição política para a qual as produções de Hollywood, as canções populares e o melodrama eram simples manifestações da dominação de uma classe sobre outra era falso, já que havia em ambas uma repressão semelhante dos desejos, na satisfação dos quais reside a possibilidade de uma vida plena. Valentín sustenta que a sogra da mulher-pantera "tem serviçais, explora pessoas que não têm outro remédio senão servi-la por uns trocados. E, claro, foi muito feliz com o marido, que por sua vez a explorou"; para Molina, em contrapartida, ela é "uma mulher muito bondosa. Um encanto de pessoa, que fez a felicidade do marido e dos filhos, sempre muito bem-arrumada": o que Puig viria a nos dizer — pensava eu naquela época — é que a identificação deste último com o personagem e o modo como ele se refugia na fantasia hollywoodiana — seu "escapismo", para usar outra palavra da época em que foi escrito o romance — não diferem, em essência, das perspectivas revolucionárias do primeiro, com sua ênfase na luta de classes, no fim da opressão, no triunfo dos trabalhadores. Uma episteme compartilhada, uma estrutura do sentir comum — em última instância, uma forma de bovarismo — os tornaria contíguos, como a cela estabelece uma vizinhança entre o guerrilheiro e a "louca" que se torna união carnal, mas os impede de compreender que, nas palavras do ensaísta Gabriel Giorgi, há na sexualidade uma "matéria política em si mesma", uma zona de conflito com seus avanços, seus retrocessos, suas escaramuças, suas vitórias parciais.

Se isso for verdade, penso agora, talvez não o seja por completo, ou não seja a única coisa que *O beijo da mulher-aranha* — com seu questionamento da suposta oposição entre "alta cultura" e "cultura de massas" e sua avidez por formas narrativas:

diálogos, notas de rodapé, monólogos interiores, relatórios policiais, listas — tem a dizer a uma nova geração de leitoras e leitores brasileiros; relido tantos anos depois, com um prazer e um assombro semelhantes, o romance me parece menos suscetível de ser submetido a uma explicação do que antes; há algo nele que continua a se recusar a ser encerrado e deixado para trás, como costuma acontecer com os textos dos quais acreditamos ter extraído tudo o que tinham a oferecer, e isso se deve, em grande parte, ao fato de que este livro maldito — proibido na Argentina durante anos, rejeitado por seu editor francês, que não acreditava que uma pessoa pudesse ser ao mesmo tempo idealista e homossexual, forçado em um filme inverossímil dirigido por Héctor Babenco — não apenas contesta as ideias de seu tempo; não apenas convida a um questionamento da homofobia das organizações políticas armadas da época; não apenas nos revela Puig como herdeiro de Honoré de Balzac, André Gide e Jean Genet na preocupação com a relação entre homossexualidade e criminalidade e com o tipo de conhecimento adquirido por aquele que observa a sociedade a partir das margens para as quais foi expulso por ela, compreende seu funcionamento e se beneficia dessa compreensão; não apenas porque pertence a uma série simplesmente extraordinária de romances latino-americanos extraordinários — *O lugar sem limites*, de José Donoso; *Colibrí*, de Severo Sarduy; *Historia de Mayta*, de Mario Vargas Llosa; *O mundo alucinante*, de Reinaldo Arenas; e *Tengo miedo torero*, de Pedro Lemebel — ou porque seu autor é o fio d'água que alimenta as narrativas fluviais de Ricardo Piglia, Alan Pauls, Néstor Perlongher, María Moreno, Enrique Fogwill e César Aira, entre outros, mas também porque nos recorda que as melhores histórias são aquelas que não propõem um "ou isto ou aquilo", mas integram ambos: a ficção e a não ficção, o exterior e o interior dos personagens, a realidade objetiva e a consciência, o que alguém é e o que acredita ser porque outro lhe disse. *O beijo da mulher-aranha* está escrito em código, como estão a carta que Valentín recebe e as melhores histórias: na mescla de entrega e traição, romance e perigo, desejo e castigo, força de trabalho emancipada da consciência e monstros dos filmes que Molina narra — e cuja inspiração, sabemos, é um punhado de produções quase esquecidas como *Cat People*, *I Walked with a Zombie*, *The Enchanted Cottage*, *Paris Underground* —, este romance nos lembra de que gostamos que nos contem histórias porque elas são nosso espelho e refletem os desejos mais ocultos e as necessidades mais urgentes. Valentín não compreende que Molina e ele são, na verdade, os protagonistas de todas as histórias que o primeiro lhe conta, nem que o relato dessa espécie de Sherazade kitsch posterga — como na história original — um crime. Valentín, penso agora, tantos anos depois de ter lido este livro pela primeira vez, no fim descobre que todos precisamos de histórias para continuar vivendo, para seduzir e sermos seduzidos e para escapar do tempo; que, no limite da consciência, e talvez com o último sopro de vida, iremos nos contar uma história cujo protagonista terá nosso rosto, e não saberemos se foi inventada por nós mesmos ou se alguém a contou, algum dia, em algum lugar. Precisamos saber como termina, mas não podemos saber com antecedência, e quando descobrimos, já não importa; mas fazemos bem em acreditar — como Molina, como Valentín, como possivelmente acreditava o próprio Puig — que, mesmo no confinamento forçado, na doença ou na tortura inimaginável, somos o narrador de nossa própria história, somos quem concebe os personagens e dá forma aos cenários e encontra neles consolo e uma resposta para todas as perguntas jamais formuladas.

Grafia atualizada segundo o Acordo Ortográfico da Língua
Portuguesa de 1990, que entrou em vigor no Brasil em 2009.

capa
Giovanna Cianelli
preparação
Ana Alvares
revisão
Érika Nogueira Vieira
Huendel Viana

Dados Internacionais de Catalogação na Publicação (CIP)

Puig, Manuel (1932-1990)
O beijo da mulher-aranha / Manuel Puig ; tradução Sérgio Molina ; posfácio Patricio Pron. — 1. ed. — São Paulo : Todavia, 2025.

Título original: El beso de la mujer araña
ISBN 978-65-5692-871-5

1. Literatura argentina. 2. Romance. 3. Ficção contemporânea. 4. Ditadura militar — Argentina (1976-1983). 5. Literatura LGBTQIAP+ I. Molina, Sérgio. II. Pron, Patricio. III. Título.

CDD Ar863

Índice para catálogo sistemático:
1. Literatura argentina : Romance Ar863

Bruna Heller — Bibliotecária — CRB-10/2348

todavia
Rua Fidalga, 826
05432.000 São Paulo SP
T. 55 11 3094 0500
www.todavialivros.com.br

fonte
Register*
papel
Pólen natural 80 g/m²
impressão
Geográfica

FSC
www.fsc.org
MISTO
Papel | Apoiando o manejo florestal responsável
FSC® C019498